Canan Tan, Ankara'da doğdu. Ankara Üniversitesi Eczacılık Fakültesi mezunu. *Yeni Asır* (İzmir) gazetesinde köşe yazarlığı yaptı. *Milliyet Pazar*'da güncel olayları esprili bir dille yorumlayan yazıları yayımlandı. *Mimoza* dergisinde *Çuvaldız, Kazete* adlı kadın gazetesinde "Kazete-Mazete" adlı köşelerde yazılar yazdı. Yazarın öykü, roman, mizah ve çocuk edebiyatı çerçevesinde çok sayıda kitabı ve senaryo çalışmaları vardır.

Yapıtları

Roman: *Piraye, Eroinle Dans, Yüreğim Seni Çok Sevdi, En Son Yürekler Ölür, İz, Issız Erkekler Korosu, Hasret, Pembe ve Yusuf, Kelepçe*

Öykü: *Çikolata Kaplı Hüzünler, Söylenmemiş Şarkılar, Aşkın Sanal Halleri*

Mizah Öyküleri: *İster Mor, İster Mavi, Sol Ayağımın Başparmağı, Türkiye Benimle Gurur Duyuyor, Oğlum Nasıl Fenerbahçeli Oldu, Fanatik Galatasaraylı, Beşiktaş'ım Sen Çok Yaşa, Ah Benim Karım Ah Benim Kocam*

Gençlik Romanı: *Yolum Düştü Amerika'ya*

Çocuk Romanları: *Sokaklardan Bir Ali, Beyaz Evin Gizemi, Sevgi Dolu Bir Yürek, Ah Şu Uzaylılar, Uzay Kampı Maceraları, Uzaylılar Aramızda*

Çocuk Öyküleri: *Sevgi Yolu, Arkadaşım Pasta Panda, Sokakların Prensesi Şima, Aliş ile Maviş* dizisi

Ödülleri

- *Hürriyet (Kelebek)* gazetesinin Senaryo Yarışması'nda Birincilik Ödülü / 1979 (*Oğlum* adlı eser, fotoroman olarak çekildi.)
- 1. Ulusal Nasrettin Hoca Gülmece Yarışması'nda 1. Mansiyon / 1988
- Aziz Nesin Gülmece Öykü Yarışması'nda basılmaya değer görülen *İster Mor, İster Mavi* adlı kitabıyla, Türkiye'de mizah öyküleri kitabı olan ilk ve tek kadın yazar unvanı / 1996
- BU Yayınevi Çocuk Öyküleri Ödülü, *Sevgi Yolu* / 1997
- Rıfat Ilgaz Gülmece Öykü Yarışması'nda Birincilik Ödülü, *Sol Ayağımın Başparmağı* / 1997
- İzmir Büyükşehir Belediyesi Çocuk Romanları Ödülü, *Sokaklardan Bir Ali* / 1997
- 10. Orhon Murat Arıburnu Ödülleri'nde *Akrep* adlı öyküsüyle, Uzun Metrajlı Film Öyküsü dalında Birincilik Ödülü / 1999
- Türk Kütüphaneciler Derneği'nden, Türkiye'deki bütün kütüphaneler bazında, En Çok Okunan Yazar Ödülü / 2010
- *Piraye* romanıyla, İstanbul Kültür Üniversitesi'nden Yılın Kitabı Ödülü / 2012
- Samsun 19 Mayıs Üniversitesi'nden En İyi Yazar Ödülü / 2013
- İstanbul Yıldız Teknik Üniversitesi'nden Yılın En Beğenilen Yazarı Ödülü / 2014

Başıbozuk Sevdalar

DOĞAN KİTAP TARAFINDAN YAYIMLANAN DİĞER KİTAPLARI

İster Mor, İster Mavi
Sol Ayağımın Başparmağı
Çikolata Kaplı Hüzünler
Piraye
Söylenmemiş Şarkılar
Yüreğim Seni Çok Sevdi
En Son Yürekler Ölür
Eroinle Dans
Aşkın Sanal Halleri
Issız Erkekler Korosu
İz
Hasret
Pembe ve Yusuf
Ah Benim Karım Ah Benim Kocam
Kelepçe
Türkiye Benimle Gurur Duyuyor!

BAŞIBOZUK SEVDALAR

Yazan: Canan Tan
Editör: Neclâ Feroğlu

1. baskı / Nisan 2017 / ISBN 978-605-09-4248-4
Sertifika no: 11940

Kapak tasarımı: Dilara Şebnem Esendemir
Baskı: Mega Basım Yayın San. ve Tic. A.Ş.
Cihangir Mah. Güvercin Cad. No: 3/1
Baha İş Merkezi. A Blok Kat: 2
34310 Haramidere-İstanbul
Tel. (212) 412 17 00
Sertifika no: 12026

Doğan Egmont Yayıncılık ve Yapımcılık Tic. A.Ş.
19 Mayıs Cad. Golden Plaza No. 1 Kat 10, 34360 Şişli - İSTANBUL
Tel. (212) 373 77 00 / Faks (212) 355 83 16
www.dogankitap.com.tr / editor@dogankitap.com.tr / satis@dogankitap.com.tr

Başıbozuk Sevdalar

Canan Tan

DOĞAN KİTAP

Sevdiğinin nazını değil,
Kahrını çekmektir sevda
Onunla bir ömür değil,
Onun için bir ömürdür sevda
Eline el değmesini değil,
Gölgesine gölge düşmesini kıskanmaktır sevda
Yürürken dikenli yollardan darağacına,
Son dileğinde onu görebilmeyi istemektir sevda
Yani demem o ki...
Herkesin harcı değildir sevda!

Mevlânâ

Birinci bölüm

Mısra'sı olmayan bir Şiir

Tükendi mısralar
Boynu bükük kaldı ŞİİR'in...

Bugün kürtaj oldum ben!

Rahmimin çeperine sımsıkı tutunmuş, yaşamak için benden onay bekleyen, hatta merhamet dilenen; kanımdan, canımdan bir parçayı silkeleyip atıverdim bedenimden.

Ama onu "piç" gibi ortada bırakmayacağım. Anası da benim onun, babası da.

Küçücük bir naylon torbaya sardım bebeğimin lime lime olmuş kanlı bedenini. Beyaz patiskadan el kadar bir kese diktim, onun içine yerleştirdim kızımı.

Salondaki saksılardan en albenili olanını seçtim, içindeki çiçeği söküp attım. Toprağını eşeleyip açtığım çukura özenle yerleştirdim kızımı. Pembe bir kurdele bağladım saksının kenarına.

Mezarını beğendin mi Mısra?

Daha iyisini sunamadığım için üzgünüm yavrum. Ama sen de takdir edersin ki, bu kadarı geldi elimden.

Avutmak için söylemiyorum inan, son nefesime kadar seninle yaşayıp seni yaşatacağıma söz veriyorum.

Hiç kimse, hiçbir kuvvet Şiir'i Mısra'sından ayıramayacak!

Mısrası olmayan bir şiir, bir şiire ait olmayan mısra, dünyanın neresinde görülmüş ki?

Annem, babam ve Eda

Suç bende!
Acılarımı dışa vursam sorun yok.
Ama olabildiğince acılaşmış sözcükleri
ortalığa saçacağıma yutuyorum.
Pervasızca zehirliyorlar beni...

Fethiye'de, "Tanrı'nın dünyaya bahşettiği cennet" olarak tanımlanan Ölüdeniz'i kucaklayan mis kokulu, zümrüt yeşili çam ormanlarıyla çevrili devasa bir tatil köyündeyiz. 340 dönümlük bir alan üzerine kurulmuş bu tatil köyüne, "tatil kasabası" demek daha doğru olur aslında. Bütün özellikleri bir yana, en güzel yanı yeşilden çalmadan, tek bir ağaca ya da çiçeğe zarar vermeden tasarlanmış olması. Her şey inceden inceye düşünülmüş ve dört dörtlük, mükemmel ötesi bir tatil cenneti yaratılmış burada.

Haklı olarak, "Senin gibi gariban bir üniversite öğrencisinin böyle bir mekânda ne işi var?" diye sorabilirsiniz. Hatta yetinmeyip, "Tatil yapmaya mı geldin buralara?" diyerek, anamı babamı da işin içine katarak, biraz iğneli de olsa, "Ailecek iyi tatiller!" dileklerinizi sıralamaya kalkabilirsiniz ki, o takdirde kasıklarımı tuta tuta gülmekten, zor yanıt vereceğimi peşinen belirtmeliyim.

Ben kim, böyle dolu dolu yaşanası bir ortamda tatil yapmak kim! Çalışmak için geldim ben buraya. Hem çalışmak, hem de staj yapmak için. Can dostum Eda'nın sayesinde.

Bana kalsa, böyle bir yeri zor keşfederdim. Geldiğimiz noktada hoş bir başarı kokusu tütüyorsa, aslan payı, fakülteden sınıf arkadaşım Eda'ya aittir. Okul arkadaşlığının yanı sıra, aynı öğrenci evini de paylaşıyoruz onunla. Bana her yönden en yakın olan kişidir kendisi. Annemden, babamdan, "akraba, eş dost" kümesinde yer alan erkek-dişi herkesten çok daha yakın...

İstanbul Üniversitesi Turizm İşletmeciliği Bölümü'ne adım attığım ilk gün tanıştık Eda'yla. Ankara'dan gelmişti İstanbul'a. Ailesi geçici olarak bir yurda yerleştirmişti onu. Her önüne gelene, okula yakın bir yerde ev tutup paylaşmayı öneriyordu. Doğal olarak, konuştuğu kişilerin tümü İstanbul dışından okumaya gelmiş gurbetçi öğrencilerdi.

Aldığı her olumsuz yanıtta omuzları biraz daha düşüyor, ağladı ağlayacak bir yüz ifadesiyle dolanıyordu ortalıkta.

Sıra bana geldiğinde, "Neden olmasın?" diye güldüm.

Donuklaşmış bakışları canlanıverdi birden.

"Siz nereden geldiniz?" diye sordu heyecanla.

Ne var ki verdiğim yanıt tüm sevincini silip süpürdü:

"İstanbulluyum ben! Zaten bir evim var anlayacağın."

"Dalga mı geçiyorsun benimle?" der gibi kırık bir bakış attı.

"Ama orası anneannemin evi" diye devam ettim. "Yıllardır onun kanatları altında yaşadım. Ve artık kendi yuvamı kurmam gerektiğini düşünüyorum. Biraz erken olsa da..."

Son cümlemi ağzımın içinde yuvarlayıvermiştim: Biraz erken olsa da!

Evet, geleneksel aile yapımızda, eğitim ya da iş nedeniyle farklı bir şehre gitmek zorunda olmayan kızların ayrı eve çıktığı pek görülmezdi. Görülse de hoş karşılanmazdı. Kızlar ancak evlendikleri zaman gelinlikleriyle, duvaklarıyla çıkardı baba evinden.

Benim annemden ve babamdan ayrı düşmem ise alışılagelenden epey farklıydı. Annemle babam, on dördüncü doğum günümde, arkadaşlarımla pasta kesip cıvıl cıvıl fotoğraf kareleriyle neşemizi paylaştığımız saatlerin bitiminde verdiler haberi: Ayrılma kararı almışlardı!

Uzunca bir süre önce alınmış bir karardı bu, aralarındaki uyumsuzluğu ve gerginliği bana belli etmemeye çalışmışlardı ama daha fazla dayanacak güçleri kalmamıştı.

Şaşırmıştım! O güne kadar, mutlu bir aile olduğumuzu düşünmüştüm hep. Patırtılı, gürültülü kavgalar yaşanmazdı evimizde. Nereden çıkmıştı bu boşanma fikri durup dururken?

Sonradan anlattı annem. Babamın bir başka kadınla ilişkisi vardı ve o kadından bir çocuğu olacaktı. Tek celsede boşandılar. Babam o kadınla evlendi. Birkaç ay sonra da nur topu gibi bir kız kardeşim oldu.

Edebiyat öğretmeniydi babam. Okumaya, yazmaya, çizmeye tutkulu; kendi çapında alçakgönüllü bir edebiyatçı ve şairdi.

O koymuştu adımı: Şiir!

Yazdığı şiirleri fısıldardı kulağıma. Anneme duyurmadan, aramızda sırmış gibi. Annemin, onun bu amatörce çabalarını küçümsediğini hissederdim.

İkinci kızına ise "Türkü" dedi babam. Kulağıma fısıldadığı dizeleri bir yana bırakıp türkü çığırmayı tercih ediyordu artık.

Canı sağ olsun, istediği gibi davranmakta özgürdü tabii ki. Ancak aklımın takıldığı bir nokta vardı: Hem "şiir" okuyup hem de "türkü" çığıramaz mıydı insan?

Olmuyordu demek...

Ayrılmalarının ardından annemle daha çok şey paylaştık, daha çok vakit geçirdik. O da ikinci kez evleninceye kadar...

Annem aynı bankada çalıştığı, kendisinden sekiz yaş küçük bir muhasebeciyle evlendiğinde, lise birinci sınıftaydım. Yol görünmüştü artık bana. Anneannemin evine sürgün edilip onun şefkatli kollarının sıcağında avunmaya çalışırken, ne annem farkındaydı yüreğimdeki burukluğun, ne de babam.

Daha ilk konuşmamızda bunları anlatamazdım Eda'ya. Kısaca, ayrıntılara girmeden, anneannemle paylaştığımız evin okula çok uzak olduğunu söyledim ve "Ortaklaşa kullanacağımız bir öğrenci evi bana da uyar" diyerek son noktayı koydum.

İki hafta içinde taşındık evimize. Taşınma ve yerleşme sürecinde bizimkilerden pek ses çıkmadı. Eda'nın annesi ve babası onların görevini de üstlenmiş gibiydiler.

Babam, aydan aya banka havalesiyle gönderdiği paraya okkalı bir zam yapmakla yetindi. Annemse bütün işler bittikten sonra, elinde ünlü bir pastaneden alınmış süslü püslü, gösterişli bir pastayla çıkageldi. "Güle güle oturun" demeye gelen uzaktan bir akraba gibi. Ne acıdır ki, ben de onu uzaktan bir akraba olarak görüyordum zaten.

Bir tek anneannem kahırlandı ayrı eve çıkmama. Benden ayrılmak çok zor geldi garibime. Her hafta uğramaya söz vererek ve gözlerimden süzülenleri fark ettirmemeye çalışarak sildim gözyaşlarını...

Arkadaşlık

Kardeşlik zoraki arkadaşlıktır
Arkadaşlık seçilmiş kardeşliktir.

Üç yılı geride bıraktık Eda'yla. Yalnız ev arkadaşı değil, dost olduk, sırdaş olduk, kardeş olduk onunla. Hem fiziksel, hem de ruhsal yönden benzeşmeyen iki insanın nasıl bu denli iyi anlaşabildiğine şaşırdık; beraberce güldük, beraberce ağladık.

Minyon bir yapım var benim. Ufak tefek, fındıkkurdu dedikleri cinsten. Göze çarpan en belirgin özelliğim, belime kadar uzanan, arada bir papatya suyuyla rengini açtığım, sapsarı lepiska saçlarım... Ve üst dudağımın ince olmasına bağladığım, otuz iki dişimi ortada bırakan ve en kederli anlarımda bile yüzümden hiç eksik olmayan gülüşüm. Onlar da olmasa, kimsenin dönüp yüzüme bakacağı yok!

Eda ise benden en az bir-bir buçuk karış daha uzun, iri kemikli, bastığı yerden ses getiren güçlü bir tip. Düzgün yüz hatları, karşısındakini kucaklar gibi bakan ela gözleri ve yumuşacık ses tonuyla, benim gözümde dünyalar güzeli.

Fiziksel uyumsuzluğumuza inat, ruhsal yönden umulmadık derecede iyi tamamladık birbirimizi. Öyle ki, "Nasıl bu beraberlikten vazgeçip de olur olmaz kocalara varacağız biz?" diye ufak ufak dertlenmeye bile başladık.

Eda'nın en çok, kararlı, ne yaptığını bilen, ayağı yere basan, yeri geldiğinde ısrarcı ve kendinden emin tavırlarını sevdim ben. Her zamanki gibi önayak olup staj ayarlaması yapmaya kalktığında da havada kaptım teklifini.

Yalnızca iyi bir öneri olduğu için değil, yaz tatilinde daha iyi bir seçeneğim olmadığından.

Eda ailesiyle beraber tatil yapabilir, en azından Ankara'ya gidip doğduğu şehirle, anasıyla babasıyla, eşiyle dostuyla hasret giderip gönlünce geçirebilirdi yaz günlerini. Ya ben? Bir önceki yaz tatilinde yaşadıklarım gözümün önüne geldikçe, korku filmi seyrediyormuşum gibi ürperiyorum hâlâ.

İlk teklif, henüz tatile girmeden babamdan gelmişti. Kumburgaz'daki yazlığa davet ediyordu beni. Bu sayede Türkü'yle, birbirimizi görememekten dolayı güdük kalmış abla-kardeş ilişkimizi de geliştirebilecektik.

Yazlık, babamın ikinci karısına aitti. Ama ne fark ederdi ki? Tapusunu alacak değildim ya. Olup olacağı birkaç günlük bir misafirlikti benimkisi.

Ardından annem, ailemiz parçalanmadan önce gidip kaldığımız, Şile'deki yazlığa davet etti beni. Ölçtüm tarttım, pek içime sinmese de kabul ettim teklifini.

Tatil için Ankara'ya, ailesinin yanına gitmeye hazırlanan Eda da destekledi beni.

"Sana yakışan da bu" dedi. "Dargınlık, küskünlük nereye kadar? Göreceksin bak, bu davranışın onlardan çok seni mutlu edecek."

Baba evinde bir yabancı gibi...

"Baba evi" yalnızca bir isim tamlaması mıdır?

Epeydir görmüyordum babamı. Arabasından inip bana doğru yürürken, son birkaç yıl içinde ne kadar çökmüş olduğunu fark ettim. Gözlerinin feri sönmüştü sanki. Bir yanı gülerken, diğer yanı ağlıyor gibiydi. Peşin hüküm vermek istemiyordum, ama mutsuz olduğunu hissediyordum.

Uzun yıllar önce inşa edilmiş olduğu her halinden belli sitenin kapısından içeri girdik ve birbirine paralel sıralanmış kutu kutu evlerden birinin önünde durduk. Birkaç günlük giyeceğimi koyduğum küçük bavulumu alıp indim arabadan.

Babam da arabayı kilitleyip önüme düştü. İkinci sıranın başındaki, sıvası yer yer dökülmüş iki katlı binanın önünde durdu, cebinden çıkardığı anahtarla kapıyı açtı.

"Türkü uyuyor olabilir" dedi, gözlerini benden kaçırmaya çabalayarak.

İçeri girdik. Ne çocuk var ortada, ne de annesi. Girişte, mutfağın yanındaki odanın kapısını araladı babam.

"Burayı hazırladım sana" dedi. "Evin en sakin yeridir."

Sandık odası ya da yüklük denilebilecek derecede küçük ve çıplak bir oda. Kayda değer tek eşya, karşı köşeye yerleştirilmiş metal başlıklı bir karyola. Yanı başındaki cilası dökülmüş ahşap iskemle ile penceredeki demir parmaklıklar tabloyu bütünlüyor: Kusursuz bir hapishane dekoru!

İtiraf etmeliyim ki, tam bir hayal kırıklığıydı benim için. Ama hissediyordum ki, babamın yaratmaya çabaladığı tablo değildi bu. Öylesine çaresiz, öylesine üzgün görünüyordu ki...

Bavulumu çıplak duvara yasladı, "Soyun dökün, bahçeye gel" dedi kırık bir sesle. "Çay içeriz beraber."

Kapıyı çekti, çıktı. Ne yapacağımı bilmez bir halde, öylece kalakaldım bir an. Ama çabuk toparlandım. Bavulumu açıp şortumu, sandaletimi çıkardım. Tişörtümü değiştirdim. Çantamdaki küçük aynaya bakarak saçlarımı taradım. Babamla karşılıklı çay içmeye hazırdım artık...

İçerisi fazlasıyla kasvetliydi, ama salondan çıkılan üstü çardaklı taş balkon ve birkaç basamakla inilen yemyeşil çim kaplı bahçe, kırmızılı beyazlı sardunyalar, iri çiçekli ortancalar ve mis kokulu hanımelilerle, binanın ayıbını örtmeye çalışırcasına, oldukça hoş görünüyordu.

Alacağı yanıttan emin, "Çiçeklerimi beğendin mi?" diye sordu babam. "Hepsini ben diktim, bakımları da bana ait."

Bir yandan da masanın üzerine yerleştirdiği semaverden bardaklarımıza çay dolduruyor...

İyi de, "Bu evin hanımı nerede?" diye bağırmamak için zor tutuyordum kendimi.

Sorumun yanıtı, arzı endam eylemekte gecikmedi. Semra Hanım, rengi atmış askılı elbisesi, boyası gelmiş darmadağın saçları, ojesi yer yer dökülmüş tırnakları, gülmeyen yüzü ve itici ses tonuyla, kızının elini sıkı sıkıya tutarak, mütevazı çay soframızı şereflendirdi sonunda.

"Hoş geldin, merhaba, nasılsın..." türünden giriş sözcükleri bir yana, yüzüme bile bakmadan, doğruca babama döndü, "Çocuğun öksürük şurubunu almadın, değil mi!" diye bağırdı. Gözleri ateş ateşti; hırsından çatladı çatlayacak.

"Çarşıya inecektim zaten" diyerek toparlandı babam. "İstediğin başka bir şey var mı Semra Hanım?"

Semra Hanım! Bu ne resmiyet böyle?

Ah benim gariban babam, ah! Yıllar önce de aşk meşk ayağına yatarken, "Semra Hanım!" diye mi hitap ediyordun yuvamızı yıkan bu kadına?

Babamın bahçe kapısından çıkması ile kurşun gibi ağır bir havanın üstümüze çökmesi bir oldu. Arsızlığa vurup maruz kaldığım aşağılayıcı muameleyi yok saymayı denedim.

"Türkü" diye seslendim, ablası olduğumu bile bilmeyen kardeşime. "Çok güzel masal kitapları getirdim sana. Gece yatarken okumamı ister misin?"

Canayakın, şipşirin bir çocuktu. Biraz da bana mı benziyordu ne! Kan çekmişti galiba, üzüm gibi kapkara, iri gözleriyle öyle sıcak bakıyordu ki bana...

Kızıyla aramızda oluşan muhabbetin sıcaklığı tüm benliğini yakıp kavurmuş olmalı ki, sivri uçlu oklarının tümünü bana doğrulttu Semra Hanım.

"Ne yaptığını sanıyorsun sen?" diye tısladı. "Bunca yıldan sonra kalkıp evime gelmek de neyin nesi oluyor? Kendince yeni bir sayfa açıp hayatımıza sızmaya mı çalışacaksın? Avucunu yalarsın! Evime ilk ve son gelişindir bu! Bilmiş ol..."

Hırsla kalktı yerinden, Türkü'yü kolundan tutup içeri sürükledi. Balkon kapısını öylesine şiddetle çarptı ki, camlar kırılacak sandım.

Kötüydüm, olabildiğince kötü! Ama dişimi sıktım. Babam için! Kahroluyordu zaten, yarasına tuz basmanın âlemi yoktu.

Semra Hanım da, Türkü de aşağıya inmedi o akşam. Babam bahçede mangal yaktı, kasaptan aldığı hazır köfteleri pişirdik beraberce. Közlenmiş biber, domates, köfte. Yanında da acı soslu ağır bir hüzün ve kopkoyu bir kahır...

Sabah erkenden yola koyulduk babamla. Ben istedim öyle olmasını. Semra Hanım'la bir kez daha yüz yüze gelecek gücüm yoktu. Türkü için getirdiğim masal kitaplarını babama bıraktım. O okurdu belki ya da özenle seçtiğim o güzelim kitapçıklar, Semra'ca bir öfkeye kurban gidip parça parça edilir, çöp kutusunu boylardı.

Yol üstündeki bir kır kahvesinde kahvaltı yaptık babamla. Üzgün görünüyordu. Mahcuptu, başını kaldırıp yüzüme bakamıyordu. Belli ki karısının bu derece küstahlaşabileceğine ihtimal vermemişti.

"Aldırma" dedim. "Sakın ha üzme kendini. Bunca zamandır çok seyrek görüşüyorduk, bundan sonrasında daha sık görüşebileceğimizi umuyorum."

"Görüşürüz değil mi?" derken gözleri parladı. "Türkü'yü de getiririm buluşacağımız yere. Abla kardeş, düşman bellemeyin birbirinizi."

Ayrılırken, bir soru düştü aklıma.

"Hiç şiir yazmıyor musun sen artık?" diye sordum.

Acı acı güldü.

"Yazdığım en güzel şiir sendin" dedi. "Diğerlerini yırttım, attım. Bundan sonra yazabileceğimi de hiç sanmıyorum. İlhamını yitiren adamdan şair olur mu?"

İçimi kor misali yaktı bu sözler. Yazıktı, çok yazık! Ot gibi, yosun gibi, tatsız tuzsuz bir hayatı sürdürmeye çalışan; şiirsiz, şarkısız, türküsüz bir adam olup çıkmıştı babam...

Evin direği kadındır!

Ağır yaralı ruh halimle, Eda'nın olmadığı bomboş bir eve girmek istemiyordum. Beni anneanneme bırakmasını istedim babamdan.

Kapının önünde beni elimde bavulumla görünce, şaşkınlıktan donakaldı anneannem.

"Kumburgaz'da değil miydin sen?" diye geveledi ağzının içinde.

"Oradaydım da, ziyaretim biraz kısa sürdü Pamuk Anneciğim" diyerek içeri daldım.

"Yok yok, son anda vazgeçtin sen! Ne oldu, seni almaya gelmedi mi yoksa baban?" yolundaki soruları duymazdan gelerek, bavulumu koridorda bırakıp salona geçtim.

"Sabret Emine Sultan" diyerek sımsıkı sarıldım. "Her şeyi noktasına, virgülüne kadar anlatacağım" dedim. "Ama önce izin ver, yirmi dört saati bile bulmayan baba evi ziyaretinin ayrıntılarını kafamda toparlayıp sana aktaracak hale getireyim."

Anneannem benim için çok özeldi. Annemden, babamdan çok emeği vardı üzerimde. Çok düşkündü bana. Torunu gibi değil, kendi doğurduğu çocuğu gibi görürdü beni. Ve bana yönelik olumsuz bir davranış karşısında panter kesilirdi. O anda olduğu gibi...

"Meraktan çatlatma beni!" diyerek karşıma geçti ve sorularını yağdırmaya başladı:

"Ateş almaya mı gittin baba evine? Ekşi yüz mü gösterdi sana o kadın? Babanla mı çatıştınız yoksa?"

Bir gün önce yola çıktığımız andan, bu sabah buraya gelinceye kadar yaşadığım her şeyi tüm ayrıntısıyla anlattım anneanneme. Vahvah'larla, tühtüh'lerle dinledi beni.

Sözümü bitirdiğimde, "Yazıklar olsun o kadına!" dedi. "Babana da!" diye ekledi ardından.

"Öyle deme anneanne" diye kestim. "Elinden geleni yaptı zavallıcık. Ama o kadın bildiğin gibi değil. Amerika'daki, önüne kattığı her şeyi yıkıp tarumar eden amansız kasırgalar var ya, onlardan bile beter bu."

"Kabahat, yüz verip başa çıkaranda! Desene bizim eski damat yuları iyiden iyiye kaptırmış cici karısına... Beter olsun!"

Ağır aksak mutfağa doğru yürüdü. Elinde bir tabak kurabiye, bir bardak meyve suyuyla geri döndü.

"Acıkmışsındır, ye iç, kendine gel" diyerek önüme koydu. Birilerinin duymasından korkar gibi, sesini alçaltarak devam etti:

"Eee, annene ne zaman gidiyorsun bakalım?"

Birden bir ışık yandı kafamda. Tabii ya, nasıl oldu da önceden düşünemedim?

"Anneanne" dedim. "Anneme, beni yazlığa davet etme fikrini sen verdin, öyle değil mi?"

"Yok canım, nerden uyduruyorsun bunları?" diye karşı çıkacak oldu.

Duymazdan gelerek devam ettim. "Ben de annem ve babam, ikisi birden nasıl aynı ortak noktada buluşabildi, aynı anda başlarına taş mı düştü diye düşünmekten kafayı yiyecektim. Hiç itiraz etme, her şey ortada anneanneciğim... Tamam, önce babam harekete geçti ve beni Kumburgaz'a davet etti. Ama sen de kızının bir adım geride kalmasını içine sindiremedin ve annemin beni Şile'ye davet etmesini sağladın."

Oflaya puflaya renkten renge girip çaresizce çırpınmasına

daha fazla dayanamadım. Sımsıkı kucaklayıp öpücük yağmuruna tuttum onu.

"Gitmekten vazgeçmeyeceksin, değil mi?" diye boynunu bükünce de, "Tamam" dedim. "Ama çekincelerim var. Babamla yaşadıklarıma benzer bir tabloyla karşılaşmaktan korkuyorum açıkçası."

"Olur mu hiç kızım!" diye şiddetle karşı çıktı. "Evin direği kadındır! Babanın evinde o kadının saltanatını gördün. Ananın evinde de onun sözünün geçtiğini göreceksin. Ben kefilim, kimselere ezdirmez seni annen..."

Annem ve annemin Neco'su

Yıpranmış sinirlerime verdiğim iki haftalık onarım tatilinin ardından, annemin teklifini yürürlüğe koydum. Gidelim, biraz da ana evinin havasını soluyalım diyerek yollara revan oldum.

Aslında annemle birbirimizden hiç kopmadık. Daha çok anneannemin evinde, bazen, pek sık olmasa da dışarda bir yerlerde buluşup, çay kahve içip sohbet ediyorduk. Arada bir anneciğimin cici kocası Neco (Necmi'nin kısaltılmış hali) da katılıyordu aramıza. Birkaç kez üçümüz beraber akşam yemeğine çıkmıştık. Ama Neco her seferinde içkiyi fazla kaçırıp dağıtınca, annemle baş başa kalmayı tercih eder olmuştum.

Bakalım bu kez neler yaşayacaktık? Beklenti çıtamı asla yüksek tutmuyordum. Ama en azından baba evindeki bozgundan daha beteriyle yüz yüze gelmeyeceğimi umuyordum.

Yol boyunca hiç susmadan lafladık annemle. Neşesi yerindeydi sultanımızın. Dakika başı ilanıaşk ediyordu bana. Belli ki çok özlemişti beni ve birkaç günlüğüne de olsa, aynı ortamı paylaşacak olmamızın sevincini yaşıyordu.

Şile'ye girip bir zamanlar üç kişilik çekirdek aileyken yaz tatillerimizi geçirdiğimiz siteye doğru ilerlerken garip bir hüzün çöktü içime. Ama çabuk atlattım. Burası benim eski mekânım değildi artık. Eskiden gelmeye can attığım, çocukluğumun en güzel günlerine tanıklık eden ev de, insanı bir anda kucaklayıveren eski sıcak havasını yitirmiş, soğuk ve yabancı bir çehreye bürünmüş gibiydi.

Ruhen yabancılaşmıştım buralara. Ama şeklen de eski ile yeni arasında somut farklılıklar vardı. *Bizim* olmaktan çıkmış, annemle Neco'nun evi olmuştu burası. İkisi el ele vermiş, eskiye ait tüm izleri silmek istercesine köklü bir tadilata girişmiş, dört duvar dışında tüm bina elden geçirilerek, yepyeni bir çehreye kavuşturulmuştu.

Benim için de böylesi daha iyiydi. Nostaljik sızlanmalara kapatmıştım kapılarımı. Kendimi yabancı bir yere gelmiş gibi hissediyordum ve bu durum içime ferahlık veriyordu.

Kimsecikler yoktu ortalıkta.

"Plajdadır bizimki" dedi annem. "Söz dinlemeyen asi çocuklar gibi mübarek, eve sokabilene aşk olsun! Neyse, birazdan gelir. Çay saatini hiç kaçırmaz. O gelmeden eşyalarını yerleştirelim senin."

Kocasından değil de, söz geçiremediği delişmen oğlundan söz ediyordu sanki. O önde, ben arkada merdivenleri tırmandık.

Aklımda kaldığı kadarıyla üç yatak odası vardı üst katta. Hâlâ da öyleydi, ama kullanım amaçları değişmişti. En büyük olanı, eskiden annemle babamın paylaştığı, şimdilerde ise babamın yerini Neco'nun aldığı ebeveyn odasıydı. Karşı tarafta da bir zamanlar benim olan oda ve yanında misafir yatak odası.

Eskiden kalma alışkanlıkla, hâlâ bana ait olduğunu varsaydığım ilk odanın kapısını açmamla duraklamam bir oldu. Kırmızı, yarış arabası biçiminde şirin bir karyola, aynı renkte bir dolap, şifoniyer; karşı köşede ağzına kadar oyuncak dolu kocaman bir sepet.

Başı önünde, "Arda'nın odası" diye geveledi annem. "Bu hafta annesinde kalıyor."

Benim tepkisiz duruşumdan cesaret alıp, "Çok şeker bir

oğlan!" diye anlatmaya koyuldu. "Bana da öylesine düşkün ki... Ne yalan söyleyeyim, ben de çok seviyorum keratayı."

Cesaret almak ister gibi yüzüme baktı.

"Tam bir kan bağı yok aranızda, ama gene de kardeş sayılırsınız bir bakıma..." dedi.

Gülüverdim. Yakın çevremdeki, benim istemim dışında gelişen akrabalık ilişkilerine ayak uydurmakta güçlük çekiyordum. Babamın evlendiği Semra Hanım, şekil olarak benim üvey annemdi, ama sokakta yanından geçtiğim ve hiç tanımadığım bir kadın bile ondan çok daha yakındı bana. Ne var ki onun doğurduğu Türkü, özbeöz kardeşimdi benim! Yadsınamaz bir kan bağı vardı aramızda.

Şimdi de annem kalkmış, benimle arasında hiçbir kan bağı olmayan, ikinci kocasının ilk karısından olma oğlunun, benim kardeşim sayılabileceğini iddia ediyordu. Daha doğrusu öyle olmasını, benim de öyle hissetmemi diliyordu.

Anneanneciğimin buna benzer abuk durumlarda ellerini açıp yüksek sesle dile getirdiği duayı tekrar etmekten başka ne gelirdi elimden:

"Sen aklıma mukayyet ol Allah'ım!"

Amin!

Ucu ucuna çaya yetişti annemin Neco'su. Geldiğinde masayı toplamak üzereydik.

"Çok çok çok özür dilerim" diyerek bahçe kapısından içeri girdi, "Hoş gelmişsin Şiirciğim" diye sarıldı bana.

Ardından da asıl özür dilemesi gereken kişiye, anneme dönüp "Pericim" dedi. "Akşam için balık ısmarlamıştın ya, gecikti bizimkiler. Aldım, temizlettim... Gelene kadar güneşi batırdık haliyle. Merak etme, birazdan mangalı yakarım ben."

Boynunu büküp ekledi:

"Çay hakkımı kaybetmedim, değil mi?"

Annemin asılmaya yüz tutmuş suratı bir anda aydınlanıverdi. İstese de bu dilbaz adama kızamıyordu besbelli.

Görmeyeli epey değişmişti Neco. Güneşten iki ton koyulaşmış bronz teni, sol omzuna yaptırdığı ejderha dövmesi, ensesine kadar inmiş dalgalı kumral saçları ve kaç günlük olduğunu kestiremediğim kirli sakalıyla eskisinden çok daha farklı bir tip vardı karşımda.

İncelendiğinin farkına varmış gibi, "Nasıl buldun yazlık Neco'yu?" diye güldü. "Göbeklenmişim biraz, değil mi?"

Annemi omuzlarından kavrayıp kendine çekti.

"Maddenin Sakımı Kanunu'ndan yola çıkarak, Peri'nin verdiği kiloları, ziyan olmasın diye ben topluyorum" dedi. "Baksana anacığının şu haline! Kaşık kadar kaldı suratı. Hâlâ fit olma sevdasında. Eriye eriye yok olacak diye korkuyorum."

Esprilerle süslenerek söylense de, gerçekleri yansıtıyordu sözleri. Gerçekten de çok zayıflamıştı annem. İnce bir bedene sahip olmakla, yaşından genç görünüp, aklımda kaldığı kadarıyla kendisinden sekiz yaş küçük kocasının yanında daha iyi bir görüntü vermek amacındaydı sanırım.

Neco da, Allah nazarlardan saklasın, "Peri, Peri" diye dört dönüyordu karısının etrafında. Ama fırsatı yakaladığında da, biraz önce olduğu gibi, içindekileri dışa vurmaktan geri kalmıyordu.

Akşamki balık soframız çok keyifliydi. Neco'nun yaptığı birbirinden şirin esprilerle annemin o güzel sesiyle söylediği şarkılar gecemize renk kattı. Henüz erkendi belki, ama o ana kadarki izlenimim, "İyi ki gelmişim" dedirtecek kadar olumluydu.

Tek sıkıntım, Neco'ya nasıl hitap edeceğimi bilememekti. *Necmi Bey* desem, araya gereksiz bir set çekmiş olacaktım. *Necmi* diyemezdim, yakışık almazdı. *Neco* ise aramızdaki yaş ve konum farkı göz önüne alındığında, biraz fazla samimi oluyordu galiba.

Sıkıntımı anlamış gibi, "İstediğin gibi hitap edebilirsin bana" dedi. "İçinden nasıl geliyorsa, öyle. İster *abi* de, ister *Neco*, olmadı *Necmi*. Bana soracak olursan... sevdiklerim *Neco* diye çağırır beni. Gerisi sana kalmış."

Kısa sürede evin düzenine ve düzensizliğine ayak uydurmuştum. Herkes kafasına göre takılıyordu burada. Annemin kuralcı yapısına ters düşen bir durumdu, ama o da eskiye göre epey farklılaşmıştı. Kendi olmazsa olmazlarından fedakârlık etmeden, Neco'nun hızlı temposuna ayak uydurmaya çabalıyordu. Aslında onun temposu da Neco'nunkini sollayacak derecede hızlıydı.

Sabahları kalktığımda genellikle evde olmuyordu annem. Yarım saat tempolu yürüyüş, üzerine sitenin basketbol sahasında grup halinde yapılan pilates ve aerobiğin ardından, Neco ve ben yeni ayılırken eve dönüyor; gelirken fırına uğrayıp aldığı sıcacık simitler, poğaçalar ve kurabiyelerle mükellef bir kahvaltı sofrası hazırlıyordu. Ama bizi ağırlarken, kendisi kızarmış bir dilim kepek ekmeği ve bir parça yağsız beyazpeynirle şekersiz çayını yudumluyordu.

Kahvaltının ardından hiç değişmeyen, kemikleşmiş bir paket programın içinde buluyordum kendimi: Plaj, deniz ve güneş... Şile'nin hırçın deniziyle boğuşa boğuşa saatlerce yüzüyordum. Kâh tek başıma, kâh annemle ve Neco'yla beraber.

Dikkatimi çeken ve beni huzursuz eden bir nokta vardı: Siteden herhangi bir erkek arkadaşıyla tavla oynadığı zamanlar dışında, Neco'nun etrafı hep kadınlarla sarılıydı. Annem uzun süre kalmıyordu plajda. Onun gidişiyle daha da artıyordu yoğunluk. Zaman zaman abartılı boyutlara varan muhabbet beni bile rahatsız ederken, annemin aldırmaz tavrına anlam veremiyordum.

Neco'yu plajdaki hurilerle baş başa bırakıp erkenden eve döndüğüm bir ikindi vakti, açık açık konuştum annemle.

"Hiç mi kıskanmıyorsun kocanı?" dedim. "Adam senin gözünün içine baka baka çapkınlık yapıyor ve sen kılını bile kıpırdatmıyorsun."

Uzun uzun güldü annem.

"Yapma, etme desem yararı olur mu sanıyorsun?" dedi. "Adamın huyu bu. Etrafındakilerin pohpohlamasından hoşlanıyor. Merak etme sen, böylelerinden zarar gelmez. Sen asıl, karısına bağlı görünüp saman altından su yürütenden kork."

Babamı kastediyordu kendince. Ama bana kalırsa, burnunun dibindeki adam da pek güvenilir değildi.

"Sen o güzel kafanı bunlara takma Şiirciğim" dedi annem. "Şöyle bir felsefem var benim: Tapusu bende olan eve, ara sıra birileri uğrasa ne yazar? Nasıl olsa Neco'nun da nikâhı bende, öyle değil mi?"

"Yani sen nikâhının altında diye, adamın her yaptığını hoş görüp sineye çekebileceğini mi söylüyorsun?"

"O kadar da değil! Ama bakma sen onun bu havai duruşuna. İstanbul'da daha derli toplu bir adam oluyor, buraya gelince şımarıyor biraz. Hoş görüp geçiştiriyorum."

Ertesi sabah her zamankinden geç uyandım. Akşam uzunca bir süre uyuyamamış, annemle konuştuklarımızı film şeridi gibi tekrar tekrar başa sararak gözümün önüne getirmiş, kafamın almadığı noktaları derinlemesine düşünmüştüm.

Vardığım sonuç hiç de iç açıcı değildi: Neco Peri'sini hiç de *peri* gibi görmüyor, beğenmiyordu, onun dış görünüşünden de davranışlarından da hoşlanmıyordu ve bunları her fırsatta dile getirmekten de çekinmiyordu. Madem ona katlanıyordu; karısı da onun uçarılığını, ufak tefek çapkınlıklarını hoş görmek zorundaydı.

Annem de işin farkındaydı. Açıktan açığa itiraf edemese de, kendisinden yaklaşık on yaş genç biriyle evlenmekle yanlış bir seçim yaptığının bilincindeydi. Ama ikinci kez boşanmayı göze alamıyordu. Hem elâleme, hem babama ve babamın karısına, hem de bana karşı.

Peki, Neco neden kendisinden yaşça büyük, fizik olarak ona hitap etmeyen bir kadınla beraberliğini sürdürüyordu?

Ekonomik yönden karısına bağımlıydı çünkü! Annemin aileden kalma apartman daireleri, babamla beraber aldıkları, boşanırken babamın anneme devrettiği yazlık ev ile çarşı içinde dolgun kira getiren iki dükkânı, asalak gibi yaşayan Neco'yu mıknatıs gibi çekmişti.

Kısacası, danışıklı dövüştü aralarındaki beraberlik. Zaman zaman, yaşanan olumsuzluklardan yakınır gibi görünseler de, "tencere yuvarlanmış kapağını bulmuş" misali, birbirlerinden kopmaya hiç mi hiç niyetleri yoktu.

Şile'ye geleli iki hafta olmuştu. Dönme zamanıydı artık. Zaten toparlanmaya hazırlanıyordum, ama annemle yaptığımız o konuşmanın ardından, atacağım her adımda beni yönlendiren iç sesim, "Bir an önce buradan ayrılmalısın!" diye fısıldıyordu kulağıma.

Kararlıydım, kahvaltı masasında annem ile Neco'ya İstanbul'a dönme zamanımın geldiğini söyleyecek, iki gün içinde de kararımı gerçekleştirecektim.

Her sabah olduğu gibi, mayomu giydim; altıma bir şort, üstüme askılı bir tişört... Kahvaltının ardından soluğu plajda alacaktık nasılsa. Saçlarımı atkuyruğu yapıp aşağı indim.

Hayret, son derece sessizdi ev, annem yine ortalıkta görünmüyordu.

Neco'nun, "Sürpriz!" diye haykırmasıyla neye uğradığımı şaşırdım.

"Annem yok mu?" diyerek iki adım geriye sektim.

"Yok!" diye sırıttı. "Bu sabah piyangodan ben çıktım sana."

"Nerede annem?" diye üsteledim.

"Yaramazlık yaptı, ben de parçalara ayırıp bahçeye gömdüm!"

"Sabah sabah böyle soğuk espriler hiç çekilmiyor" diye söylendim.

"Tamam, teslim oluyorum" dedi Neco. "Pericİğim biraz önce telefon etti. Pilatesteki hatunlardan birinin evinde kahve içeceklermiş. Ama merak etme, onunkinden de güzel bir kahvaltı hazırlayacağım sana."

"Yardım edeyim..." diyecek oldum.

"Sen şöyle otur, beni izle yeter!" dedi ve hemen işe girişti.

Annem olmayınca, fırından gelecek taze simitlerle poğaçalardan mahrum kalmıştık. Kepek ekmeğiyle çift kaşarlı birer tost hazırladı Neco. Maydanozlu, dereotlu omlet; peynirler, zeytinler, domates, salatalık, kızarmış ekmek, bal, kaymak...

Hakkını vermek gerekirse, dört dörtlük bir kahvaltı masası hazırlamıştı Neco. Öyle ki, şımarık çocuklar gibi "annem de annem!" diye huysuzlandığım için mahcup olmuştum.

İkinci bardak çaylarımızı doldurduktan sonra, karşıma değil yanımdaki sandalyeye geçti Neco. Hiç ummadığım ani bir hareketle saçımdaki tokayı açtığı gibi, sımsıkı atkuyruğu yaptığım saçımı özgürlüğüne kavuşturuverdi.

"Ne kadar güzel saçların var" diye okşamaya başladı. "Hasretim uzun saça. Bazı kadınların, saçlarını neden kısacık, erkek gibi kestirdiklerini anlayabilmiş değilim."

Rahatsız olmuşum. Sert bir hareketle saçlarımın üzerinde gezinen elini uzaklaştırıp yerimden fırladım.

"Ne o?" diye alaycı bir tavırla güldü. "Daha önce hiç kimse saçlarımı okşamadı deme, inanmam. Kim bilir kaç bedene yorgan olmuştur bu saçlar..."

Omuzlarımdan sıkıca tutup yüzünü yüzüme yaklaştırdı.

"Hele hele, bugüne kadar hiç kimse beni öpmedi dersen, hiç mi hiç inanmam!" diyerek dudaklarıma uzandı.

Panik halinde, üzerime abanmış sefil bedenini var gücümle ittim.

"Deli misin sen!" diye haykırdım. Ne yaptığını sanıyorsun? Hiç utanma yok mu sende?"

Merdivenleri çifter çifter atlayarak üst kata çıktım. Duşun altında aldım soluğu. Aşağılanmış, lekelenmiş, kirlenmiş hissediyordum kendimi.

Banyodan çıkar çıkmaz bavulumu açtım. Neyim var, neyim yok elime ne geçtiyse tıktım bavulun içine. Aşağı indiğimde annem gelmişti. Lafı hiç dolandırmadan konuya girdim.

"Sabah anneannemle konuştum" dedim. "Kırık geliyordu sesi. Epeydir ihmal ettik onu. Bugün beni şehre götürsen iyi olur."

"Ne oldu böyle aniden?" diyecek oldu.

"Aniden değil!" diye kestim. "Kendime tanıdığım süre çoktan bitmişti zaten. Anneannemin sesini de öyle duyunca... Yarın, öbür gün olacağına bugün olsun istedim."

Annemi, kuşku duyduğu bir konuda düşündüklerinin tersine inandırmak, deveye hendek atlatmakla eşdeğerdi. Çok zeki bir kadındı ve önsezileri de yabana atılmayacak derecede güçlüydü. Delici bakışlarla, salonun köşesinde televizyon izler görünen Neco'yu süzdü.

"Tamam" dedi bana. "Hazır olduğunda çıkabiliriz."

Yol boyunca havadan sudan sohbet ettik annemle. Onun beynindeki, benim dilimdeki düğümleri çözmeye girişmedik. İkimiz de neyin ne olduğunun bilincindeydik, dillendirmeye gerek yoktu.

Ancak, anneannemin evinin önünde arabasını park ederken, elimden sıkıca tuttu annem.

"Bilmeni istediğim bir şey var" dedi. "Sana, benim biricik kızıma kim ne yaptıysa, hesabı ondan sorulacaktır!"

Karşısında ikimizi birden görünce, sevinçten deliye döndü

anneannem. Nasıl da özlemiştim onu! Onu ve onun evinde bulduğum huzuru.

Annemi uğurladıktan sonra, baş başa kaldığımızda, "Senden ayrılmak bana yaramıyor Pamuk Anneciğim" dedim. "Acaba diyorum, evlendikten sonra kocamı da alıp bu eve getirsem... Onu da kabul eder misin?"

"Başımla beraber!" derken gözlerinin içi gülüyordu. "Allah o günleri göstersin. Eee, anlat bakalım, ananın cici kocası nasıl davrandı sana? Ekşi surat göstermemiştir inşallah."

"Yok canım" diye güldüm. "Gereğinden de tatlıydı senin damadın suratı. Öyle ki, tadından yenmez kıvama ulaşınca, işte böyle senin yumuşacık kollarına atıverdim kendimi."

Hayır, yaşadıklarımı asla paylaşamazdım onunla. Annemle üstü kapalı bir paylaşımımız olmuştu. Ama anneannem, böylesine ağır bir yükü asla kaldıramazdı!

Önceki yaz yaşadığım tatsız deneyimlerin ardından, yaz tatillerinde annemle, babamla ve onların sonradan edindikleri ikinci derece yakınlarıyla bir araya gelme ihtimalini tümüyle sıfıra indirgediğimden, Eda'nın bol yıldızlı bir tatil köyünde yaz boyunca staj yapma önerisini havada kapmıştım. Bu kararın ne derece isabetli olduğunu, yaşayarak görecektik.

Macera başlıyor

İstanbul'dan Dalaman Havaalanı'na kadar uçak, oradan servis aracıyla Ölüdeniz, oradan da taksiyle, iki ay boyunca staj yapacağımız tatil köyü...

Deniz ve doğayla sarmaş dolaş, muhteşem bir yer burası. Keşke Eda'yla staj değil de, tatil yapmak amaçlı gelebilseydik buraya. Neyse, bu kadarına da şükür! Böyle bir staj olanağı, kolay kolay herkesin eline geçmez.

Turizm İşletmeciliği ve Otelcilik Bölümü'nde, ilk iki yıl iktisat ve işletme dersleri ağırlıklıydı. Asıl uzmanlık alanımız olan turizm dersleri üçüncü sınıfta okutulmaya başladı. Yaz dönemlerinde yurtiçi ve yurtdışı, toplam 60 iş günü staj yapma zorunluluğumuz var. Altı gün çalışma, bir gün izinli sayılma hesabıyla, yaklaşık iki buçuk ayı bulacak buradaki serüvenimiz.

Bu cennet gibi yerde düşündüğümüzden de iyi zaman geçireceğimize ve unutulmaz anılarla evimize döneceğimize inanıyorum. Umarım hayal kırıklığına uğramayız...

Tatil köyünün ana binasından içeri girerken, birbirimize belli etmemeye çalışsak da, Eda da, ben de son derece huzursuzduk. Dünyanın dört bir yanından gelmiş turistlerle ve bizim yerli tatilcilerimizle tıka basa dolu bu tesiste, iki gariban stajyerle kim ilgilenecekti bakalım...

Ama hayret, hiç de beklediğimiz gibi olmadı! Resepsiyondaki görevli bizi doğruca idari işler müdürünün odasına götürdü. Ve saat tıkır tıkır işlemeye başladı.

Müdürümüz kadındı. Fizik olarak değme ekran yüzlerine taş çıkartacak güzellikte, kariyer yönündense oturduğu koltuğu fazlasıyla hak eden bir profesyonel. Son derece de sıcakkanlı ve güler yüzlü.

"Yoldan geldiniz, yorgunsunuzdur. Çay, kahve; ne içersiniz?"

Bize böyle davranıyorsa, konuklar için neler yapıyor kim bilir, diye düşünmekten kendimi alamadım.

Çaylarımızı içerken, izleyeceğimiz çalışma yöntemi hakkında bilgilendirdi bizi.

"Eğitim kurumunda gördüğünüz teorik derslerin uygulamasını deneyimlemek için buradasınız" dedi. "Ön bürodan başlayıp restoranlara, konuk odalarına, plajlara, havuzlara, spor salonlarına, tiyatro amfilerine, kafeteryalara, diskolara; kısacası tesiste ne kadar mekân varsa gezip görüp yakından tanıyacaksınız. Otel yönetimi, rehberlik hizmetleri, restoranların işleyiş yöntemleri, satış ve pazarlama, spor, eğlence ve animasyon... Bunların hepsi bilgi ve ilgi alanınız içinde yer alacak. Sizlere kolaylık ve başarılar diliyorum. Gerektiğinde beni aramaktan çekinmeyin lütfen."

Masanın üzerindeki düğmelerden birine bastı. İki dakika geçti geçmedi, üstünde tatil köyünün üniformasıyla genç bir adam girdi içeri.

"Yanınıza, buraları avucunun içi gibi bilen bir rehber veriyorum" dedi müdire hanım. "Önce köyümüzü gezip tanıyın, sonra da odalarınıza yerleşip dinlenin. Yarın oldukça yorucu bir gün olacak sizler için."

Mehmet'ti rehberimizin adı.

"İlk günden fazla yormayayım sizi" dedi ve yürüme mesafesindeki plajları, yüzme havuzlarını; Türk, İtalyan, Akdeniz, Uzakdoğu, Asya mutfaklarının özgün tatlarını sunan restoranları, kapalı ve açık spor merkezlerini gezdirdi.

Denizin sıfır olduğu noktadan, dağların tepelerine kadar uzanan tesisin diğer bölümlerine gitmek için servis araçları kullanılıyordu. Her dönemeçte bu araçlar için, çizgi film kahramanlarının yer aldığı şipşirin duraklar yapılmıştı.

"Bu *shuttle*'lar olmasa, bir yerden bir yere gitmek işkenceye dönüşürdü" dedi Mehmet.

Eda, benim yalın ve temiz Türkçe sevdalısı arkadaşım, "*Shuttle* da neyin nesi?" diyerek karşı çıktı. "Servis aracı ya da dolmuş desene şuna!"

"Haklısın güzel kardeşim" dedi Mehmet. "Ama buranın uluslararası bir tatil merkezi olduğunu unutuyorsun. Yoksa ben de bilirim Öztürkçe konuşmayı!"

Yorulmuştuk. Mehmet'e göre *shuttle*, bize göre dolmuş; her neyse, önümüze gelen ilk araca atladık ve Mehmet'in öncülüğünde, staj süresi boyunca kalacağımız, stajyer öğrencilere ayrılan özel binadaki odalarımıza yerleştik.

"Odalarımıza" diyorum, Eda'yla bana ayrı oda vermişlerdi çünkü.

"Doğaldır" dedi Eda. "Bizim Siyam ikizleri gibi dip dibe yaşadığımızı nerden bilecekler?"

"Staj yapmaya gelen herkese ayrı oda verilir" dedi Mehmet. "Biraz küçüktür odalarımız, ama her türlü konforu barındırır içinde. Hiçbir konuda sıkıntı çekeceğinizi sanmıyorum."

Resepsiyonun önünde bıraktığımız bavullarımız, bizden önce getirilip odalarımıza bırakılmıştı. Bize düşen tek iş, bavulları açıp eşyalarımızı dolaplara yerleştirmekti.

Güzel bir başlangıçtı doğrusu. Bakalım önümüzdeki günler neler getirecekti bizlere...

Beni Oku

Elimizde sarı, geri dönüşümlü, doğa dostu ince bir karton var. Dış yüzünde "BENİ OKU" yazısı, iç yüzünde de tatil köyünün genel müdürü tarafından, gelecek konuklara hitaben kaleme alınmış bir öneriler paketi yer alıyor. Bütün odalara bırakılıyormuş bu broşürlerden.

Eda'yla beraber, kendi yorumlarımızı yarıştırarak, dikkatle okuduk. Okumakla yetinmedim ben, aradaki boşluklara kendi öz yorumlarımı da serpiştirince, keyifli bir "beni oku" paketi daha çıktı ortaya:

- *Her sabah güneşle beraber uyanın, kahvenizi alın ve balkon keyfine başlayın. Huzuru ve tatili içinizde hissedin.*

Ne kadar yoğun çalışmamız gerektiğini peşinen biliyorduk. Güneşle beraber uyanmak da bu hızlı temponun doğal bir parçasıydı.

Ancak, kahveli balkon keyfi bize uymazdı. Empati yaparak, başkalarının tatil huzurunu içimizde hissetmekle yetinmek zorundaydık.

- *Yüzme havuzları ile deniz arasındaki yemyeşil ormanda kendinizi dinleyin. İyot ve sedir ağaçlarının kokusuyla rahatlayın. Doğayı hissedin, doğayla bütünleşin.*

Doğayla bütünleşmek, tatil köyündeki herkes için kaçınılmaz, ama aynı zamanda istenen, amaçlanan bir sonuçtu. Benim merak ettiğim, ayrılık vakti geldiğinde, bu ideal birlikteliğin nasıl çözüleceğiydi. Deniz-kum-güneş üçlüsüyle sarmaş dolaş olunan günlerin ardından büyük şehirlerin keşmekeşi, yoğun kalabalıklar ve trafik kâbusuyla bütünleşmenin(!) kaçınılmazlığı ve bu yüzden gelişebilecek depresyon tablosunu da unutmamalıydı. Sözün özü, doğayla bu derece içli dışlı olmanın da bir dozu ve sınırı olmalıydı.

• *Plaj voleybolu, basketbol, tırmanma duvarı, su sporları, step, aerobik, yoga, zumba, pilates, golf, mini golf, tenis gibi aktivitelere katılarak enerji toplayın, kendinizi yeniden keşfedin.*

Burada çok önemli bir not düşülmesi gerekiyor: Siz, siz olun, gördüğü her şeyin tadına bakmak isteyen obur yumurcaklar gibi, aktivitelerin hepsine birden katılmaya kalkmayın! Enerji toplamak bir yana, on yıllık enerji stokunuzu buralara gömersiniz.

• *Günlük ve haftalık animasyon programlarını takip etmeyi ve size uyan aktivitelere, gösterilere ve canlı müzik programlarına katılmayı ihmal etmeyin.*

Bu, bizi en çok ilgilendiren maddeydi. Eda'yla beraber animasyon ağırlıklı bir staj yapmayı amaçlıyorduk ve bu başlık altındaki geniş yelpazede kanıtlayacaktık kendimizi.

Tatil köyü yöneticilerinden tek isteğimiz, içimizdeki cevheri dışa vurmamızı sağlayacak nitelik ve kalitedeki tüm etkinliklerde bize yer vermeleri ve başarılarımızı taçlandırmayı bilmeleriydi. Şaka deyip geçmesinlerdi sakın, son derece ciddiydik biz!

• *Unutulmazı deneyin! Gökyüzünün zirvesine yükselmeye ya da mavinin en derinine inmeye ne dersiniz?*

Yamaç paraşütü yapın! Derin bir nefes alın önce. Babadağ doruklarından paraşütle atladığınızda, dünyanın en nefes kesen manzarasıyla kucaklaşacaksınız.

Dalış yapın! Mağaralardan, yumuşak mercan kayalıklarına uzanan masmavi bir keşifle büyüleneceksiniz.

Ben almayayım! Alana da mani olmayayım...

Ne gökyüzünün zirvesi, ne de mavinin derinlikleri! Toprağın üzerinde yürümek için yaratılmışım ben. Bu işlerin meraklısı çok, saygı duyarım. Ama beni korkak yerine koyup ileri geri konuşmaya kalkacak olanlardan da aynı saygıyı beklerim, böyle biline...

Yazdıklarımı Eda'ya okudum. Bayıldı.

"Gerçek bir animatör ruhu var sende" dedi.

Çiçeği burnunda bir animatör adayı için, bundan daha güzel bir iltifat olabilir miydi?

Animatör

Animatörlük, göründüğü kadar kolay bir iş değil. Eğlenceli, ama bir o kadar da zor bir meslek. Bazılarının düşündüğü gibi, yalnızca birkaç dil bilmek ve komik olmak yetmiyor.

Animatör sözcüğünün anlamı, canlandırıcı. Yaptıkları iş de bir tür canlandırma eylemi olarak değerlendirilebilir. Çünkü muhatap aldıkları turistleri ve konukları "ölü" sayıp farklı etkinliklere yönelterek, bir anlamda can veriyorlar onlara. Şimdi spor zamanı, sıra eğlencede, tiyatro oyunu başlamak üzere... diye sürüp gidiyor.

Animatörlerin yorulması yasak! Sabahın köründen gecenin bir saatine kadar enerjik ve sempatik olmak, çevresindekileri eğlendirmek zorundalar. Kadroya dahil olacak animatörler, gelir gelmez elini kolunu sallayarak konukların arasına giremiyor. Duruma göre birkaç haftalık kurs döneminden geçip "hamdık, olduk" kıvamına geldikten sonra işe koyuluyorlar.

Şükürler olsun, Eda ve ben on gün içinde hamlıktan olgunluğa erişip kadroya dahil olmayı başardık. Ve maraton başladı! İşte sıradan bir işgünümüzün dökümü:

Sabah en geç 8'de kalk. 9'a kadar tatil köyü sakinlerinden uzaktaki özel restoranda kahvaltını yap ve yapacağın etkinlikle ilgili hazırlıklarını tamamla. 9'dan itibaren havuza gelen insanları kolla, atraksiyon için yeterli kalabalığa ulaştıklarını gözlemlediğin an, her gün tekrarlanan eğlence etkinlikleri için harekete geç.

Etkinlikler:

- Fonda kulüp dansı! Dans bileşimi: Macarena, Latin, oryantal ve özel koreografiler.
- Sırf vakit geçirmeye yönelik, aslında hiçbir kas grubunu çalıştırmayan havuz içi kültürfizik hareketleri.
- Sabah, öğle ve akşam step, aerobik, plaj voleybolu, futbol, basketbol, dart.

Saat 19.00 olunca kıyafetini değiştir. Akşam yemeğini kendi mekânında ye, saat 21.30'da başlayan, amfitiyatroda ya da tatil köyünün değişik yerlerinde sergilenen gece şovlarında konu mankenliği yap.

Saat 23.00'te açılan tatil köyü diskosunda, diğer animatörlerle beraber, olduğun yerde dans ederek ortamı ısıt. İnsanlar yavaş yavaş piste akmaya başladığında, iki figür de onlara karşı sergile. Ver coşkuyu!

Sonra kenara çekil, sürekli tetikte ol. Pistte kişi sayısı azalırsa, tekrar piste zıpla. Break dans yap, elektro bugi yap. İnsanlar coşunca tekrar kenara çekil... Saat 2'ye kadar!

2'den 3'e kadar diğer animatörlerle beraber günün değerlendirilmesini yap, toplantı bitince de doğru odaya!

Ve eylemlerin en güzeli: Deliksiz bir uyku!

Elimde bir kum saati olsa, kumların tatil köyü sınırları içinde, dışardakilerden çok daha hızlı akacağından eminim. Sabah gözümüzü açmamızla gecenin ilerlemiş bir vaktinde uykuyla buluşmaya çalışmamızın arasında, göz açıp kapayıncaya kadar geçiyor zaman. Eğitim ve acemilik dönemlerinin ardından, son derece yoğun tempoda çalışmaya başladığımız ikinci haftanın içindeyiz.

Bu sabahki ilk etkinlikte Eda'yla beraberdik: Havuz aerobiği! Katılım yelpazesi geniş bir etkinlikti. Kadın erkek, genç yaşlı, kalabalık bir turist grubuna hitap ediyorduk.

Suyun kaldırma gücü bedeni hafiflettiğinden, hareketler daha kolay yapılıyordu havuzda. Bir yandan serinlerken, bir yandan da eğlenmenin tadına varıyordu insanlar. Eda havuzun içinde, ben dışardaki alçak platformun üstünde, kıpır kıpır, tempolu bir müzik eşliğinde başlattık hareketleri. Önce ısınma faslı! On dakikalık serbest yüzme...

Ardından spor ile keyfin aynı potada eritildiği su egzersizleri: Tek bacak yerde, diğeri yukarı çekilip önce öne, sonra yana ve arkaya çevrilecek. Sonrasında, pedal çevirme: Sırt ve kalça havuz kenarına yaslanıp kollar yana açılacak, iki diz birden yukarı çekilip ayaklar bisiklet pedalı çevirir gibi çalıştırılacak.

Fazla kilolu olup da bu hareketleri yapamayanlar da, su içinde yürüyerek, oturup kalkarak diğerlerine eşlik edebileceklerdi. Öyle keyifli bir çalışmaydı ki, sağa sola, öne arkaya derken zamanın nasıl geçtiğini anlayamadık bile.

Havuz etkinliğinin ardından Eda'yla yollarımız ayrıldı. O, tesisin becerikli aşçılarıyla beraber, havuzun gerisindeki geniş alanda turistlere Türk mutfağının damak tatlarını tanıtmaya girişirken, ben de son gözdem dartla buluşmaya gidiyordum.

İtiraf etmeliyim ki, buraya gelinceye kadar dart konusunda hiçbir fikrim ve deneyimim yoktu. Dart kelimesinin ok, oklama, ok atma anlamına geldiğini biliyordum tabii. Ama hepsi o kadardı.

Eğitim süresi içinde, konuyla ilgili gerekli bilgileri almanın yanı sıra, son derece eğlenceli bulduğum dart, ilk kez ortaçağ İngilteresi'nde, okçular için bir eğitim oyunu olarak başlamıştı. İç içe renkli halkalar ve bunları kesen üçgen dilimlerden oluşan bir hedefe küçük okların elle atılarak saplanması suretiyle oynanan, heyecan verici bir oyundu.

Ama bizimki, hoş vakit geçir(t)me amaçlı, iddiasız bir yarışmaydı. Alkışlar arasında, hedefe daha kolay ulaşması için arkalarına tüy takılmış küçük okların nişan tahtasına fırlatılmasından ibaret mini yarışmamızı başlattım. Nişan tahtası 1'den 20'ye değerlerin yazılı olduğu 20 puan dilimine bölünmüştü. Atışın puan sayılabilmesi için, okun uç kısmının herhangi bir sayı bölgesine ya da merkeze değmesi gerekiyordu. Oyun tahtasına çarpıp yere düşen ok, puan alamıyordu.

Alkışlar, olumlu ya da olumsuz tezahüratlar, boşa giden atışların ardından ahlamalar, oflamalar...

Tahtaya saplanan son okları topladım, puanları kaydeden yardımcımdan sonuçları alıp maçın hakemi sıfatıyla birinciyi ilan ettim. Atletik yapılı, yerinde duramayan, Andre adında, iddialı bir Fransız öğrenciydi birincimiz.

Ödül törenine gelmişti sıra. Önceden hazırlanmış, rengârenk çiçeklerden oluşan gösterişli bir mini çelengi yakışıklı Fransız turistin boynuna geçirdik ve hazırlanan kokteyllerden en büyük boy olanını ona ikram ettik.

Andre'nin, "Bu ödüllerin yerine barda benimle bir şeyler içmeye ne dersin?" demesi kahkahalarla karşılandı. Ben de şaka olarak algılayıp duymazdan gelmeyi tercih ettim.

Bir etkinliğin daha sonuna gelmiştim. Ama Eda'nın işi bitmemişti henüz. Kolay kolay bitecek gibi de görünmüyordu.

"Türk Mutfağı" adlı, yerli yabancı yoğun bir kalabalığın toplandığı alandan nefis kokular yükseliyordu. Çimlerin üzerine yerleştirilmiş dev bir ocağın üstünde, o güne kadar benzerini görmediğim boyutlardaki sacın içinde pişen sac kavurma, ince yufka ekmeklerine sarılıp rulo halinde dağıtılıyordu konuklara.

Yan tarafta bağdaş kurup yere oturmuş yemenili kadınların açtığı, sacın üzerinde taze taze pişirip ikram ettiği gözlemeler, kocaman bir kazanda kızartılıp şerbetin içine atılan lokmalar...

Hepsi de kapış kapış paylaşılıyordu. Akşamüzeriydi. Bu yiyecekleri mideye indirenlerin, aşağı yukarı iki saat sonra açık büfe akşam yemeğine de aynı iştahla oturacaklarından emindim. "Tecrübeyle sabit" derler ya eskiler, benimki de o hesap. Her gün rastladığımız tablo ne de olsa.

Eda grubun başında, bir taraftan servis yapıyor, bir taraftan da yedikleri yemeklerin tarifini almak isteyenlere, hepsi kendi elinden çıkmış gibi, ayrıntılı tarifler veriyordu. Ancak, bir şeylere canı sıkılmış gibi, tatsız bir hali vardı sanki. Dışardan bakan herhangi biri asla fark etmezdi, ama yıllar içinde etle tırnak misali bütünleştiğim arkadaşımın yüzünde kıl kıpırdasa fark ederdim ben.

Elimdeki küçük tabağa iki tane şerbetli lokma koyup en neşeli halimle, "Neyin var senin?" diye fısıldadım Eda'nın kulağına.

Görev başındayken surat asmak, üzgün, hatta durgun görünmek bile yasaktı bize. Sabah uyanır uyanmaz yüzümüze yerleştirdiğimiz gülen, hatta olur olmaz her yerde, her şartta, her zaman diliminde kahkahalar atan maskemiz, gece yatağa girinceye kadar suratımızda asılı kalmak zorundaydı. Sonrasında, istersen başını yastıklara göm, sabahlara kadar haykıra haykıra ağla...

"Önemli bir şey değil" diye gülümsedi Eda. "Her zamanki arıza..."

İster istemez gülüverdim. Neyse, kayda değer, olağandışı bir durum yoktu demek...

İlk görüşte aşk

Her karanın içinde bir ak nokta vardır mutlaka

Eda ile Hakan'ınki, iki yıllık bir hikâyeydi. Sözüm ona ilk görüşte âşık olmuşlardı birbirlerine. İlk görüşte aşk!

Benim aklıma asla yatmayan, bugüne kadar yaşamadığım, bundan sonra da yaşamayacağımdan kesinlikle emin olduğum, kısa sürede tüketilmeye mahkûm, evlilikle de ayrılıkla da sonuçlanabilen, süresi kişilerin dayanma gücüne göre değişen, bir ruhsal bozukluk dönemi...

Temel eğilimlerimden biri olan, "Ben almam, ama alana da karışmam" politikasıyla yaklaştım Eda ile Hakan'ın beraberliklerine. Canım arkadaşımın mutlu olması, en az onun kadar beni de mutlu ederdi. Ama hikâyenin erkek kahramanı, kızımızı üzüyordu işte! Onu doğduğuna pişman ederdim ya... Eda bırakmıyordu ki!

İki yıl önce başlamıştı beraberlikleri. Hakan'ın işletme bölümünden yeni mezun olduğu, fakültede asistan olarak kalıp kariyer yapmak ile dışarıda iş kurmak arasında gelgitler yaşadığı o kritik dönemde. Aniden, beklenmedik bir sıcaklık oluşmuştu aralarında.

Önceleri kararsızdı Eda. Buluşmalarını, o buluşmalar esnasında konuştukları her şeyi benimle paylaşıyor, anlattıklarıyla Hakan'ı benim gözümde yüceltmeye çalışıyordu.

Zaman içinde çözdüm durumu: Eda ve ben ayrılmaz bir bütünün iki yarısı haline gelmiştik. Eda da bana ait olmasını düşündüğü zamanı Hakan'la geçirdiğinde suçlu hissediyordu kendini. Kendisi bile farkında değildi belki, ama gerçek buydu. Durumu kavradığım an, tavrımı koydum.

"Yüreğine dokunan biriyle beraber olman en doğal hakkın" dedim. "Birbirimize arkadaş, dost, hatta kardeş bile olabiliriz ama yetmez! Karşı cinsten birilerinin varlığına da ihtiyaç duyabilir insan. Hem belli mi olur, bir de bakmışsın ben de yanımda her yönden dört dörtlük bir yakışıklı, seninle tanıştırmaya getirmişim..."

Bu son cümlem bana bile inandırıcı gelmese de, Eda'nın yüzünü güldürmeye yetti ve Hakan'la beraber yürümeye başladıkları yolda, daha emin adımlarla ilerlemeye koyuldular.

Ancak Hakan aşırı kıskançtı. Eda'nın attığı her adımı dedektif titizliğiyle izliyor, haber vermeden gittiği yerlerin, kendisinin tanımadığı insanlarla beraber olduğu ortamların hesabını bir bir soruyordu.

Bunalıyordu Eda, kaç kez ayrılmaya kalkmış, Hakan'ın yalvar yakar olup yeminler ederek, bu tür davranışları tekrarlamayacağına söz vermesiyle tatlıya bağlanmıştı iş.

Tatil köyünde yapacağımız staj konusu gündeme geldiğinde de, şiddetle karşı çıkmıştı Hakan. Nasıl olurdu da Eda ve ben kız başımıza böyle bir yere gidip de farklı dilden, dinden, ırktan –daha da önemlisi farklı cinsiyetten!– insanlarla beraber *tatil* yapardık? Yapacağımız iş staj falan değil, tatildi Hakan'ın gözünde! Çok zor razı etmişti onu Eda.

Son derece başarılı geçen "Türk Mutfağı" etkinliğinin ardından, doğruca yanıma koştu Eda. Yapay gülüşlerini rafa kaldırıp, "Canıma okudu gene!" diye başladı. Gerisi geldi... "Beyimizin hiç mi hiç huzuru yokmuş efendim! Aklı fikri bendeymiş. İşi gücü bırakıp buraya gelmeyi planlıyormuş. Rezaleti düşünebiliyor musun Şiir? Çalışan ya da staj yapan herkesin bir yakını buraya gelmeye kalksa..."

"Telaş etme" diye yatıştırmaya çalıştım. "Belli ki özlemiş

seni. Belki gelip buralarda birkaç gün tatil yapar, özlem giderir seninle. Ortada rahatsız edici bir durum olmadığını görünce de huzura kavuşur, döner gider."

O gece odalarımıza çekildiğimizde uzun uzun düşündüm. Özgür olmanın, hiç kimseye hiçbir konuda hesap vermek zorunda olmamanın huzurunu hissettim içimde.

İçten içe acıyordum Eda'ya. Asla onun durumuna düşmeyecektim ben! Hesap verecek kimsem yoktu, olmayacaktı da. Annem mi sorguya çekecekti beni, yoksa babam mı?

Onlardan ayrı büyümek mi beni böyle katılaştırmıştı, bilemiyordum. Ama yaşadığım bu tek kişilik özgürlük, dünyalara bedeldi. Her karanın içinde bir ak nokta olur ya mutlaka... Benimki de karanlıklar içinde küçücük bir avuntu pırıltısıydı belki.

Tek başına tam bir orkestra

Burada geceler gündüzlerden daha hareketli geçiyor. Otel binaları dışında, tatil köyünün dört bir yanı, bin bir çeşit etkinlik ve eğlence programıyla gecenin geç saatlerine, hatta günün ilk ışıklarına kadar ayakta. Her akşam amfitiyatroda yeni bir oyun konuyor sahneye. Havuz başında ise akrobat gösterileri, çeşitli yarışmalar, bingo çekilişi, canlı müzik ve dans var. Bizler de joker gibi, o akşam nereye yönlendirilmişsek, ortama uygun kimlikler ve kostümlerle yerimizi alıyoruz.

Bu akşam havuz başında on iki kişilik Moğol akrobatların nefes kesen gösterisi vardı. Yerçekimine meydan okuyarak adeta havada uçan akrobatların sunduğu denge gösterileri ilgiyle izlendi.

Ardından, tatil köyünün kadrosuna yeni katılan, sunucunun "Tek başına tam bir orkestra" diye tanıttığı bir müzisyen çıktı sahneye. Ve harika bir müzik şöleni başladı. Bir mikrofon, bir İspanyol, bir elektrogitar, bir bateri... Hepsi bu! Birini bırakıp diğerini alarak ilginç ve harika bir sunum yapıyordu yeni müzisyenimiz.

Kalabalık müzik gruplarına ve orkestralara alışık olan izleyiciler önce biraz yadırgadılar sanırım. Ama kulaklarına dolan müziğin yüreklerindeki yankısı, sahnedeki genç adamın sıradan bir şarkıcı olmadığını haykırıyordu.

Ortalama bir fiziğe sahipti genç adam. Ne her görep anda kendine âşık edecek derecede yakışıklı, ne de ç itici. Orta karardı giyimi de. Mavi kot pantolon, siyah bir tişört ve sahnede rahat hareket etmesini sağlayan spor ayakkabılar...

Kadife gibi yumuşacık sesi ve gülen gözleriyle daha ilk şarkıda izleyiciyi kendine çekivermişti. Şarkının sonunda beş dilde selamladı dinleyenleri: İngilizce, Fransızca, Almanca, İtalyanca ve Türkçe. Bu dillerin hepsini konuşabiliyor muydu, yoksa dil haznesi yalnızca "Merhaba" demekle mi sınırlıydı, diye düşünmekten kendimi alamadım.

İzleyicilerin farklı dil, kültür ve beğenilerden geldiğini göz önüne alarak, "Merhaba" dediği dillerin hepsinde şarkı söyleyebilmesi de ilginçti doğrusu. Ama İngilizcesinin baskın olduğunu, benimki gibi hassas kulaklar anlayabilmişti sanırım.

Calvin Harris'in "My Way"i, Justin Bieber'ın "Let me Love You" ve "Cold Water"ı, Maroon 5'ın "Don't Wanna Know"u... peş peşe doldu yüreklerimize.

Yabancı turistlerin yanı sıra Türklerin de yoğun olduğunu bildiğinden, Türkçe şarkılarını da araya serpiştirerek dengeyi sağlıyordu. Harun Kolçak'ın "Yanımda Kal"ı, Zakkum'un "Al Gece Yarılarımı Benden"i, Sıla'nın "Yan Benimle"si...

Son şarkılarını söylerken yalnızca mikrofon vardı elinde. Gitar ve bateriyi harmanlama görevini bir arkadaşı devralmıştı.

"Şimdi dans zamanı!" demesiyle farklı bir boyuta geçti konser. Ve tabii, gecenin başından beri sahnenin yanında ayakta duran, iki yana sallanmaktan başka bir eylemde bulunamayan bizler de pistte aldık soluğu. Görevimiz, masalarında oturup olanı biteni izlemekle yetinen edilgin konukları h... ...ekti.

...ı" denince, kendini hemen piste atmıyor in... ...sağlamak bize düşüyor. Çoğu, animatör ol... ...or bile. "Madem o kalktı, dans ediyor, biz de ...ıyla koşuyorlar piste. Bizlerse ortalık kala... ...len kenara çekiliyoruz.

Ama benim farklı bir marifetim var! Diğer arkadaşlarım pisti boşaltsa bile ben, dans edenlerin tam ortasında şovumu sürdürüyorum.

Ayrıcalığım ne? Belime kadar uzanan sapsarı, lepiska saçlarım! Özellikle Avrupalı turistlerin gözünde kısa boylu olsam da –orta boylu sayılırım aslında!– kısacık kırmızı eteğim, askılı beyaz ipek bluzum, rahat dans etmemi sağlayan topuksuz, düz ayakkabılarımla göze hoş görünen bir profil çizmekteyim.

Ama asıl sır, müziğin ritmine göre başımı hayali bir çember üzerinde döndürmem! Ortaya çıkan tablo, bütün gözleri üzerime çekmeye yetiyor: Yere paralel, daire şeklindeki bir düzlem üzerinde dalgalanan lepiska saçlar!

Bu kez de öyle oldu. Pisttekiler benim dans ve saç şovuma dayanamayıp bana yer açarak halka oldular etrafımda. Gecenin başkahramanı müzisyenimiz de payına düşeni yapmakta gecikmedi.

"*Rapunzel is here! Rapunzel is with us!*" diye haykırdı mikrofondan.

"Rapunzel burada! Rapunzel aramızda..."

Çocukluğunda epey masal kitabı okumuştu galiba!

Konserin bitiminde tanıştık kendisiyle. Ezel'di adı. Amerika'dan gelmişti ve tatil köyüyle bir dizi konser için anlaşma yapmışlardı. Yalnız havuz başında değil, tesisin farklı mekânlarında da program yapacaktı.

Günaydın Rapunzel!

Keyifsiz uyanmıştım yeni güne. Her sabah olduğu gibi. Bir önceki günün yorgunluğunu atamadan yenisine "merhaba" demek zorunluluğuna, bedenimin verdiği doğal tepkiydi bu. Neyse ki çabuk toparlanıyordum.

Eda'yla tabaklarımıza üç beş lokma bir şey koyup kahvaltı salonunun köşesindeki, her zamanki masamıza doğru yürürken, "Günaydın Rapunzel!" diyen sesle irkildim.

Ezel'di! Tatil köyünün çiçeği burnunda müzisyeni. Önceki gece sergilediğim saç şovunun etkisinden kurtulamamıştı demek.

Hiç hoşlanmamıştım bu hitap şeklinden.

"Benim, Rapunzel dışında gerçek bir adım var" dedim sertçe. "Çevremdeki tüm insanlar o isimle çağırır beni."

Yanıtını beklemeden, hızlı adımlarla köşedeki masaya doğru yürüdüm. Ama Eda, büyük bir ayıp yapmışım da, arkamdan birilerinin bu ayıbı temizlemesi gerekiyormuş gibi, "Günaydın" diye başlayıp, "Masamıza buyurun"la devam eden, anlamsız ve gereksiz bir sohbete daldı onunla.

Hiç ikiletmeden daveti kabul etti ve karşımdaki sandalyeye yerleşiverdi Ezel.

"Çok özür dilerim" dedi. "Bu kadar rahatsız olacağınızı tahmin etseydim, böyle bir yakıştırmayı asla yapmazdım. Hoşunuza gideceğini sanmıştım."

Ayrılmaz bir parçam haline gelen sabah huysuzluğum yatışacak gibi değildi. Aslında, bu derece öfkelenmemi gerektirecek bir durum yoktu ortada ama ben, uykumu alamamanın hıncını karşımdakinden çıkarıyordum.

"Hoşuma gitmek mi!" diye haykırdım. "Ben de sizi Peter Pan ya da Pinokyo'ya benzetsem ve onların adıyla çağırmaya kalksam, hoşunuza gider miydi?"

"Bayılırdım!" diye güldü. "Ebeveynlerimiz bizleri tanımadan, ne tür özelliklere sahip olacağımızı tahmin bile edemeden koyuyorlar adlarımızı. Oysa dikkatli gözlerin yakıştırdığı lakaplar çok daha isabetli olabiliyor."

Yanıt bile vermedim. Eda, benim yarattığım boşluğu doldurmak ister gibi durmadan konuşuyor, dolayısıyla masa sohbeti Ezel'le ikisi arasında geçiyordu.

Kahve almak için kalktığımda, "Ben de bir çay alayım" diyerek yanıma geldi Eda. "Amma da ufaladın oğlanı!" diye fısıldadı. "Hak etseydi bari zavallıcık. Ama erkekler böyledir işte. 'Kaçanı kovalamak' denen, taşıdıkları cinse has özellik az ya da çok hepsinde var. Baksana şuna, gözünü alamıyor senden."

"Erkekler hakkında senin kadar bilgi ve deneyim sahibi değilim Edacığım" dedim. "Ama bu kez yanıldığını söyleyebilirim. Gördüğüm kadarıyla Ezel, efendi ve zarif bir çocuk. İstemeden beni kırdı diye gönlümü almaya çabalıyor, hepsi bu!"

Ertesi sabah kahvaltı masasında Ezel'i görünce hiç şaşırmadım nedense. Şükretsin ki, iyi günümdeydim.

"Geciktiniz, yarım saattir burada sizi bekliyorum" diye tatlı sert çıkışmasını gülümseyerek karşıladım ve Eda'nın imalı bakışlarını görmezden geldim.

Son derece konuşkan bir yapısı ve esprili bir dili vardı Ezel'in. Yaşanmışlıklarından yola çıkarak öylesine ilginç ve komik şeyler anlatıyordu ki, sabah sabah kahkahalarla gülmekten kendimi alamıyordum.

Kahvaltının ardından, günlük çalışma programımızı gözden geçirdik Eda'yla. Tatil köyünün dört bir yanında koşturup duracaktık gene.

"Bu akşamki konserim diskoda" dedi Ezel. "Siz de orada olacaksınız, değil mi?"

"Kambersiz düğün olur mu Ezelciğim?" diyerek kıkırdadı Eda.

Birilerinin gözünden ırak! Benim bildiğim Hakan, kız arkadaşının elin adamıyla ciğim'li, cığım'lı konuştuğunu görse kıyameti koparırdı...

Kimseyi görmedim ben senden daha güzel...

Hıncahınç doluydu disko. Tatil köyünün doluluğundan ve çoktan yükünü almış olmasından mı kaynaklanıyordu bu yoğunluk, yoksa Ezel Bey'in hayranlarının diğer etkinlikleri es geçip buraya doluşmasından mı, kestirememiştim doğrusu.

Neyse neydi, burada bulunuşum yaptığım işin gereğiydi. Yorucu geçen bir günün ardından, bu son etkinliği de alnımın akıyla bitirip kendimi yatağa atmaktan başka bir şey düşünemiyordum.

Son derece formdaydı gene Ezel. Slow tarzında yabancı şarkılarla başlayıp adım adım hızlanarak, tempoyu zirvelere taşımayı başardı. Söylediği şarkılara eşlik etmeyen tek kişi yoktu gördüğüm kadarıyla.

Bizlere fazla iş düşmemişti bu gece. Görevimiz izleyiciyi ateşleyip havaya sokmak ve onların pisti doldurmasını sağlamaktı. Yeterince ateşlenmişlerdi zaten, pistte de adım atacak yer kalmamıştı. Durduğumuz yerde iki yana sallanıp ortama ayak uydurmak yeter de artardı bile.

Ezel'in konserine son noktayı koymasını bekliyorduk artık.

"Ve gecenin son şarkısı" dedi Ezel. "Benim için çok özel birine gönderiyorum."

Bir an, o özel kişinin uzaklarda bir yerlerde olduğunu düşündüm. Garip bir sızı sardı içimi. Nedense...

Yüzünde hınzır bir gülüşle kulağıma eğildi Eda. "Bu özel kişinin kim olduğunu biliyoruz, değil mi Şiirciğim?" diye fısıldadı.

"Yok artık!" diye omuz silktim.

Sesim, gitarın sesinde eridi gitti. Söz ve müziği Kaan Tangöze'ye ait, Duman'ın o güzel şarkısı doluverdi kulaklarıma.

Kimseyi görmedim ben senden daha güzel
Kimseyi tanımadım ben senden daha özel
Kimselere de bakmadım aklımdan geçen
Kimseyi tanımadım ben senden daha güzel

Sana nerden rastladım oldum derbeder
Kendimi sana sakladım senden daha güzel
Kimseleri de takmadım ölsem değişmem
Kimseyi tanımadım ben senden daha güzel

Olabilir miydi? O şarkıyı benim için mi söylemişti Ezel? "Çok özel biri" dediği ben miydim?

İki karşıt görüş, iki zıt ve aykırı ses yükseliyordu içimden.

"O çok özel biri sensen eğer, mutlu olur musun?" diyordu ilk ses.

"Ya değilsen?" diyordu diğeri. "Boş ver... Karalar bağlayıp matem tutacak değilsin ya..."

İkisini de susturup sımsıkı kapadım gözlerimi. Ama hâlâ kulaklarımda yankılanan o sesi susturmayı başaramadım: "Kimseyi görmedim ben senden daha güzel... Kimseyi tanımadım ben senden daha özel..."

Beklenmeyen misafir

Bu sabah kahvaltıda sürpriz bir konuğumuz vardı: Hakan! Eda'ya söylememiş geleceğini. Yarın haftalık izin günümüz olduğunu biliyor ya... İki günlük bir "hasret molası" amacıyla yollara düşmüş.

Doğal olarak, kahvaltı soframız her günkünden daha hareketliydi bu sabah. Eda ve Hakan'ın kavuşma sevinci beni de içine alıverince, masamızdan yükselen sesler, sınırlarını zorlamaya başlamıştı. Eda, yan masalardan üzerimize çevrilen bakışları göğüslemeyi görev bildi.

"Kusura bakmayın, biraz fazla gürültü yaptık galiba. "İstanbul'dan nişanlım geldi de..."

Hakan'la aynı anda, "Nişanlı mı?" diye haykırmışız.

"Ne oldu?" diye doğruca Hakan'a döndü Eda. "Bakıyorum, nişanlı olmak düşüncesi pek hoşuna gitmedi."

"Olur mu hiç?" diye itiraz etti Hakan. "Nişanlım demeyi bırak, nikâhlım deseydin daha da hoşuma giderdi."

"Oldu olacak, gelmişken nişanınızı burada yapalım" diye araya girdim. "Ailelerinizin yükünü hafifletmiş oluruz."

Onca gırgırın, şamatanın ortasında, garip bir eksiklik duydum içimde. Her sabah bizden önce gelip kahvaltı masasında bizi bekleyen Ezel görünürlerde yoktu. Gece geç yatmış, uyanamamıştı belki.

Neyse, böylesi daha iyiydi. Daha ilk dakikada yabancı bir erkekle burun buruna gelmek hiç de hoşuna gitmezdi Hakan'ın.

Ne var ki Hakan'la baş başalığımız fazla uzun sürmedi. Ezel'in, elinde kahvaltı tabağıyla masanın başında belirmesi ile Hakan'ın gözlerinde şimşekler çakması bir oldu. Ama asıl şaşırtıcı olan, Ezel'in gözlerinde de aynı şimşeklerin yansımasını yakalamaktı.

Hakan'ın öfkeli duruşuyla ifade ettiği soru açıktı: Kimdi bu adam? Ve bizim yanımızda ne işi vardı? Böyle teklifsizce yaklaşma cesaretini nereden alıyordu?

Ezel'in kafasından geçenleri de okuyabiliyordum: Daha önce hiç görmediği, ama şu anda aşırı derecede senli benli olduğumuz bu yabancı kimdi? Benimle Hakan arasında gidip gelen bakışları, "Gözümü kırpmadan tepeleyebilirim bu herifi!" diye haykırıyordu sanki.

Krizi yönetmek, en soğukkanlımız olan Eda'ya düştü haliyle.

"Tanıştırayım," diyerek fırladı yerinden. "Hakan benim nişanlım. Ezel de Şiir'in arkadaşı."

Hakan ve Ezel'in yelkenleri aynı anda suya iniverdi. Benim erkek arkadaşımın olması ya da olmaması Hakan'ın umurunda bile değildi. Onun için önemli olan Eda'ydı. Ezel'se, aramızda adı konulmuş bir yakınlaşma olmasa da, karşısındaki yabancı erkekle duygusal bir ilişkim olmadığını öğrenmekten mutlu olmuş görünüyordu.

Hakan'ın sıcak yaklaşımından cesaret alarak, "Bu gece türkü bardayım" dedi Ezel. "Umarım yalnız bırakmazsınız beni."

Biz olmasak yalnız kalacaktı sanki! Türkü barı dolduracak onca izleyici bir yana, bizler bir yana gibi bir hava yaratıyordu ve gördüğüm kadarıyla bu hava, pek hoşuna gitmişti Hakan'ın.

"Tabii ki geliriz" dedi. "Türkü dinlemeyi çok severim ben."

Türkü bir yana, Ezel'le aralarında kendiliğinden oluşuveren sıcaklığı sevmişti galiba Hakan ve bu sıcaklığı sürdürmek ister gibiydi.

"Ama yarınki program da bana ait!" diye devam etti. "Kızlar izinli ya... Ölüdeniz'de harika bir gün geçirmeye ne dersiniz?"

Ulaşım sorunumuz olmayacaktı. Dalaman Havaalanı'na iner inmez araba kiralamıştı Hakan. Eda'yı zor durumda bırakmak istememiş ve önce Fethiye ya da Ölüdeniz'deki otellerden birinde kalmayı düşünmüş, ama sonrasında tatil köyünde karar kılmıştı. Açık açık dile getirmiyordu ama parasıyla değil miydi, istediği yerde kalırdı. Her saniye bir arada olmak dururken, kısıtlı zamanını Eda'dan ayrı geçirmenin ne âlemi vardı?

Yaptığı teklife gelince... Benimle arası iyiydi zaten. Ezel'le de yıldızları barışınca, ideal bir dörtlü olabileceğimizi düşünüyordu sanırım.

Evvelim sen oldun ahirim sensin

Türkü bar, tatil köyünün en şirin mekânıydı bence. Bu akşamki konser için de yeniden dekore edilmişti. Üstlerine çiçek motifleriyle bezeli, buram buram Anadolu kokan rengârenk masa örtüleri serilmiş kare şeklindeki masalar, ağaçların dallarına asılmış otantik fenerler ve orta yerde Ezel'in çalıp söyleyeceği yuvarlak alan...

Bu geceki konukların çoğu Türk'tü. Ancak daha önce Ezel'i dinleyip hayranı olan, azımsanmayacak sayıda yabancı turist de vardı.

Saçlarımı serbest bırakmamıştım bu kez, sımsıkı bir atkuyruğu yapmıştım. Kendime bile itiraf edemesem de, Ezel'le inatlaşmak hoşuma gidiyordu.

Hemen fark etti bendeki değişikliği. Önce, geldikleri için Eda ve Hakan'a teşekkür etti, sonra da bana dönüp, "Saçlarını kaçırma benden!" diye fısıldadı. "Işığım oldu onlar benim. Beni ışıksız bırakma!" dedi. Ardından izleyicileri selamlayıp buram buram Âşık Veysel kokan bir türküyle başladı programına.

Mecnunum leylamı gördüm
Bir kerece baktı geçti
Ne sordum ne de söyledi
Kaşlarını yıktı geçti

Soramadım bir çift sözü
Ay mıydı gün müydü yüzü
Sandım ki Zühre yıldızı
Şavkı beni yaktı geçti

Eda kulağıma eğilip, "Senden çok, senin saçlarına âşık bu çocuk" dedi. "Baksana, zülüflerini kement edip onun boynuna taktığını söylüyor sana."

"Senaryo yazıyorsun gene" dedim, ama itiraf etmeliyim ki, bir sonraki Neşet Ertaş türküsünün sözleri Eda'yı haklı çıkaracak doğrultudaydı.

Açma zülüflerin yay yar yellere karşı
Senin zülfün benim telim değil mi
Bülbül figan eder güllere karşı
O yar benim gülüm değil mi

Sallama saçların yar yar sen de bulursun
Azrail misali yar canım alırsın
Etme bu cefayı yar yar kanlım olursun
Bu kul senin kulun değil mi

Sözler bir yana, türkü boyunca bakışları hep benim üzerimdeydi Ezel'in. Orada ikimizden başka hiç kimse yokmuş gibi, gözlerimin içine bakarak söylüyordu türkülerini.

Garip duygular içindeydim. Doğduğundan bu yana sevgi şefkat görmemiş ve hiç ummadığı bir anda başı okşanmış küçük bir çocuk gibi hissediyordum kendimi.

Birbirini kovaladı türküler, bir ağızdan söylendi bazıları. Kâh hüzünler paylaşıldı, kâh halaylar çekildi; Misket'e, Fidayda'ya kalktı kollar.

Ama Neşet Ertaş'ın beni derinlemesine etkileyen, o hüzün yüklü türküsü diğerlerinin arasından sıyrılıp yüreğime, beynime, bütün hücrelerime sindi ve odama döndükten sonra da, gece boyunca, sabahın ilk saatlerine kadar eşlik etti bana.

Cahildim dünyanın rengine kandım
Hayale aldandım boşuna yandım
Seni ilelebet benimsin sandım
Ölürüm sevdiğim zehirim sensin
Evvelim sen oldun ahirim sensin

Sözüm yok şu benden kırıldığına
Gidip başka dala sarıldığına
Gönlüm inanmıyor ayrıldığına
Gözyaşım sen oldun kahirim sensin
Evvelim sen oldun ahirim sensin

Garibim can yıkıp gönül kırmadım
Senden ayrı ben bir mekân kurmadım
Daha bir gönüle ikrar vermedim
Batınım sen oldun zahirim sensin
Evvelim sen oldun ahirim sensin

Ayrılığı anlatıyordu; terk edilmeyi, terk edenin ardından hâlâ, "Evvelim de ahirim de sensin!" diyebilmeyi... Türkünün etkisinden kurtulamıyordum bir türlü. İçimden taşan, garip dizeler dolanıyordu dilime. "Evvelimsin, ahirimsin, ezelimsin!" diye haykırmak geliyordu içimden.

Yabancısı olduğum bir duyguydu bu. Kendime bile itiraf edemiyordum, ama aşkı, henüz keşfedemediğim bir boyutunda yaşıyordum galiba...

Ölüdeniz ve Belcekız

Tatil köyündeki kahvaltının ardından, erkenden yola koyulduk. Bu tür "dörtlü" yolculuklarda erkekler ön koltukta, kızlar ya da kadınlar arkada otururlar ya genelde... Bize göre değildi bu genelleme. Kilometrelerce öteden sırf sevdiceğini görmeye gelmiş bir Hakan'ı, daha yeni tanıdığı biriyle burun buruna yolculuk etmeye zorlamak, olacak iş değildi. Hakan yanına, ön koltuğa Edacığını alınca, arka koltuk da Ezel'le bana kaldı haliyle.

Biraz sıcak olsa da, harika bir hava vardı dışarda, "limonata gibi" derler ya, aynen öyle. Tek bir bulut bile, masmavi gökyüzünün üzerine gölge düşürmeye kıyamamıştı.

Ölüdeniz'e, Belcekız Plajı'na geldiğimizde, mavinin her tonunu içinde barındıran muhteşem bir manzara karşıladı bizi.

"Burası seyahat dergilerinde, 'ölmeden önce mutlaka görülmesi gereken bir yer' olarak geçiyor" dedi Hakan.

Tam bir doğa harikasıydı gerçekten. Bu güzelliğe farklılık katan en büyük özellikse, Babadağ'ın zirvesinden atlayarak yamaç paraşütü yapanların, gökyüzünde süzülerek Belcekız Plajı'na inişlerinin gözlemlenebilmesiydi.

"Belcekız Plajı uzunluk ve genişlik açısından, rahat ve güvenli bir iniş alanı" dedi Hakan. "Vaktimiz kısıtlı olmasa, bu eşsiz deneyimi kaçırmazdım. Ama benim için, Edacığımla beraber olmak, dünya üzerindeki bütün keyiflerin üzerindedir."

"Sen de yamaç paraşütü yapmayı istemez miydin?" diye usulca sordum Ezel'e.

"Paraşüte ne gerek var?" diye güldü. "Sen yanımda olduğun her an, zaten gökyüzünün derinliklerinde uçuyorum ben."

Beğendim verdiği yanıtı. Hakkını teslim etmek gerekirse, iyi laf yapıyordu ağzı.

Mayolarımızı içimize giymiştik zaten. Plajın beyaz boyalı kabinlerinde soyunup kumların sıcağından yanan ayaklarımıza aldırmadan denize koştuk.

Çakıltaşlarının tek tek seçilebildiği, cam gibi berrak, pırıl pırıl bir su. Minik balık sürüleri dolanıyor ayaklarımızın arasında... Suyun içinde oyunbaz çocuklar gibi hoplayıp zıplayarak, zaman zaman hırçınlaşabilen dalgalara kafa tutup kulaç atarak saatlerce yüzdük.

Sudan çıktığımızda, "Kurtlar gibi acıktım ben!" dedi Hakan. Gözleri, plajın gerisindeki kafeteryanın önüne oturmuş, hamur açıp gözleme pişiren kadının üzerindeydi. "Akşama daha çok var. Hafif bir kayıntı yapmaya ne dersiniz?"

Duşumuzu alıp hızla kurulandık, giyindik ve soluğu gözlemeci kadının önünde aldık. Deniz suyuyla boğuşmak acıktırmıştı hepimizi.

Ayağında çiçek desenli şalvarı, başında iğneoyalı yemenisiyle, bölgenin yöresel özelliklerini taşıyan güler yüzlü, konuşkan ve hoşsohbet gözleme ustamızın karşısındaki alçak taburelere yerleştik.

"Benim adım Zehra" dedi gözlemecimiz. "Zehra Bacı derler bana buralarda. Ya siz? Yakışıklı gençler, güzel kızlar... Nerden gelip nereye gidersiniz?"

"İstanbul'danız hepimiz" dedi Eda. Sonra Ezel'i göstererek ekledi: "Ama bu arkadaşımız uzak diyarlardan, Amerika'dan geldi."

Zehra Bacı Ezel'e ters ters baktı, "Ne işin var oralarda oğlum?" dedi azarlar gibi. "Boncuk mu dağıtıyorlar Amerikalarda?"

"Ne boncuğu!" diye güldü Ezel. "Ellerinden gelse, elimizdeki boncuğu bile alıverirler."

"Dönmeycen yani oralara?"

Benim aklımdan geçen, ama dile getirmeye cesaret edemediğim soruları sıralıyordu Zehra Bacı. Kulak kesilip gelecek yanıtı bekledim.

"O niyetle geldim" dedi Ezel. "Ama zamanın ne göstereceği belli olmaz."

Oklavayla açtığı, içlerine derince bir tencerede duran ot karışımından bolca koyup yarım ay şeklinde kapattığı hamurları sacın üzerinde çevire çevire pişirmeye başladı Zehra Bacı.

"Bizim buraların otları bunlar" dedi. "Pazı yaprağı, arapsaçı, ebegümeci, maydanoz, dereotu. Üzerine biraz da peynir serpelediniz mi, yeme de yanında yat!"

Önümüzdeki alçak sehpaların üzerinde, sıcacık gözlemelerimizi buzlu ayranla beraber, iştahla yemeye koyulduk. Zehra Bacı da ellerini yıkadı, karşımızdaki kilimin üzerine bağdaş kurup oturdu.

"Ölüdeniz'deki bu koya adını veren Belcekız'ın dilden dile dolaşan bir efsanesi var" dedi. "Anlatmamı ister misiniz?

İstemez olur muyduk hiç?

"Eski zamanlarda buradan geçen gemiler, açıkta demirler ve içme suyu almak için sandalla kıyıya çıkarlarmış" diye başladı Zehra Bacı. "Yaşlı bir kaptanın genç oğlu, bir gün su almak için koya çıktığında güzeller güzeli Belcekız'ı görmüş. Görür görmez birbirlerine âşık olmuşlar. Ama delikanlı suyu alıp gitmek zorundaymış. Gemi uzaklaşıp gitmiş. Belcekız hep kıyıya bakar, sevgilisinin yolunu gözlermiş. Gemi buralardan her geçişinde su almaya gelince, gençler de bu sayede hasret giderirlermiş.

Bir gün buradan geçerken fırtına patlamış. Delikanlı babasına, Ölüdeniz'i kastederek, buralarda korunaklı bir koy olduğunu söylemiş, ama onu inandıramamış. Oğlunun sırf sevgilisini görmek için gemiyi parçalamayı bile göze aldığını düşünüyormuş adam. Fırtınayla beraber baba oğul arasındaki kavga büyümüş. Gemi tam kayalıklara çarpacakken, baba bir kürek darbesiyle oğlunu denize atmış ve dümene yapışmış. Ve ancak o zaman durumu kavrayabilmiş: Oğlunun dediği gibi deniz, çarşaf gibi bir koya açılmaktaymış.

Oracıkta ölmüş oğlan. Kayalıkların üzerinde sevdiğini bekleyen Belcekız da kayalıklardan atlayarak canına kıymış. O günden sonra delikanlının öldüğü yere Ölüdeniz, kızın atladığı koya da Belcekız denmiş."

Hüzünlü bir öyküydü, ama yalnızca bir efsane olduğundan ya da üzerinden çok zaman geçtiğinden, daha yüzeysel yaşadık o hüznü. Öykünün üzerine birer çay daha içtik.

"Buradan sonra nereye gideceksiniz?" diye sordu Zehra Bacı.

"Belli bir planımız yok" dedi Hakan. "Sizin önereceğiniz özel bir yer var mı?"

"Buralara kadar gelmişken, Fethiye'deki Paspatur Çarşı'nı mutlaka gezmelisiniz, derim. Arabanız varsa en çok yarım saat sürer. Memnun kalmazsanız gelir benden hesabını sorarsınız. Gece yarısına kadar buradayım ben."

Paspatur, "Eski kent" anlamına gelirmiş. Çarşı trafiğe kapalı, labirent gibi dar sokakları, cumbalı ahşap evleri ve tarihi dokusuyla şirin, otantik, gerçekten de gezilmeye, görülmeye değer bir mekândı. Rengârenk şemsiyelerin gökyüzünü perdelediği sokaklar, tek kelimeyle harikaydı. Yağmur yağınca kim bilir ne kadar güzel olurdu buralar...

Takı, mücevher, biblo, halı, deri, şilebezi ağırlıklı giysi mağazaları; kafeteryalar ve barlar... Tam bir renk cümbüşünün ortasında, hangisine bakacağımızı şaşırmış bir halde oradan oraya koşturuyorduk.

Birbirinden güzel ve albenili takıların boy gösterdiği bir dükkândan içeri girdik. Önde Eda ve Hakan, arkada Ezel ve ben.

"Bugünün anısına," diyerek iki ince gümüş yüzük seçti Hakan. "Söz yüzüğümüz olsun, nişan yüzüklerimizi takıncaya kadar idare eder" diyerek birini Eda'nın parmağına, diğerini kendi parmağına geçirdi.

Ezel de benzer bir davranışta bulunması gerekiyormuş gibi, gözleri takıların üzerinde, kendince bir şeyler aranıyordu. Hiçbir tepki vermeden izliyordum onu. Sonunda, üzerine minik taşlar işlenmiş, küçük sedef bir tarağı aldı ve bana sormaya gerek bile duymadan, saçımın sol tarafına, yanlamasına takıverdi.

Eda ve Hakan'ın, "Harika oldu, çok yakıştı" yolundaki övgülerine aldırmadan, "Her taktığında beni hatırlarsın" dedi.

"O da ne demek?" diye panter gibi atıldı Eda. "Her taktığında Şiir'in yanında olmayacak mısın ki?"

"Lafın gelişi" diye güldü Ezel. "Benden ayrı olduğu zamanlarda da, saçlarını süslesin anlamında söylemiştim."

Garip bir hüzün dalgası yaladı geçti yüreğimi. Ama çabuk toparlandım. Henüz gerçek bir beraberliğe adım bile atmamışken, hayali ayrılık rüzgârlarıyla savrulmanın anlamı yoktu.

Tarak

Fethiye'den Ölüdeniz'e dönerken, gidişteki kadar neşeli değildik hiçbirimiz. Eda ile Hakan'ın üzerine, yaklaşmakta olan ayrılığın hüznü çökmüştü. Sabah ilk uçakla İstanbul'a dönecekti Hakan. Ezel'le ben de onların hüznünü mü paylaşıyorduk, yoksa kendi belirsizliklerimiz yüzünden mi durgunlaşıvermiştik, bilemiyordum.

Ama Hakan'ın önceden yer ayırttığı denize karşı, muhteşem manzaralı masamıza otururken, bütün olumsuzlukları geride bırakıp sonradan güzel anılarıyla hatırlayacağımız bir geceye hazırlıyorduk kendimizi.

Denizden savrulan iyot kokusu, yüzümüzü yalayan naif rüzgâr, gökyüzünde gümüş bir tepsi gibi parlayan dolunay; yanı sıra bin bir çeşit mezeyle donatılmış harika bir sofra...

Eda ve Hakan masaya oturduklarından beri, birbiri ardına deviriyorlardı kadehleri. İçkiyle başım hoş değildi benim. Ortama ayak uydurmak için, onlarla beraber kadeh kaldırıp birkaç yudum içmekle yetiniyordum. Ezel de ölçülü gidiyordu.

"Dönüşte arabayı ben kullanayım abi" dedi Hakan'a. "İyiden iyiye yükünü aldın sen."

"Tamam" dedi Hakan. "Şimdiden al arabanın anahtarını. Ama sen de dilini çöz be kardeşim! Hadi, bir şeyler mırıldan da, keyfimiz gıcır olsun... Hem siz neden öyle dut yemiş bülbül gibi oturuyorsunuz? Kerpetenle laf çıkıyor ağzınızdan."

Doğruydu, garip bir ağırlık çökmüştü üstüme. Ezel'in saçıma taktığı tarağın ağırlığı! Tarağı takarken ettiği sözler... Belki gereksiz bir alınganlıktı benimki. Ama öyle olsa, benden önce neden Eda dikilivermişti Ezel'in karşısına?

Kafamın içindeki karmaşayla boğuşmaktan, Ezel'in, gözlerimi yakalamaya çalışarak söylemeye başladığı Erdinç Çelikkol şarkısını geç fark ettim.

Gel gönlümü yerden yere
Vurma güzel ne olursun
Gül dururken dikenleri
Derme güzel ne olursun

Git diyemem, kal diyemem
Sen goncasın, gül diyemem
Çok severim söyleyemem
Sorma güzel ne olursun

Sevgin nefes sevgin candır
Sevgin bana heyecandır
Kalbim ince bir fidandır
Kırma güzel ne olursun

Şarkı bitince sandalyesini benimkinin yanına yanaştırdı Ezel. Eda ve Hakan çoktan kendi âlemlerine dalmışlardı, dünya umurlarında değildi.

"Bu böyle olmayacak" dedi Ezel. "Seninle oturup uzun uzun konuşmamız gerekiyor. Hiç tanımıyoruz birbirimizi. Tek bildiğimiz, bizi birbirimize yakın kılan o sihirli çekim gücü. Ama yetmez! Yeni bir beraberliğe adım atmak için, hiçbir pürüz kalmamalı aramızda. Açık açık konuşmalıyız her şeyi."

"Tamam" dedim. "Ne zaman istersen konuşabiliriz."

"Tatil köyünde olmaz. Gelecek hafta buraya gelelim gene. Sen ve ben, baş başa... Ne dersin?"

Ne diyebilirdim ki evet'ten başka.

Beni benden dinlemeye hazır mısın?

Tahterevallinin havada asılı
kalan çocuğu oldum hep.
Etkisiz, tepkisiz, kaderine razı...

Bütün haftayı Ezel'le kararlaştırdığımız o özel buluşmanın ayrıntılarını hayal etmekle geçirdim. Tatil köyünün herhangi bir yerinde de oturup konuşabilirdik, ama o kadarı yetmemiş olmalı ki, benimle baş başa kalabileceği daha uzak bir mekânı seçmişti Ezel.

"Parmağına geçirilecek bir yüzüğe hazırlıklı ol" diyordu Eda. Ona göre, ciddi bir teklifle karşıma oturacaktı Ezel. Yoksa neden baş başa kalmak için, hem meraklı gözlerden uzak, hem de yüksek dozda romantizm içeren bir yeri seçsindi?

O kadarını hayal etmiyordum açıkçası, ama kendime bile itiraf edemesem de, geleceğe yönelik, beni mutlu edecek bir şeyler duyacağımı umuyordum galiba...

Bana kalsa en doğal halimle giderdim, ama Eda duruma el koymakta gecikmedi. Buraya gelirken, özel günlerde giymek üzere son anda bavuluma attığım, ama hiç üstüme geçirmediğim narçiçeği şifon elbisemi çıkardı dolaptan, şöyle bir üstüme tuttu.

"İşte budur!" dedi. "Özel geceye, özel kıyafet..."

Yetmedi, genellikle doğal ve hafif bir makyajla yetinen ben, kendimi Eda'nın becerikli ellerine teslim etmek zorunda kaldım.

"Abartma lütfen!" diye uyarsam da, her zamankinden çok daha farklı bir çehreye büründürdü beni. Saçıma Ezel'in aldığı sedef tarağı da özenle yerleştirince, yarattığı tabloyla gurur duyan ressamın mutluluğuyla tepeden tırnağa süzdü eserini.

"Harika görünüyorsun" dedi. "Öncesinde âşık olmadıysa bile, bu gece tam anlamıyla vurulacak sana Ezel."

Ardından, kızı için kaygı duyan sevgi dolu bir anne gibi, "Dikkatli ol!" dedi. "Kendimi Külkedisinin peri annesi gibi hissettim bir an. 'Gece yarısına kadar eve dönmelisin!' diyecek değilim. Sonradan pişman olacağın adımları atmayacağından da eminim. Ama gecenin büyüsüne kapılıp dağıtmaya kalkma. Hadi, şimdi git, dilediğince eğlen. Umarım her şey gönlünce olur..."

Tatil köyünün çıkış kapısında buluştuk Ezel'le. Her zamankinden de yakışıklı göründü gözüme. Kendimi, onu yakışıklı görmeye şartlandırdığımdan belki. Benim kadar abartılı olmasa da, farklı bir özen göstermişti giyimine. Şortların, kot pantolonların yerini gri kumaş pantolon, yarım kollu rengârenk tişörtlerin yerini de beyaz şık bir gömlek almıştı.

"Ne kadar güzel olmuşsun" diyerek hafifçe kucakladı beni. "Benim için giyinip süslendiğini görmek ne güzel..."

İyi bir başlangıçtı. Ezel'le el ele, kapının önündeki taksilerden birine doğru yürüdük. Önce beni sağ arka koltuğa yerleştirdi, sonra da arabanın arkasından dolanarak taksiye bindi ve yanıma oturdu. On dakika içinde Ölüdeniz'e varmıştık. Önceki hafta gittiğimiz restoranın önünde taksiden indik.

Çok kalabalıktı restoran, masaların neredeyse tamamı doluydu. Boş olanların üzerindeyse "rezerve" yazısı vardı. Nereye oturacağız diye bakınırken, tepeden tırnağa beyazlara bürünmüş şef garson önümüze düştü, iki cepheden köşelemesine denizi kucaklayan masayı göstererek, "Buyurun efendim!" dedi.

Önceden yerimizi ayırtmıştı Ezel. Bu hareketinden dolayı içimden, bir artı puan daha yazdım karnesine. Ama masaya oturur oturmaz, bembeyaz masa örtüsünün üstünde, tabağımın yanına konulmuş kırmızı gülü görünce, yüreğimden taşan coşkuyu daha fazla saklayamadım.

"Çok, ama çok teşekkür ederim Ezel" diye kekeledim. "Ne kadar ince bir insansın sen..."

"Bu daha ne ki?" diye güldü. "Keşke çok daha güzel bir şeyler yapabilsem senin için."

Çevremizde fır dönüyordu garsonlar. Küçük küçük tabaklarda mezeleri getirdiler önce. Ezel'e kalsa, garsonun elindeki devasa tepsiden gözüne kestirdiği her tabağı masaya koyduracaktı.

"Yalnızca iki kişi olduğumuzu unutma!" diye uyarmak zorunda kaldım, ama gene de gerektiği kadar etkili olamadım.

Başta deniz börülcesi, turp ve cibes olmak üzere, Ege ve Akdeniz'in simgesi olan otlar, kabak çiçeği dolması, peynir ve cevizli roka salatası, yoğurtlu semizotu, közlenmiş patlıcan, soğan ve maydanozla zenginleştirilmiş tekmil favadan oluşan zengin meze çeşitlerine şöyle bir göz attıktan sonra, "Ne içelim?" diye sordu Ezel. "Rakı, kırmızı ya da beyaz şarap?"

İçki kültürüm "yok" denecek kadar zayıftı. Ama balığın ve deniz ürünlerinin yanında beyaz şarabın tercih edildiğini biliyordum.

"Benim için fark etmez" dedim. "Belki sana garip gelecek, ama ben bu sofrada meyve suyu bile içebilirim. İçkiyle fazla bir tanışıklığımız yok anlayacağın."

"Önemli değil" diye güldü. "Bu özel gecede beyaz şarapla aranızdaki samimiyeti ilerletmenizi sağlayabilirim."

Dediği gibi de oldu. Kalamar ve midye tava ile deniz ürünlü sigara böreğinden oluşan ara sıcaklarımız geldiğinde, ikinci kadeh şarabımı bitirmek üzereydim. Hafif bir baş dönmesi, bedenimi saran tatlı sıcaklık ve Ezel'in gözlerinde eriyen, acemi sevdalılara özgü şaşkın bakışlarım...

Tek lokma yiyecek halim kalmamıştı. Gene de buram buram kokan ızgara çipuraya "hayır" diyemedim. Benim balığımı garsona ayıklattı Ezel. Gözleri üstümde, en ufak bir ayrıntıyı bile es geçmeden, beni memnun etmek için elinden geleni fazlasıyla yapıyordu.

Her şey iyiydi, hoştu, gitgide koyulaşıyordu sohbetimiz, ama asıl konuya geçemiyorduk bir türlü. Onun da bir zamanı varmış meğer...

Tabaklar toplanıp sıra kahve içmeye geldiğinde, "Konuşacaklarımız çatal bıçak sesleriyle bölünmesin diye bu anı bekledim" dedi Ezel. "Beni, benim dilimden dinlemeye hazır mısın?"

Derin bir soluk aldı, "Parçalanmış bir ailenin tek çocuğuyum ben!" dedi.

Sonuna kadar sessizce, çıt çıkarmadan dinlemeye hazırlanmışken, "Gerçekten mi?" diye haykırıvermişim. "Ne tesadüf! Ben de tek çocuğum ve annem ve babam yıllar önce ayrıldılar."

Bir an için durakladı Ezel. Sözünün kesilmesinden rahatsız olmuş gibiydi.

"İlginç" dedi. "Ama boşanmak da evlenmek kadar doğal bir durum. Eşler yürütemedikleri bir beraberliği, kör topal sürükleyeceklerine sonlandırabilirler. Tabii bütün yükü evlatlarının omzuna yüklememek ve onları yok saymamak şartıyla."

Suratı öylesine ciddi bir ifadeye bürünmüştü ki, araya girmeden, olumlu ya da olumsuz hiçbir yorum yapmadan dinlemeye koyuldum.

"Ben, tahterevallinin havada asılı kalan çocuğu oldum hep! Etkisiz, tepkisiz, kaderine razı...

Annem ve babam ayrıldığında ilkokul ikinci sınıftaydım. Ne olduğunu anlayamadım bile. Ama pek güzel anlattılar, ayrılığın da kimsesizliğin de nasıl bir şey olduğunu, daha o yaşta öğrettiler bana.

Evliliklerin sonlandırılmasında, genellikle erkeğin ihaneti söz konusudur ya... Bizde tam tersine, ihanet eden babam değil, annemdi. O yaşlarda neyin ne olduğunu bilemiyordum tabii. Ağızdan ağıza yayılan söylentilerden öğrendim gerçeği. Gürültülü patırtılı bir kopuş, annemin birkaç parça eşyasını toplayıp evden ayrılışı, babamın beni elimden tutup doğruca babaannemin evine götürüşü ve annemle ikisinin zehir misali bir nefretin acısını benden çıkarmaları...

Adını söylesem tanırsın, çok ünlü ve zengin bir işadamıdır babam. Oto galerileri, fabrikalar, mağaza zincirleri... Annemse aileden gelen mal varlığını değerlendirerek çalışıp çabalamış, İstanbul'un en ünlü tekstil firmalarından birinin patroniçesi olmayı başarmış, parmakla gösterilecek derecede başarılı ve parlak bir işkadını.

Ancak, vitrin olarak mükemmel bir görüntü sunan bu iki insan, dibine gölge vermeyen ağaçlar gibi, beni ötelemiş ve kendilerinden mahrum etmişlerdi.

O günlerdeki çocuk aklımla, 'İyi ki babaannem var, acaba o olmasa sokakta mı kalırdım ben?' diye düşünürdüm hep.

Annemin marifetini öğrendiğimde ilkokuldaydım henüz.

'Senin annen kötü kadın olmuş!' demişti bir arkadaşım.

'Kötü kadın ne demek?' diye sormuştum babaanneme. 'Benim annem kötü kadın mı?'

'Halt etmiş o çocuk, her kimse! Kötü falan değil senin annen' diyerek arka çıktı anneme. Ama ben öğreneceğimi öğrenmiştim.

Önce annem, kısa bir süre sonra da babam ikinci evliliklerini yaptılar. Arka arkaya çocukları oldu ikisinin de. Kardeşlerim... Yüzlerini hiç görmedim. Önce bizimkiler istememişti, aklım ermeye başlayınca da ben."

Sustu Ezel, anlattıklarının bende yarattığı etkiyi ölçmek ister gibi dikkatle baktı yüzüme. "Sıkmıyorum seni, değil mi?" dedi. "Anlattıklarım pek iç açıcı şeyler değil ya... Ama benim gerçeklerim bunlar. Herkesle paylaşılamayacak gerçeklikler üstelik..."

"Sıkılmıyorum" dedim. "Tam tersine, kendimden pek çok şey bularak dinliyorum seni. Devam et lütfen."

"Özel günler benim için kâbus gibiydi" diyerek kaldığı yerden sürdürdü hikâyesini. "Şeker ve Kurban bayramlarında herkes birbiriyle bayramlaşır ya, küçükler el öper, büyükler de küçükleri... Bunları hiç yaşamadım ben. Bayram sabahı babaannem, en iyi mağazalardan seçip aldığı bayramlıklarımı giydirir, yüklüce bir bayram harçlığını cebime sokuşturur, gözyaşlarını göstermemeye çalışarak bağrına basardı beni. Sonra... doğru sinemaya! Bir, iki, bazen üç filmi peş peşe izlerdik babaannemle. Sırf ben çevremdeki, anasıyla babasıyla, diğer yakınlarıyla bayramlaşıp el öpen çocukları görüp de eksiklik duymayayım diye.

Liseye başladığımda bütün taşlar yerli yerine oturmuştu. Ancak, içinde debelendiğim şartlar altında kendime nasıl bir yol çizmem gerektiğine karar veremiyordum. Yanı sıra, anne ve babaya karşı sevgi yerine nefret yüklü bir evlat olmam, onların umurunda olmasa da, rahatsız ediyordu beni.

Maddi yönden sorunumuz yoktu. Her ay babaannemin hesabına yüklüce bir para yatırıyordu babam. Ama ben, elimden gelse, o paraya dokunmak bile istemezdim.

Şöyle bir fikir geliştirmiştim kafamda: Ebeveynler 18 yaşını dolduruncaya kadar evlatlarına bakmakla yükümlüdürler ya... Ben de o yaşa kadar yasal haklarımı kullanabilirdim. Ancak kararlıydım, 18. yaşımı doldurduğum gün, babamla aramızdaki parasal iletişimi de kesinlikle sonlandıracaktım.

Üniversite giriş sınavlarında çok yüksek bir puan almıştım. O saatten sonra beni uzaktan uzağa yönetmeye çalışan sevgili babacığım, babaannem aracılığıyla, işletme ya da ekonomi okumam konusunda tavsiyelerini iletti bana. İşletmeci ya da ekonomist olsam, işlerinin başına mı geçirecekti beni acaba?

Güldüm, geçtim... İstanbul Üniversitesi Devlet Konservatuvarı Müzik Bölümü'ne yaptırdım kaydımı. Ve o andan itibaren, gerçek bir hayat mücadelesi başladı benim için. Babaannemden bile para almıyordum artık. Ortaokul ve lise öğrencilerine ders veriyordum. Matematik, Fen, Türkçe ve gitar... Beyoğlu'nda İstiklal Caddesi'nde, metro çıkışlarında elimde gitarımla sokak şarkıcılığı yapıyordum. Gitar kutusuna atılan paralar çocuk gibi sevindiriyordu beni. Alın terimdi her bir lira, bileğimin hakkıydı, emeğimdi.

Bu şartlarda okudum ben Şiir. İtiraf etmeliyim ki zordu. Ama başarmanın mutluluğu, doyumsuz bir ödül olarak dönüyordu bana."

Duyduklarım iyiden iyiye afallatmıştı beni. Böyle bir hikâye dinleyeceğim aklımın ucundan bile geçmezdi.

"Şaşırttım seni galiba" diye güldü Ezel. "Neyse... Biraz da seni dinleyelim. Hikâyelerimiz az da olsa birbirine benziyor sanırım. Anlat bakalım, sen neler yaşadın bugüne kadar?"

Onunkilerin yanında, benim anlatacaklarım öylesine yavan kalacaktı ki, neresinden başlayıp nasıl toparlayacağımı, ne kadarını anlatıp ne kadarını kendime saklayacağımı bilemedim.

"Evet, ben de parçalanmış bir ailenin tek çocuğuyum" diye başladım. "Ama seninkiler kadar trajik yaşanmışlıklarım yok benim. Babamın ihanetiyle yıkılan bir yuva, annemin ve babamın kısa süre içinde ikinci evliliklerini yapmaları ve benim anneannemin evine taşınarak, yaşamımı orada sürdürmem... Annem ve babamla olan ilişkilerimiz, seninki gibi kopma noktasına gelmiş değil. Pek sık olmasa da bir araya gelip görüşebiliyoruz. Ama ne derece içten ve yürekten; orasını deşmeyeceksin artık..."

"Senin anneannen, benim babaannem... İyi ki onlar varmış! Yoksa nice olurdu bizim halimiz?"

"Allah onlara uzun ömürler versin!" dedim ve "Aklıma takılan bir nokta var" diyerek devam ettim. "Buraya Amerika'dan geldiğini söylemiştin ya... Nedir bu Amerika hikâyesi?"

"Başlı başına, farklı bir macera o!" dedi Ezel. "Geç oldu. Amerika hikâyelerini de gelecek haftaya bıraksak? Gelecek hafta, aynı saatte, burada... Ne dersin?"

Ezel söyler de, ben "Hayır" diyebilir miydim? Tabii ki evet! Gelecek haftayı şimdiden iple çekiyorum...

Amerika ve Aria

Benim o geceyle ilgili anlattıklarımı dikkatle ve gözlerinden ışıklar saçarak dinledikten sonra, "Şükürler olsun, bizim Külkedimizin yolu da aşkla kesişti sonunda" dedi Eda. "Her fani er ya da geç aşk şerbetini tadacaktır. Âşıklar Cenneti'nin dikenli yollarına hoş geldin Şiirciğim!"

Ona göre, Ezel'le baş başa kaldığımız ilk buluşma son derece olumlu ve verimli geçmişti. Bir sonraki beraberliğimizde, Ezel'in bana ciddi bir teklifle geleceğinden, adı gibi emindi Eda.

Ancak ben onun kadar emin değildim. Herhangi bir teklif beklediğim falan da yoktu. O gece biz, birbirimizin yaşamına dokunmuştuk yalnızca. Ailelerimiz, yaşadığımız benzer olumsuzluklar, o güne kadar isteyerek ya da zorunlu kılınarak attığımız adımlar... Bunları paylaşmak için sevgili olmak gerekmiyordu. Ruhen ve kafaca anlaşabilen ya da ortak noktaları olan ayrı cinsten iki insan da bunları konuşup paylaşabilirdi pekâlâ.

O gece, geleceğe yönelik tek söz etmemişti Ezel. Geçmişi, geride kalmışları konuşmuştuk hep. İkinci buluşmamızda da yarım bıraktığı hikâyesini tamamlayacaktı. Yanı sıra, bundan sonra kendine nasıl bir yol çizmeyi düşündüğünü anlatacaktı belki.

Bu geceye özel anlamlar katmanın gereksiz olduğunu düşündüğümden, Eda'nın tüm itirazlarını duymazdan gelerek, bir önceki haftaya göre son derece sade bir giyimle (kot pantolon, penye bluz) ve varla yok arası hafif bir makyajla gittim buluşmaya. Sanki sözleşmişiz gibi, Ezel de üzerinde bir kot pantolon ve bir penye tişörtle karşıladı beni.

Ancak, bizler görünüm olarak sade ve doğal bir tablo çizerken, restorandaki masamız bir hafta önceki gibi özenle hazırlanmış, tabağımın yanına konulacak kırmızı gül bile unutulmamıştı.

Oturur oturmaz, cebinden bir kart çıkardı Ezel, gülün altına yerleştirdi. Masanın üzerinden uzanıp elimi tuttu.

"Önceden koyduracaktım kartı, ama senden başkasının okumasını istemedim" dedi:

> Bugüne kadar duyduğum,
> okuduğum, dinlediğim ya da seslendirdiğim
> bütün şiirlerden daha güzelsin!

"Teşekkür ederim" dedim okurken. "İnsanların yüreğine nasıl dokunulacağını çok iyi biliyorsun. Sanatçı duyarlılığı dedikleri bu olsa gerek."

"Her önüme gelene bu tür şeyler yazdığımı düşünmüyorsundur umarım" dedi. "Benim için ne kadar özel olduğunun farkında mısın?"

Ciddileşiverdi birden. Ateş gibi yakıcı bakışlarını yüzüme dikti, hesap sorar gibi, "Neden o tarağı takmadın saçına?" dedi. "Bilmem farkında mısın, sıradan bir tarak değil o. Benim varlığımı, beni temsil ediyor ve benim yerime o dokunuyor sana."

Ne yanıt vereceğimi bilemedim bir an.

"Seninle beraberken onu takmam neden gereksin ki?" diye karşı atağa geçtim. "Baksana istediğin an elimi tutup bana dokunabiliyorsun..."

Gerilmiş yüz hatları yumuşayıverdi hemen.

"Haklısın" diyerek elimi avuçlarının arasına aldı. "Yanında

olmadığım zamanlarda da kalbinde, ruhunda, tüm benliğinde olmayı isterim" dedi.

İçten içe, Eda'nın kulaklarını çınlattım. Tahminleri doğru mu çıkıyordu ne? Erken ve yanıltıcı bir tanı koymanın da anlamı yoktu ama. Bekleyip görecektik. Geldiğinden beri Ezel'in dilinden düşmeyen şu Amerika hikâyesini dinlemeden, alacakaranlıkları aydınlığa kavuşturmadan hüküm vermek mümkün değildi.

Bu kez daha mütevazıydı soframız. Meze tabaklarını seyrelterek, balık ve şarap ikilisini öne çıkarmıştık. Hatta şarabın, bir adım öne çıkarak, başrol koltuğuna oturduğunu bile söyleyebilirim. Bir kadeh şarabı nazla tuzla yudumlayan ben, Ezel'in anlatmaya başladığı, başlar başlamaz da içimin huzursuzca kıpırdamasına yol açan Amerika serüvenini hoşgörüyle dinleyebilmek için, ardı ardına yuvarlıyordum kadehleri.

"Daha önce de söz etmiştim" diye başladı Ezel. "Babam da, annem de yabana atılmayacak derecede zengin insanlar. Ama üniversite yıllarında, verecekleri parayı almak bir yana, onlarla aynı şehrin havasını solumak bile ağır gelmeye başlamıştı bana. Uzaklara, çok uzaklara kaçmak istiyordum.

Fakülte son sınıftayken, mezun olur olmaz kapağı Amerika'ya atmayı ve orada yüksek lisans yapmayı koymuştum kafama. Ama bu, göründüğü kadar kolay bir iş değildi. Öğrenci vizesiyle gitmek için öncelikle Amerika'da bir okula kabul edilmek gerekiyordu. Yanı sıra kanıtlanabilir yeterlilikte parasal birikiminiz olacaktı. Eğitimi aile karşılayacaksa, ailenin gelirini gösteren belgeler ve banka hesapları gerekiyordu.

Ailemin geliri onların beklentilerini katbekat aşacak düzeydeydi. Ama ben tam anlamıyla çulsuzun tekiydim ve soyadını taşımak zorunda olduğum ailemden tek kuruş almamaya yeminliydim. Yanı sıra, Amerika'ya gidip uzun yıllar orada kalmayı istediğimden de emin değildim. Öncelikle bir deneme süreci yaşamam gerekiyordu. Öğrenci vizesi yerine turist vizesi alarak gitmeye karar verdim.

Daha önce New York'a gidip yüksek lisans yaptıktan sonra Türkiye'ye dönen bir arkadaşım yardımcı olup yol gösterdi bana. Öğrenciliği boyunca kaldığı pansiyonun adresini verdi. 'Sahibi, Aria isimli Amerikalı bir kadın' dedi. 'Pansiyon binasının altında kafe işletiyor ve her ulustan öğrenciye her konuda destek oluyor.'

New York'a iner inmez ilk işim, nüfusunu Amerikalılar yanında, farklı uluslardan insanların da oluşturduğu Astoria ve Aria'nın işlettiği pansiyonu aramak oldu."

Sustu Ezel... Geride kalmış bir şeyleri özler gibi durgunlaşıvermişti birden. İçgüdüsel bir tedirginlikle yüzüne baktım. Gözlerini kaçırıyordu sanki benden.

Laf olsun diye, "Kolay buldun mu bari pansiyonu?" dedim. "Nasıl bir yerdi?"

"Fena değildi" diyerek sorularımı yanıtlamaya koyuldu. "İki katlı, küçük ama şirin bir binaydı. Üst katta beş oda, aşağıda geniş bir salon ve mutfak. Arka bahçeye çıkılıyordu mutfaktan. Görmeliydin o bahçeyi! Yemyeşil çimler, yemyeşil bodur ağaçlar, duvarlara tırmanmış sarmaşıklar, mis kokulu renk renk çiçekler... Ortadaki masa hiç boş kalmazdı. Benden başka iki Türk öğrenci daha vardı pansiyonda. Gurbet yakınlaştırıyor insanları. O masaya oturup gece yarılarına kadar sohbet ederdik."

"Ya pansiyon sahibi?" diye kestim. "Aria mı, Arya mı, her neyse... Nasıl davranıyordu size?"

"Harika bir insandı o!" derken, sesindeki titreyiş fark edilmeyecek gibi değildi. "Evet, adı Aria" dedi. "Aria İngilizcede de arya anlamına geliyor."

Pansiyon işleten şefkatli kadınların genellikle yaşlı olduklarını düşündüğümden midir, yoksa adım adım üzerime doğru yürüyen tehlikeyi kendimden uzak tutmaya çabaladığımdan mıdır bilmiyorum, "Yaşlı mıydı şu sizin Aria?" diye sordum.

"Yok canım!" diye güldü Ezel. "30-35 gibi, ama o kadar bile göstermiyordu. Pansiyonun asıl sahibi halasıymış zaten. Hala hastalanıp evine kapanınca, Aria'ya kalmış işler. Hem pansiyonu, hem de binanın altındaki kafeyi idare ediyordu."

Daha fazla sabredemeyecektim. Damarlarımda dolanan şarabın da verdiği cesaretle, "Çok mu hayrandın sen o kadına?" diye soruverdim.

"Orada, o çatının altında yaşayıp da Aria'ya hayran olmayan tek kişi tanımadım ben" demez mi!

"Sen de o hayran topluluğunun içindeydin yani..."

"Eee, haliyle! Güzel Türkçemizde 'Sürüden ayrılanı kurt kapar!' diye bir söz vardır ya... Bizimki de o hesap. Diyarı gurbette ayakta kalabilmenin ilk şartıdır: Yanında yamacında kendi kanından, kendi canından birileri mutlaka olacak ve ortak duygularını; sevinç, üzüntü, kaygı, aklına ne geliyorsa paylaşacaksın. Birilerine duyulacak hayranlık ve nefret de buna dahil."

"Bu hesaba göre, pansiyonda kalanların hepsi o hatuna hayran-kurban tablosunda, kardeş kardeş geçiniyordunuz ha?"

Yüksek perdeden bir kahkaha attı Ezel.

"Yalnız pansiyondakiler değil, uzak yakın çevremizdeki herkes hayrandı ona" diye düzeltti.

Bendeki çöküntüye daha fazla dayanamamış olmalı ki, "Bizim Aria'yı kıskandın mı yoksa sen?" diyerek yerinden kalktı, yanımdaki sandalyeye oturup kolunu omzuma attı. "Kıyamam sana!" diyerek, yüzünü saçlarıma gömdü ve beni en çok etkileyen o şarkıyı mırıldandı kulağıma:

"Kimseyi görmedim ben senden daha güzel, kimseyi tanımadım ben senden daha özel..."

Biraz yatışır gibi olmuştum, ama göğsümün ortasına teklifsizce oturmuş o sıkıntıyı, bir türlü söküp atamıyordum içimden.

"Şiiri şarkıyı bir yana bırak da, şu Aria'yı daha etraflıca anlat bana" dedim. "Hiçbir ayrıntıyı atlamadan, tüm samimiyetinle..."

New Yorklu Fahriye Abla

Ne şirin komşumuzdun sen Fahriye Abla
Ne çapkın komşumuzdun sen Fahriye Abla
Ne güzel komşumuzdun sen Fahriye Abla!

Ahmet Muhip Dıranas

Güle söyleye, yarı şaka yarı ciddi anlatmaya başladı Ezel:

"Pansiyonda beraber kaldığımız Türk arkadaşlardan kendime en yakın hissettiğim Cezmi'nin, Aria'yla ilgili çok ilginç bir benzetmesi vardı. Ona göre, Aria bizim 'Fahriye Abla'mızdı!

Ahmet Muhip Dıranas'ın, delikanlılık çağında sevdalandığı, mahalleden komşuları olan güzel bir kadın için yazdığı o ünlü şiiri bilirsin...

'Her erkeğin ilk gençlik yıllarında aklını başından alan bir Fahriye Ablası vardır' diyordu Cezmi. 'Yüreğinin kuytu bir köşesinde saklar onu. Aria da bizim Fahriye Ablamız gibi! Abla, mabla... Hepimiz hayran değil miyiz ona?'"

Arkadaşının ağzından konuşuyordu, ama onun söylediklerini yüreğinin her zerresiyle onayladığı öylesine belliydi ki...

"Çok güzel bir kadın değildi" diye devam etti. "Sarışın, mavi gözlü; tipik Amerikalı. Ama çok sevecendi, insancıldı, çevresindeki kadın erkek her yaştan, her milliyetten, her ırktan insana karşı sevgi doluydu. Bizler de bu sevgiden payımızı alıyorduk haliyle."

"Aranızda ayrıcalıklı davrandığı kimse yok muydu? Diğerlerine göre kendine daha yakın hissettiği, farklı şeyler paylaştığı..."

"Dedektif olmalıymışsın sen!" diye güldü. "Beynimden geçenleri okuyorsun sanki... Evet, diğerlerine göre daha farklı bir konumdaydım ben. Çünkü pek çok ortak noktamız vardı. Aria da en az benim kadar tutkundu müziğe. Hafta sonları kafeteryada, bazı geceler de pansiyonun arka bahçesinde gitar çalıp şarkı söylüyorduk beraberce.

Amerikalı folk şarkıcısı Joan Baez hayranıydı Aria. Yalnız müzikle sınırlı değildi bu hayranlık. Aynen onun gibi şiddete karşı, insan haklarını savunan, özgürlükçü, çevre konularına duyarlı; inandığı konularda kimselere taviz vermeyen, son derece gözüpek bir kadındı. Ama en çok, eline gitarını alıp Joan Baez şarkılarını çalıp söylemeye başladığında özdeşleşiyordum onunla."

Aria'yı anlatırken övgü konusunda biraz fazla abarttığını düşündüğünden olsa gerek, arada bir kısa molalar veriyordu Ezel.

"Joan Baez'ı sever misin?" diye sorup dikkatimi farklı bir noktaya taşıdı kendince. Yanıtımı beklemeden, "Ben çok severim!" diyerek devam etti. "İstanbul'da verdiği son konseri kaçırmadım tabii ki. Tek kelimeyle muhteşemdi! O güne kadar uzaktan uzağa, televizyon ekranlarında izlemekle yetindiğim efsanevi şarkıcıyı karşımda görmek, şarkılarını canlı canlı dinlemek, büyük mutluluktu benim için.

Folk şarkıları, protest müzik ve romantizm kokan, yıllarca dillere pelesenk olmuş şarkılar... 'House of the Rising Sun', 'Diamonds and Rust', 'Imagine', 'Donna Donna', 'No Woman No Cry'... Ve benim en sevdiğim folk şarkısı: 'Jackaroe.'"

Hatırlıyordum, tatil köyündeki ilk konserinde söylemişti o şarkıyı.

"Ama o konserden geride kalan en güzel anım, Nâzım Hikmet'in şiirinden, Zülfü Livaneli'nin 'Kız Çocuğu' adıyla bestelediği ve 'Kapıları çalan benim' diye başlayan o şarkı!" diyerek şaraplarımızı tazeledi Ezel. Ölçüyü çoktan kaçırmıştım, ama itiraz etmedim.

Elimi tuttu ve kırık bir sesle şarkısını mırıldanmaya başladı.

Kapıları çalan benim
Kapıları birer birer
Gözünüze görünemem
Göze görünmez ölüler

Hiroşima'da öleli
Oluyor bir on yıl kadar
Yedi yaşında bir kızım
Büyümez ölü çocuklar

Çalıyorum kapınızı
Teyze, amca bir imza ver
Çocuklar öldürülmesin
Şeker de yiyebilsinler

"Gerçekten çok güzel ve geniş zamanlı bir şarkı" dedim. "Üzerinden yıllar geçse de aynı heyecanla dinlenebiliyor. Bunda, Nâzım Hikmet dizelerinin payı da büyük kuşkusuz."

"Bu şarkıyı Joan Baez'dan Türkçe olarak dinlemek ayrı bir keyifti" dedi Ezel. "Ama onun, muhteşem bir dolunayın altında Türkçe ezgiler eşliğinde yaptığı göbek dansını izlemeni çok isterdim. Doğrudan insanın kanına giriyordu bu kadın, tüm hücrelerini geziyordu. İliklerine kadar içinde hissediyordun sesini."

"Senin şu Aria da Joan Baez gibi, insanın kanına girip tüm hücrelerini geziyor muydu?" diye sormaya cesaret edemedim. Alacağım yanıtı kaldıramayacağımdan korktum galiba...

Aria

"İşte böyle Şiirciğim," dedi Ezel. "Amerika, New York, Astoria ve Aria... Ne yaşadımsa özetledim sana. Bilmek istediğin başka bir şey var mı?"

Kafamı kurcalayan o kadar çok soru vardı ki, hangisinden başlayacağımı bilemedim.

"Amerika'da yaşamaktan mutlu muydun?" diye başladım ve içimi burgu gibi oyan sorularımı sıraladım:

"Ya bundan sonrası? Tekrar dönmeyi düşünüyor musun? Yoksa tamamen burada mısın artık?"

"Orada geçirdiğim günleri ve yaşadıklarımı düşündüğümde 'mutluydum' diyebiliyorum. Ama vatan özlemi var ya... Yakıp kavuruyor insanı be Şiir! Altı ay kaldım New York'ta. Temelli yerleşmek ile dönmek arasında amansız gelgitler yaşadım. Kesin kararımı vermeden önce, bir kez daha memleket havasını solumak istedim."

"Verebildin mi o kararı?" derken, mengene gibi güçlü bir el acımasızca sıkıyordu yüreğimi. Sonra içimden, "Kendine gel Şiir!" diye tersledim kendimi. Hangi ara bu derece vazgeçilmez olmuştu Ezel benim için? Amerikalara gider de oralara yerleşir diye karalar bağlayacaktım neredeyse.

"Karar vermek kolay da, uygulaması zor" dedi Ezel. "Diyelim ki Amerika'ya yerleşmek istedim. Öncelikle vize sorununu aşmam gerek. Tamam, Amerika'daki okullardan birine kabul edilirsem, öğrenci vizesiyle daha uzun süre kalabilirim orada. Ya da yeniden turist vizesi alıp bir altı ay daha idare edebilirim. Ama geçici çözümler bunlar. Köklü çözümlerse cesaret istiyor."

"Nasıl yani? Bu söylediklerin dışında daha ne yapılabilir ki?"

"Amerikan vatandaşı olan biriyle evlenirsen, orada kalabiliyorsun!"

İşte bu! Adım adım, depremin merkezine yaklaştığımızı hissedebiliyordum. Gözlerini benden kaçırarak, "Aria, eğer istersem benimle evlenebileceğini söyledi" dedi Ezel. Yolun sonuna gelmiştik galiba. Tek söz edecek gücüm kalmamıştı. Kafama üşüşüveren onlarca soru arasından birini çekip önüne koydum:

"Sözünü ettiğin, kâğıt üzerinde bir formalite evliliği mi?"

"Öyle de olabilir tabii. Yabancılar için Amerika'ya yerleşmenin en kolay yollarından biri de bu. Ancak bizim durumumuz biraz farklıydı. Teklifi getiren ben değildim. Aria'ydı! Kâğıt üzerinde de kalabilirdi evliliğimiz, gerçek kimliğiyle de yaşanabilirdi. Seçimi bana bırakmıştı Aria."

"Neden kabul etmedin?"

"Olumlu ya da olumsuz kesin bir yanıt vermedim Aria'ya. Bir kez daha Türkiye'ye gelip duygularımı, düşüncelerimi, isteklerimi ve beklentilerimi ölçüp tartmak istedim. Hem evlenmek, öyle kolayca alınacak bir karar değildi. Bütün olumlu yanlarına, ruhen ve kafaca ortak özelliklere sahip olmamıza karşın, Aria'yla koskoca bir ömrü mutlulukla paylaşabileceğimden emin değildim. Çok farklı kültürlerden geliyorduk. Bağnaz ve tutucu bir insan değilim, ama uzun vadede düşünülürse, doğacak çocuğumun benimle aynı anadili konuşmasını isterdim örneğin."

"Gene de Amerika'ya dönüp Aria'yla evlenmen ihtimal dahilinde yani..."

Öylesine kırık bir sesle söylemiştim ki bunları, dayanamayıp sımsıkı sarıldı bana Ezel, uzunca bir süre de bırakmadı.

"Hayır!" dedi. "O ihtimal, seni tanımadan önce gündemdeydi. Öncelikle bilmeni isterim ki, Aria'ya asla âşık olmadım ben! Ama seni görür görmez vuruldum inan. Körkütük âşığım sana ve asla ayrılmak istemiyorum. Kısacası, kolay kolay kurtulamayacaksın bu Ezel'den! Hesabını ona göre yap..."

Beraberliğimizin kalıcı olması için...

Taksiye binerken ayakta sallanıyorduk ikimiz de. Arka koltuğa dar attık kendimizi.

"Daha önce hiç bu kadar şarap içmemiştim" dedim.

"Belki inanmayacaksın, ama ben de şişenin dibini bulduğumu hiç hatırlamıyorum" dedi Ezel. "Birbirimiz için ne kadar tehlikeli olduğumuzu görebiliyor musun?"

"Yol yakınken ayrılalım istersen" diye damarına bastım.

Ciddileşiverdi birden.

"Senden tek isteğim, hep yanımda olman" dedi. "Sağlam göründüğüme bakma, tekin adam değilim ben, her an olmayacak bir iş yapabilirim. Uyar beni, karşı çık. Ama beni senden mahrum etme!"

Kopuk kopuktu konuşmaları; şişede durduğu gibi durmuyordu meret! Benim de ondan eksik kalır yanım yoktu gerçi, ama onun bölük pörçük cümlelerle anlatmak isteğini kavrayacak kadar ayıktım. Madem öyle istiyordu, tamamdı, kabulümdü... Hiç, ama hiç bensiz bırakmayacaktım onu!

Taksiden indiğimiz yeri yabancıladım bir an. Bizim Eda'yla kaldığımız bina değildi burası.

"Yanlış yere geldik galiba" diye peltek peltek güldüm.

"Yanlış değil" diye gülüşümü paylaştı Ezel. "Benim mekânım burası" dedi. "Ve ben seni kaçırıyorum!"

"Ama olmaz ki!" diye sızlanmama aldırmadı bile.

"Korkma, yabancın değilim ben, sana âşık, sana kul köle Ezel'inim" diyerek koluma girdi, merdivenlere doğru sürükledi beni.

Az sonra Ezel'in tek kişilik odasındaydık. İlk kez kapalı bir ortamda baş başa kalıyorduk. Garip bir tedirginlik sarmıştı her yanımı. Buradan kaçıp kurtulmak için karşı konulması güç bir istek duyuyordum içimde.

İyi de, neden ve kimden kaçıp kurtulacaktım ki? Ezel'den mi? Yok artık!

Bırakırsa kaçıverecekmişim gibi, ellerimi sımsıkı tuttu Ezel. Uzun uzun okşadı saçlarımı. Yüzümün her zerresinde, saçlarımda gezinen dudakları ateş gibi yanıyordu. Yatağın üzerine uzattı beni...

Yüreğimden kopup gelen iki aykırı ses, amansız bir savaş veriyordu ve ilki, "Çok geç olmadan kalk, git buradan!" diyordu, diğeriyse, "Daha ilk andan yalnız mı bırakacaksın Ezel'i? Hani hep yanında olacağına dair söz vermiştin ona?"

İkisini de susturdum seslerin ve sımsıkı sarıldım Ezel'e. Öpüşlerine, okşamalarına verdiğim acemice yanıtlarla, kendimi sundum ona...

Ezel'in benimle değil de, kendi kendisiyle konuşur gibi söylediği son sözler, hâlâ tam anlamıyla düşünme yetisine kavuşamamış beynime kazındı ve orada asılı kaldı:

"Senden asla kopmak istemiyorum Şiir! Beraberliğimizin kalıcı olması ve birbirimizden asla vazgeçmememiz için, böyle olması gerekiyordu..."

Aşk hiçbir zaman pişmanlık duymamaktır

Odaya geldiğimde, gün ışımak üzereydi. Anahtarla kapıyı açıp parmaklarımın ucuna basarak içeri süzüldüm. Uyuyordu Eda ya da uyur görünüyordu.

Ses etmemeye çalışarak usulca soyundum ve yatağıma uzandım. Gecenin dökümünü yapmak, upuzun bir film şeridini andıran kareleri gözlerimin önünde yeniden canlandırmak ve her anı yeniden yaşamak istiyordum. Ama bunu başaracak gücüm yoktu. Uykunun dingin kollarına bırakıverdim kendimi.

Sabah Eda'nın, "Kalk bakalım koca tembel" diyen sesiyle ayıldım. "Kalk da dün gece neler oldu, neler bitti, anlatıver ablacığına."

Klasik Eda tablosu! Kendince önemli gördüğü durumlarda, aramızdaki birkaç aylık farkı yüzüme vurarak ablalık taslar bana. O güne kadar pek şikâyetçi olmamıştım ve hiçbir sırrımı saklamamıştım ondan. Ama önceki gece yaşadıklarımın ne kadarını onunla paylaşabileceğimi kestiremiyordum doğrusu.

Sarsak adımlarla banyoya doğru yürüdüm, duşun altına attım kendimi. Soğuk su ayılmama yetmişti, ama gecenin izlerini silememişti. Benliğime derinlemesine işlemiş o izler, bir yüzüyle sızılı bir mutluluk veriyordu bana, diğer yüzüyle de kâbus gibi, devasa bir ürküntü...

Ağır ağır kurulandım, giyindim, saçlarımı taradım ve Eda'nın karşısına geçip Ezel'le konuştuklarımızı tüm ayrıntısıyla anlatmaya koyuldum. Ezel'in Amerika'ya gidiş hikâyesini, orada yaşadıklarını ve tabii Aria'yı.

Hiç sözümü kesmeden dikkatle dinledi beni. Aria'yla ilgili bölümlerde yüzünü ekşitmesi gözümden kaçmadı. Önemsemedim, sonuç olarak beni seçmişti Ezel. Benim koruyucu ablam da bu canalıcı noktayı gözardı etmemeliydi.

"Adımlarını dikkatli atmalısın!" diyerek öneri paketini açtı Eda. "Ezel'i severim, ama biraz ayran gönüllü bir tip olduğu da yadsınamaz bir gerçek. Canın yansın istemem. Bugün şiirler okur, yarın arya söylemek ister canı."

"Haksızlık ediyorsun!" diye şiddetle karşı çıktım. "Amerika'ya gitmekten vazgeçti, bütün programlarını bana göre ayarlıyor. Daha ne yapsın?"

"Öyle olsun bakalım" dedi Eda. "Ben çıkıyorum. Yorgun görünüyorsun, biraz dinlen sen. İkinci etkinlikte buluşuruz."

Gecenin ikinci bölümünde yaşananlardan söz etmemiştim. Adım gibi biliyordum, her şeyin farkındaydı Eda, ama yüzüme vurmamayı tercih etmişti. Kız kardeşiyle yüzgöz olmayı kendine yediremeyen, akıllı, gerçek bir abla gibi.

Kapıyı açmasıyla geri dönmesi bir oldu Eda'nın. Elinde kocaman bir gül demeti tutuyordu.

"Seninkinden!" diye güldü. "Paspasın üstüne bırakmış. Dün gece için teşekkür ediyor galiba sana."

Yüksek sesle, buketin üzerindeki kartta yazılanları okudu: "*Love means never having to say you're sorry.*"

"Neden İngilizce bu?" diye söylendi. "Kafası karıştı da Aria'ya göndereceği çiçeği bizim kapıya mı bıraktı acaba? Ama dur... Türkçesi de var altında: Aşk hiçbir zaman pişmanlık duymamaktır! Kim yutarsa iyileştiren, etki alanı geniş mucizevi ilaçlar gibi bir laf. Neyse, kaçtım ben. Doya doya kokla çiçeklerini..."

Eda'nın ardından, kartın üzerindeki yazıyı bir kez de ben okudum.

"Aşk hiçbir zaman pişmanlık duymamaktır!"

Tüm zamanların efsanevi filmi *Aşk Hikâyesi*'nin zihinlere kazınmış ünlü sloganı.

Ezel'in vermek istediği mesaj açıktı: Yaşadıklarımızın adı "aşk"tı ve aşkın olduğu yerde pişmanlığa yer yoktu!

Söz ve nişan muhabbetleri

Her geçen gün turist sayısı biraz daha azalan tatil köyü, eski cıvıltısını kaybetmiş gibiydi. Yaz saltanatını güze devrederken, tatil köyü de sezonu kapatmaya hazırlanıyordu. Biz de buradaki günlerimizin sonuna yaklaşmıştık.

Ezel bizden iki hafta önce döndü İstanbul'a. Gidişiyle özlem yüklü, kapkara bir boşluk bıraktı ardında. Günde birkaç kez telefon konuşması, yetmediği yerde görüntülü sohbet... Nafileydi! Çok özlüyordum onu.

Neyse ki uzun sürmedi hasretliğimiz. Stajımızı başarıyla tamamladığımızı kanıtlayan staj belgelerimizi alır almaz, Dalaman Havaalanı'na doğru yola koyulduk. Farklı yönlere gidecektik: Ben İstanbul'a, Eda ise uzun zamandır görmediği ailesiyle hasret gidermek üzere Ankara'ya.

Yarım saat arayla kalktı uçaklarımız. Önce Eda'yı uğurladım, sonra da beni Ezel'e götürecek uçağa bindim. Yaklaşık bir buçuk saatlik süre, bir asırmış gibi geldi bana. Daha öncesinde, birisine kavuşmak için bu derece sabırsızlandığımı hatırlamıyordum. Benimki de laf mı? Daha önce hiç Ezel'im olmamıştı ki!

Havaalanına, beni karşılamaya gelmişti Ezel. Uzun yıllar ayrı kalıp hasret çekmişiz gibi, sımsıkı kenetleniverdik birbirimize.

Daha önce görmediğim, eski model beyaz bir arabanın kapısını açtı, "Okan'ın arabası" dedi. "Bugünlüğüne ödünç aldım."

Nasıl bir eziklik duyduğu her halinden belliydi. Fark etmemiş görünüp atlayıverdim arabaya.

"Okan benim konservatuvardan sınıf arkadaşım" dedi Ezel. "Ama arkadaş demek yetersiz kalır, bir numaralı kankam olur kendisi! Bu arada... artık babaannemde kalmıyorum ben. Okan'la aynı evi paylaşıyoruz."

Bu radikal değişikliğin nedenini kestirememiştim. Önemli de değildi. Evden eve taşınmasına hiç itirazım yoktu, yeter ki yüreğimden başka yüreklere taşınmasındı.

Ankara'dan müjdelerle döndü Eda. Hakan'la olan beraberliği resmiyete dökülme yolundaydı. Hakan Eda'nın, Eda da Hakan'ın ailesiyle tanışmış, aralarında sıcak bir iletişim kurulmuştu, ama son karara göre iki aile bu kez farklı bir amaç için bir araya gelecek, önce söz kesilip ardından da nişan ve düğün konuları konuşulacaktı.

Hakan'a ve ailesine kalsa, çoktan hallolurdu bu işler. Ama Eda mezun olmadan söz kesilmesine bile karşı çıkmıştı. Eda'nın inadını kırıp geri adım atmasıyla bir orta yol bulunmuş ve iki taraf ortak bir tarih üzerinde uzlaşmıştı. Söz kesme ve nişan tarihleri bizim yarıyıl tatilimize denk getirilecekti.

Bu hesaba göre, öğrenim yılının ikinci yarısını, çiçeği burnunda bir gelin adayı olarak geçirecekti Eda. Mezuniyet töreninin ardından da fazla oyalanmadan, güzel bir yaz düğünü yapmayı planlıyorlardı.

Eda ve Hakan'la ilk buluştuğumuz akşam yemeğinde, doğal olarak konuşmalarımızın ağırlık merkezi söz, nişan ve düğün konuları üzerineydi. Ben onların heyecanını birebir paylaşırken, Ezel'in sessiz ve tepkisiz duruşu dikkatimden kaçmadı. Nedenini tahmin edebiliyordum. Eda ile Hakan'ınkine benzer sevinçleri asla yaşayamayacaktık biz. Ve Ezel, işte bunun ezikliğini yaşıyordu.

Tahminimde yanılmamıştım. Hemen ertesi günkü buluşmamızda tüm samimiyetiyle yüreğini açtı Ezel.

"Hakan'ın, Eda'nın önüne serdiği parlak vaatleri sana sunmaktan acizim ben" dedi. "Ne öyle şatafatlı nişanlara, düğünlere gücüm yeter, ne de başımızı sokacak bir evi döşemeye. Hepsini bir tarafa bırak, seni ailenden isteyecek bir anam babam bile yok benim! Sana verebileceğim örselenmiş, yaralı bir yüreğim var yalnızca..."

"O da bana yeter!" diye kestim sözünü. "Senin sevgin her şeyden daha değerli benim için. Genciz, upuzun bir yol var önümüzde. El ele verir, çalışır çabalar, kendi hayatımızı kendimiz kurarız. Hele benim şu okulum bitsin, diplomamı elime alayım, çalışıp kazanmaya başlayayım... Bir lokma senden, bir lokma benden; ekmeğimizi suyumuzu paylaşır, geçinir gideriz."

Çöl sıcağında susuzluktan boynunu bükmüş bir çiçeğe son anda verilen cansuyu yerine geçmişti sözlerim.

"Yaparız değil mi?" derken gözleri parlıyordu Ezel'in. "Biz de kendi takvimimizi belirleyebiliriz" dedi hevesle. "Sözümüzü, nişanımızı aramızda yaparız. Yaz başında sen mezun olunca da nikâhımızı kıyar, yepyeni bir yaşama kucak açarız."

Çizdiği takvimde, planladığı beraberlik biçiminde aksayan pek çok nokta vardı. Ama dile getiremezdim, kendince yarattığı o çorak dünyayı yerle bir edemezdim. Kararlıydım, hem maddi, hem de manevi yönden sonuna kadar destek olacaktım ona.

"Kafamı kurcalayan bir soru daha var" dedi Ezel. "Senin de hassas olduğunu düşündüğüm önemli bir konu."

"Neymiş o?" dedim merakla.

"Gördüğüm kadarıyla, geleneklere göreneklere bağlı bir yapın var. Yanlış yapmak istemem. Diyelim ki, önümüze çıkan tüm engelleri aştık, bizi zorlayan pürüzleri birer birer çözdük... Her şey iyi hoş da, ben seni kimden isteyeceğim be Şiir?"

Gerilmiş sinirlerimin üzerine ilaç gibi geldi bu sözler.

"Beni benden istemen yeterli!" dedim. "Ama hepimizin içine sinecek bir başka seçenek daha var: Beni anneannemden isteyebilirsin. Pamuk Annemden... Bugüne kadar bana en çok emeği geçen kişidir kendisi!"

İki altın alyans

Küçücük bir mutluluk istiyorum.
O kadar küçük olsun ki,
İstemesin kimse benden onu!

Nâzım Hikmet

Bana kalsa anneanneme gitme konusunda acele etmezdim. Ama Ezel'in bu ziyarete çok önem verdiğinin ve sabırsızlandığının farkındaydım.

İki gün önceden telefon açtım. "Emine Sultan, eğer bir maniniz yoksa cumartesi günü öğleden sonra, bir arkadaşımla beraber ziyaretinize gelmek istiyoruz. Ne dersiniz efendim?"

"Şiir! Deli kız... Sen gelmek istersin de benim manim olur mu hiç?"

Arkadaşımın kim olduğunu sormadı bile. İsabet...

"Yemek hazırlayayım mı?" diye sordu yalnızca.

"Gerek yok" dedim. "Ama senin elmalı, tarçınlı kurabiyeni özledim, haberin olsun."

"İstediğin o olsun yavrum!" dedi. "Öylesine özledim ki seni..."

Garip bir sızı çöktü içime. Epeydir uğramamıştım anneanneme, daha fazla zaman ayırmalıydım ona. Okuldu, dersti derken rüzgâr gibi geçiyordu günler. Bir de Ezel çıkmıştı başımıza! Herkesin yeri ayrıydı ama. Bana gözü gibi bakan, bu boya, bu yaşa getiren Pamuk Anneciğimi asla ihmal etmeyecektim...

İşi bayağı ciddiye almıştı Ezel. Bir elinde kocaman bir çiçek buketi, diğerinde ünlü bir pastaneden alınmış çikolata kutusu... Lacivert takım elbise, beyaz gömlek, siyah rugan ayakkabılar... Eh, kolay değildi, alışılagelenden farklı da olsa, kız istemeye gidiyordu.

Anneannem karşısında iki dirhem bir çekirdek, eli kolu dolu, yakışıklı bir delikanlı görünce, perdenin arkasında farklı bir şeyler olduğunu sezinlemiş gibiydi. Ama hiç renk vermedi.

Çaylar, benim telefonda sipariş verdiğim elmalı tarçınlı kurabiyenin yanında peynirli ve patatesli börekler, çikolatalı pasta... Marifetli Pamuk Annemin el emeği ağız tatlarıydı hepsi.

Emek onundu, ama çayları doldurmak ve servis yapmak bana düşüyordu. Çayları doldurmak için mutfağa doğru yürürken arkamdan geldi anneannem.

"Neler oluyor Şiir?" dedi kısık sesle. "Kim bu oğlan? Neden görücüye çıkmış kızlar gibi devamlı yere bakıyor? Buraya gelişinin özel bir niyeti mi var? Çiçek... Çikolata... Çatlayıvereceğim meraktan! Konuşsana kızım..."

"Bekle ve gör Pamuk Anneciğim" diyerek yanaklarından öptüm.

Sıcak sayılabilecek ölçülü bir sohbet ve anneannem ile Ezel'in birbirlerini ölçüp tartan tedirgin bakışları... İçimizde en rahat olan bendim kuşkusuz ve onların ürkek halleri son derece eğlenceli geliyordu bana.

Boşalan çay bardakları, pasta tabakları; kurabiyeler, börekler mutfağa taşınmış, sıra Ezel'in ziyaret amacını açıklamaya gelmişti. Ama ne var ki iki kelimeyi bir araya getirip konuşamıyordu bir türlü. Başımı hafifçe sallayarak "başlayabilirsin" mesajını vermesem zor açacaktı ağzını. Benden aldığı cesaretle, gözlerini kapatıp derin bir soluk aldı ve "kız isteme" seremonisini başlattı.

Oturduğu koltuktan kalkıp, "Sevgili Pamuk Anne" diyerek anneannemin karşısına geçti. "Sebebi ziyaretim hayırlı bir iş içindir. (Bu geleneksel ve eski söylemi nereden öğrendi acaba, diye merak etmekten kendimi alamadım!) Allah'ın emri, peygamberin kavliyle kızınız Şiir'i sizden istiyorum!"

Baştan beri bir şeyler sezinliyordu, ama belli ki bu kadarını düşünememişti anneannem.

"Yanlış mı duydum?" dedi şaşkınlıkla. "Şiir'i kocaya vermek bana düşmez ki! Yanlış adrestesin oğlum, anası babası dururken..."

Ne yanıt vereceğini bilemeyen Ezel'in yardımına koşmakta gecikmedim.

"Benim anam da sensin, babam da Pamuk Anneciğim. Ezel de durumu biliyor ve bana verdiğin onca emek için minnet duyuyor sana."

Bir an için duraksadı anneannem, bakışlarını Ezel'e dikti.

"Senin anan baban yok mu oğlum?" dedi. "Kız istemek damat adayına mı düşer?"

Bu kez benim yardımıma gerek duymadı Ezel. Başını dikleştirerek, "Benim kız isteyecek ne anam var, ne de babam! Bu yüzden karşınızdayım."

"Vah evladım, vah!" diye söylendi anneannem. "Hem yetim, hem öksüzsün ha!"

Sonra bana döndü, "Sen ne diyorsun yavrum?" dedi. "Ezel oğlumuzla evlenmeyi kabul ediyor musun?"

"Kabul etmeyecek olsam, neden buraya kadar getireyim oğlanı!" diyeceğime mahcup bir edayla başımı önüme eğdim.

"Anlaşıldı" dedi anneannem. "Ne diyeyim? Kız benim, oğlan benim! Allah sizi bir yastıkta kocatsın. Sevginiz daim olsun. Ben görür müyüm bilemem ama kucaklarınız kızlı oğlanlı bebelerle dolsun."

Gözleri dolu dolu olmuştu Pamuk Annemin.

"Çikolatayı aç kızım" dedi bana. "Ağzımız tatlansın."

O anda hiç beklemediğim bir şey oldu, Ezel cebinden çıkardığı kırmızı kadife kutuyu açtı, anneanneme uzattı, "Yüzüklerimizi takmak da size düşüyor Pamuk Anne" dedi.

Kutunun içinde gümüş ya da farklı bir metalden söz yüzüğü falan değil, iki altın alyans duruyordu!

O ana kadarki akışın her saniyesi kontrolüm altındaydı. Ancak yüzük konusunu, önceden konuşmamıştık Ezel'le. Hiç beklemediğim, ama beni sevince boğan harika bir sürprizdi. Daha önce kendimi hiç bu kadar mutlu hissetmemiştim.

Pamuk Annem yüzüklerimizi taktı. Sarılıp öptü ikimizi de. "Annen ve babanı da Ezel'le tanıştır" dedi. "Canciğer kuzu sarması olmanız gerekmiyor. Ama aranızda ne geçerse geçsin, damatları olacak insanı tanımak onların da hakkı."

Ayrılırken sımsıkı sarılıp buruşuk yanaklarından defalarca öptüm, kokusunu içime çektim doyasıya. Mis gibi anne kokuyordu!

Kapıdan çıkarken sık sık geleceğimize dair söz verdik Pamuk Anneciğime. Keşke o gece orada kalsaydım! Keşke daha çok vakit geçirebilseydik beraberce... "Keşke" yerine "iyi ki" diyebilseydim...

Ama bunun, onu son görüşüm olduğunu nereden bilebilirdim ki?

Mutluluk dedikleri bu olmalı!

Uçmak için kuş olmak gerekmiyor
Küçük sevinçler olsun, yeter

Cemal Süreya

Ezel'le nişanlanmamız Eda'yı da en az benim kadar sevindirmişti. Ama verdiği ilk tepki oldukça manidardı:

"Ummadığın taş baş yarar, derler ya, Ezel'inki de o hesap! İtiraf etmeliyim ki, böyle beklenmedik bir çıkış yapacağını asla düşünemezdim."

Her fırsatta vurgulamaktan kendini alamıyordu. Çok iyi biliyordum ki, beni üzmemek için açıktan açığa dile getiremese de, onun gözünde Ezel, ne istediğini bilmeyen, hedeflerini belirleyememiş, kafasına estiği gibi davranan, geleceğe yönelik tutarlı kararlar alması güç, olgunlaşmasını ve ruhsal evrimini tamamlayamamış, çocuk ruhlu bir adamdı. Ama bu kez Ezel, Eda'nın olumsuz görüşlerinin büyük bir kısmını çürütecek derecede cesur bir adım atmıştı.

Bütün önyargılarını bir yana bırakıp, "Kutlamalıyız bunu!" dedi Eda. Benim ince düşünceli arkadaşım, kutlama yemeğini nişan sahibi olarak Ezel'in yüklenmesi gerektiğini düşünerek, "Evde yapalım kutlamayı" dedi. Ezel'e maddi yönden yük getirmek istemiyordu belli ki.

Oysa Ezel canını dişine takmış, gece gündüz çalışıyordu. Gündüzleri lise ve üniversite öğrencilerine İngilizce ve gitar dersi veriyor, hafta sonları da Beyoğlu'nun İstiklal Caddesi'ne çıkan dar sokaklarından birindeki bir gece kulübünde şarkı söylüyordu.

Karşı çıkmadım Eda'ya. "Benim nişanlım ekmeğini taştan çıkarıyor!" demedim. "Ana baba parasıyla değil, emeğinin hakkıyla aldı nişan yüzüklerimizi" demeyi de gereksiz buldum.

Cumartesi günü, biz iki acemi mutfağa girip saatlerce yemek hazırladık Eda'yla. Köşe başındaki mezeciden aldığımız Rus salatası, yaprak sarma, közlenmiş patlıcan ve arnavutciğerini küçük tabaklara koyup, Eda'nın annesinin yaptığı, el emeği, kenarları iğneoyası işli beyaz masa örtüsünün üzerine serpiştirdik tabakları. Sigara böreklerini ben sardım, Eda kızarttı. Salatayı ortaklaşa yaptık. Sıcak yemek olarak da küçük bir tavuğun içini pirinçle doldurup fırına sürdük. Bakalım soframızı beğenecek miydi bizimkiler?

Beğenmek ne kelime, bayıldılar!

"Şanslı adamlarız be Ezel!" dedi Hakan. "Baksana on parmağında on marifet bizim kızların."

"Aşk marifet aramaz!" dedi Ezel. "Yumurta kırmayı bile beceremese, gene de âşık olurdum Şiir'e."

Belli belirsiz bir kafa tutuş, küçük dozda bir meydan okuma havası koksa da sevmiştim bu sözleri.

"Duyduğuma göre, harika bir sürpriz yapmışsın Ezel" dedi Hakan. "İkinizi de kutluyorum. Ama itiraf etmeliyim ki, bizden önce nişanlanacağınız hiç aklıma gelmezdi doğrusu. Resmen ters köşeye yatırdınız bizi!"

"Sürprizlerim bitmedi daha" diye güldü Ezel. "Şimdiden söyleyeyim de, sizden önce evlenirsek şaşırmayın."

"Bizden önce nişan, bizden önce evlenmek... ne oluyoruz?" diye araya girdi Eda. "Bizimle yarış halindesin sanki Ezel. Neredeyse, bize inat olsun diye nişan tarihini öne aldığını düşüneceğim."

Şaka gibi görünse de, hem Ezel'in, hem de Eda'nın atışmalarında doğruluk payı var gibiydi. Beni bile etkilemişti konuşmalar.

Gerçekten de Ezel, Eda ve Hakan'ın nişan hazırlıklarındaki abartıdan rahatsızlık duyup onlardan önce hareket ederek kendini kanıtlamak ve bir anlamda meydan okumak mı istemişti?

Sanmıyordum. Ama öyle olsa bile, içinde bulunduğumuz durumu düşünerek, hoş görüyordum onu. Yokluklarla boğuşuyorduk biz! Ana yok, baba yok; şatafatlı nişanlar, düğünler yapabilecek para yok... Karınca kararınca birer alyans takıvermişiz parmaklarımıza... Onu da çok görecek biri çıkarsa, Ezel'den önce beni bulurdu karşısında!

Her hareketiyle, yaptığı her atılımla biraz daha gözüme giriyordu Ezel. Başarılı bir orkestra şefi gibiydi. Bir anda ortamı gerebildiği gibi, gerilen ortamı yumuşatmayı da pek iyi beceriyordu.

"Nişan kutlaması şarkısız olmaz!" diyerek barış çubuğunu yaktı ve gözlerini gözlerimden ayırmadan, aşk yemini misali, Yesâri Asım Aksoy'un o ölümsüz şarkısını söylemeye başladı.

Ömrüm seni sevmekle nihayet bulacaktır
Yalnız senin aşkın ile ruhum solacaktır
Son darbe-i kalbim yine ismin olacaktır
Yalnız senin aşkın ile ruhum solacaktır

O gece yatağıma uzandığımda, yaşamım boyunca karşıma çıkan en büyük şansın Ezel olduğunu düşünüyordum. Çok seviyordum onu. Elimden gelse, bir an olsun ayrılmazdım yanından. Diğer yarım olmuştu artık o benim.

Tek taraflı değildi sevdam! O da en az, benim ona olduğum kadar âşıktı bana. Bedenlerimiz, beynimiz, yüreğimiz, ruhumuz, tüm varlığımız birbirinin içinde eriyip ayrılmaz bir bütünün parçaları haline gelmişti.

Daha öncesinde hiç tanışmamıştık kendisiyle, ama "mutluluk" dedikleri bu olmalıydı...

Pamuk Annem yok artık...

Sabahın köründe ya da beklenmedik bir zamanda çalan telefon ve kapı zillerini oldum bittim sevmemişimdir. Sınav zamanları ders çalışmak için çok erken bir saate ayarladığım cep telefonumun sesi de, soğuk duş etkisi yapar bende.

O sabah dersimiz yoktu. Eda'yla beraber öğleden sonra gidecektik okula. Uyumuyordum, ama elimde son okuduğum kitap, tembellik yapıyordum. Telefonum çaldığında saate baktım: 9.30'u gösteriyordu. Ekranda anneannemin numarası yazıyordu. Ama konuşan o değildi!

"Şiir... Yavrum... Ben Serpil Teyzen..."

Hıçkırıklarla kesiliyordu konuşması. Anneannemin karşı komşusuydu Serpil Teyze. İçtikleri su ayrı gitmezdi. İki yıl kadar önce, "Ne olur ne olmaz, gerekirse açar girersin" diyerek yedek anahtarını Serpil Teyze'ye vermişti anneannem.

"Bu sabah bana kahvaltıya gelecekti" diye yeniden konuşmaya başladı Serpil Teyze. "Saat 8.30-9.00 arası bende olacaktı. Gecikince merak ettim. Anahtarımla kapıyı açıp girdim ki... Yatağında öylece yatıyor. Maalesef Pamuk Anneni kaybettik yavrum. Başın sağ olsun."

Telefonu kapattığım gibi fırladım yataktan. Dünya başıma yıkılmıştı sanki. O güne kadarki yaşantımda en sıkı bağlarla kenetlendiğim, en çok sevdiğim, beni en çok seven insan, Pamuk Annem yoktu artık.

"Eda!" diye haykırdım acıyla.

Duvarlarda yankılandı sesim. Apar topar koşup geldi Eda. "Ne bu halin? Ne oldu sana?" yolundaki soruları yanıtlayacak halde değildim.

"Anneannem..." derken hıçkırıklara boğuluverdim. "Anneannem yok artık Eda!"

Ne çok şey yaşamıştım anneannemin evinde... Ne çok şey paylaşmıştık onunla; mutluluklar, sevinçler, hüzünler... Aramızda yaş farkı yoktu sanki, o benimle çocuklaşır, ben onunla olgunlaşırdım.

Beni hep mutlu görmek isterdi. İyi ki Ezel'i götürmüştüm ona, iyi ki evleneceğim insanla tanışmış, hatta yüzüklerimizi takmanın sevincini yaşamıştı. O gün yaşadıklarımız, onun son mutluluk damlalarıymış meğer.

Eda'yla beraber taksiye atladığımız gibi, anneannemin evinde aldık soluğu. Mahşer gibiydi ev, o kadar kısa bir süre içinde apartmanda kim var, kim yok doluşuvermişti salona. Doğaldı, seveni çoktu Pamuk Annemin.

Serpil Teyze elimden tutup anneannemin odasına götürdü beni. Pamuk Annem, üzerinde pembe çiçekli pazen geceliği, yüzünde sıcacık bir gülümseme, gözleri kapalı, uyuyordu sanki.

"Annem benim! Anacığım!" diye haykırarak kapanıverdim üstüne. Evet, o benim yalnız anneannem değil, anamdı, anacığımdı. Canımdı, kıymetlimdi, her şeyimdi.

"Biliyor musun Şiir" dedi Serpil Teyze. "Hep böyle olsun diye dua ederdi. 'Hasta olup yataklara serilmeden, kimselere zahmet vermeden, acı çekmeden; uykumda, yatağımda öleyim' derdi. Allah'ın iyi kuluymuş ki, duaları kabul oldu."

Aradan ne kadar zaman geçti bilemiyorum, annem kapının eşiğinde beliriverdi. Serpil Teyze benimle beraber onu da aramış, durumdan haberdar etmişti.

Önce bana sarıldı annem, sonra anneannemin saçlarını

okşadı, eğilip elini öptü usulca. Hepsi o kadar! Annesinin değil de sıradan birinin cenazesine, zorunlu bir görevi yerine getirmek için gelmiş gibiydi. Ama yapılması gereken işlemlerin nasıl yönetileceğini çok iyi biliyordu.

"Önce gazete ilanı vermemiz gerekiyor" derken şaşılacak derecede soğukkanlıydı.

"Acı Kaybımız" diye başlayan ölüm ilanının yalnızca bir bölümü kaldı aklımda:

> ... Emine Demirci'yi kaybetmenin acısını yaşıyoruz.
> Merhumun cenazesi 23 Aralık Cuma günü
> Zincirlikuyu Camii'nde kılınacak öğle namazının ardından
> Zincirlikuyu Mezarlığı'na defnedilecektir.

Hazırladığı ilan metnini telefonla üç büyük gazeteye yazdırdıktan sonra, ilgisini yeniden anneannemin üzerine çevirdi annem. Ama ona son kez sarılmak, elini tutmak gibi duygusal ve naif eylemler için değil, Pamuk Annemin cansız bedenini bir an önce morgun buz gibi soğuk masalarından biriyle buluşturup kendince üzerine düşen görevi tamamlamak için.

Birkaç yere telefon etti önce. Evin adresini verdi ardından. Yaklaşık bir saat sonra anneannemi almaya geldiler.

Ayrılık zamanıydı! Soğumuş, buz gibi olmuş kaskatı bedenine sarılıp yüzünü, buruşuk yanaklarını, ellerini defalarca öptüm, öptüm, öptüm... Zorla ayırdılar bizi birbirimizden.

O güne kadar yaşadığım en büyük acıydı. Yeri asla doldurulamayacak bir canı yitirmiştim. Yasım büyüktü!

Ölümler çıplak gelir

İlk yüzleşmemdi ölümle. Öncesinde canımdan can almaya yeltenmemişti hiç.

"Ölümler çıplak gelir" diye başlıyordu Düşler Sokağı Sakinleri'nin o yüreğe işleyen şarkısı. Gerçekten de hüzün, acı ve çaresizlik dışında hiçbir duyguyu koluna takmadan tek başına, çırılçıplak, sessizce, teklifsizce gelip çalıveriyordu kapıyı ölüm. Konuşmanın anlamsızlaştığı bir boyutta, meydan okuyordu geride kalanlara.

Zincirlikuyu Camii'nin avlusunda, anneannemin tabutunun sarılı olduğu yeşil örtünün üzerindeki eski yazıda, "Her can ölümü tadacaktır" ayeti yazılıymış. Ölümün kaçınılmaz olduğunu ve her insanın bir gün aynı sonla yüzleşeceğini vurguluyordu ayet. Anneannem için de yüzleşme günüydü bugün.

Avluda toplananların çoğunun, "Yaşamış yaşayacağı kadar" diye düşündüğünden emindim. Ama onlar Pamuk Annemin hayata nasıl sıkı sıkıya tutunduğunu, içinde barındırdığı yaşama sevincini çevresine saçarak, her yaştan insanla nasıl dostluk kurduğunu ve o yaşına rağmen geleceğe dair ne umutlar beslediğini, en büyük umudunun da benim mürüvvetimi görmek olduğunu bilemezlerdi ki.

"Her ölüm erken ölümdür!" diyen Cemal Süreya'ya selam olsundu...

Kalabalığın içinde hiç ummadığım yüzlerle karşılaşmak, benim yönümden şaşırtıcıydı. Bir yanımda annem ve Serpil Teyze, diğer yanımda Eda'yla ayaküstü konuşurken, karşıdan babamın geldiğini görmek tam bir sürpriz oldu benim için.

Annem ve babam, yıllardan sonra aynı karede! Neyse ki eski yaşanmışlıkların üstünü örtüp birbirleriyle selamlaşabilecek uzlaşı tablosunu paylaşabiliyorlardı.

Son gördüğümden bu yana, daha da çökmüştü babam.

"Başınız sağ olsun" dedi. "Gazete ilanını görünce kalktım geldim. Pek severdim rahmetliyi. Emeği çoktur bende."

"Sağ ol" dedi annem de. "İyi ki geldin. Annem de seni çok severdi. Gelmesen gözleri yolda kalırdı."

Onların kırık dökük sohbetlerine dalmışken, Eda'nın, "Bizimkiler de geldi sonunda" demesiyle irkildim. Ezel ve Hakan! Burada bulunmaları gerektiğinin bilinciyle koşup gelmişlerdi. Onları bizimkilerle tanıştırmak bana düşüyordu haliyle. Ezel'i sona bırakarak, önce Hakan'ı tanıtmayı tercih ettim.

"Hakan, Eda'nın sözlüsü" dedim. "Yarıyıl tatilinde nişanlanacaklar."

Ardından, mahcup damat adayı ürkekliğinde, sırasını bekleyen Ezel'e döndüm.

"Ve Ezel!" dedim. "Benim nişanlım!"

Şaşkınlıktan fal taşı gibi açılmış gözler, önce birbirlerine sonra da bana yönelen, kızmak ile şaşırmak arasında gidip gelen kararsız bakışlar...

Kendini ilk toparlayan annem oldu.

"Anneden babadan habersiz nişanlanmak da neyin nesi?" diye gürledi. "Dünden beri parmağındaki yüzüğe gözüm takılıyordu, ama hem o telaşe arasında sormaya fırsat bulamadım, hem de böyle bir şeye ihtimal vermedim."

Babamın yaklaşımı daha ılımlıydı.

"Bizlere de haber verseydiniz iyi olurdu" dedi. "Neyse, mutluluklar diliyorum ikinize de."

Bu sözler annemi iyice çileden çıkardı.

"Nasıl bu kadar sakin olabiliyorsun!" diye çıkıştı babama. "Kendi başlarına iş beceriyorlar, sen de kalkmış mutluluk diliyorsun."

Eski günlerdeki kavgalarını aratmayacak bir çatışmaya girmek üzereydiler.

Sakin bir sesle, "Kendi başımıza değil!" diye düzelttim. "Ezel beni anneannemden istedi, yüzüklerimizi de Pamuk Annem taktı."

Bu kez de hışımla Ezel'e döndü annem.

"Ya sen! Sen de ailenden habersiz mi kalkıştın bu işlere! Anan baban yok mu senin!"

Hemen araya girdim ve "Benim ne kadar anam babam varsa, onun da o kadar" dedim. "Biz iki gariban, bundan başka ne yapabilirdik ki?"

Söyleyecek sözleri kalmamıştı. Hissedebiliyordum ki Pamuk Annem de yukarılarda bir yerden, "Yapacağını yaptın gene hınzır kız!" diye bana gülümsüyordu...

Pamuk Annemin evi

Anneannemi toprağa verip eve döndüğümüzde keskin bir acı kavuruyordu yüreğimi. Üstüme üstüme geliyordu duvarlar. Girip çıktığım her odada onun izi vardı. Hâlâ soluğunu duyar gibiydim. Ancak, onun için yapabileceklerimiz gitgide tükeniyordu. Çaresizce boyun eğiş, uğurlanana saygı duruşu ve son görevler...

Annem, gelenek ve göreneklerimiz neyi gerektiriyorsa, yerine getirmek için elinden geleni yapıyordu. İlk gün mezarlıktan dönüşte Serpil Teyze'yle beraber helva kavurup taziyeye gelenlere ikram ettiler. O gün ve sonrasında da komşulardan tencerelerle, servis tabaklarıyla gelen çeşit çeşit yemek ve tatlılarla sofralar kuruluyor ve o an orada taziyeye gelmiş kim varsa, sofraya buyur ediliyordu.

Yedi gün sürdü bu hareketlilik. Bu süre, annemle bir bozulup bir düzelen ana-kız ilişkimize de farklı bir boyut kazandırdı. İlk günlerdeki gibi kızmıyordum artık ona. Yavaş yavaş olgunlaşıyordum galiba. İnsanları günahlarıyla, sevaplarıyla, bir bütün olarak değerlendirmek gerektiğini öğrenmiştim.

Anneannemin yedisini yapıp evlerimize dönmeye hazırlanıyorduk. Helvalar yapılacaktı o gün gene, lokmalar dökülecek, dualar okunacaktı. Helvayı kavururken, "Bu ev için ne düşünüyorsun?" diye sordu annem. Hazırlıksız yakalanmıştım. Beklemediğim bir soruydu ve yanıtını ben de bilmiyordum henüz.

İki yıl önce Pamuk Annem, "Bu evi senin adına yapacağım" dediğinde şiddetle karşı çıkmıştım. Ne gerek vardı? Doğru olan, Allah gecinden versin, ona bir şey olursa, mirasın bana değil, anneme kalmasıydı. Kesinlikle öyle olmalıydı, arkadan arkaya iş çevirmek yakışmazdı bana. Ne var ki anneannem kararlıydı.

"Kime bırakacağım malımı mülkümü?" diyordu. "Ananı düşünme, tuzu kurudur onun. Yazlığı da var, kışlığı da. Neco mudur, Feco mudur, ne karın ağrısıysa, sonradan olma o damat bozuntusuna yedirecek tek kuruşum yok benim!"

Benden habersiz ön hazırlıklarını yapmıştı bile.

"Öyle apartmanlar, yalılar, yazlıklar, kışlıklar değil be yavrum" diyordu. "Olup olacağı başımı soktuğum bu ev, bir de Çınarcık'ta birkaç dönümlük bir arsa. Ananın rızasını da aldım, tamamdır bu iş!"

İtiraz etmek nafileydi, aklına koyduğunu mutlaka yapardı Pamuk Annem. Beraberce notere gittik ve satış işlemlerini tamamladık.

Evin yeni tapusunu bana uzatırken, "İçim öyle rahat ki" dedi. "Sen çok daha iyilerine layıksın, ama ben ölünce, gerek duyarsan başını sokacak bir evin olur hiç değilse. Burada oturman da şart değil. İster kiraya verirsin, ister satarsın."

O günü tüm canlılığıyla yeniden yaşıyordum. Annemin soru yüklü bakışlarına, "İnan ki hiç düşünmedim" diye karşılık verdim. "Ama Pamuk Annemin olmadığı bir eve girmek isteyebileceğimi hiç sanmıyorum."

"Kiraya verebilir ya da satabilirsin" diye üsteledi annem.

"Şu anda hiçbir şey düşünemiyorum" dedim. "Acım öylesine taze ki."

Evlerimize dönmeye hazırlanırken, son talimatlarını sıralıyordu annem.

"Nişanınızı ateşe düşmüş gibi aceleye getirdiniz ya... Nikâh, düğün her ne yapacaksanız, önce benim haberim olacak! Aksi halde külahları değişiriz. Altı üstü bir tek kızım var şu dünyada, onun mürüvvetini görmek hakkım değil mi? Ha, bu arada sık sık buluşup hasret gidermek için de fırsat yaratacaksın. İtiraz istemiyorum!"

Çift çizgi

Eve döndüğümde perişan bir haldeydim. Tonlarca yükün altında kalmış gibi, son derece halsiz ve yorgun hissediyordum kendimi. Eda'nın hazırladığı çorbadan sadece iki kaşık alabildim ve "Tek lokma yiyesim yok" diyerek itiverdim kâseyi.

"Yaşadıkların kolay değil" dedi Eda. "Bilirsin, beylik laftır, ama hayat devam ediyor ve sen güçlü olmak zorundasın. İçine düştüğün bunalımı atlatabilmen için, bir an önce günlük yaşantına dönmen gerek."

"Elimde değil Edacığım" dedim. "Pamuk Annemin ardından, kolum kanadım kırılmış gibi hissediyorum kendimi."

"Yakınını kaybeden herkes senin gibi karalar bağlayıp acısını canlı tutmaya kalksa, yaşanmaz olur bu dünya. Unutma ki, seni çok sarsmış olsa da, sıralı bir ölümdü anneanneninki. Allah bunu unutturacak daha büyük acılar vermesin. Hadi şimdi git, yatağına uzan ve derin bir uyku çek. Yarın sabah dipdiri bir Şiir görmek istiyorum karşımda."

Ayaklarımı sürüye sürüye odama gidip yatağıma uzandım. Öylesine yorgun hissediyordum ki kendimi, bıraksalar yirmi dört saat uyuyabilirdim.

Sabah Eda'nın, "Kalk bakalım Şiir Sultan" diyerek beni sarsmasıyla uyandım.

Dikkatle yüzümü inceledikten sonra, "Yorgun görünüyorsun hâlâ" dedi Eda. "Kendini okula gidebilecek kadar güçlü hissetmiyorsan evde kal, dinlen. Ama önce iki lokma bir şeyler yemelisin."

Arkadaş gibi değil de şefkatli bir anne gibi davranıyordu bana. Elimden tutup mutfağa götürdü beni. Ne var ki, masanın üzerindeki kahvaltılıkları görmem ile acayip bir baş dönmesi ve güçlü bir öğürme refleksiyle yere yığılmam bir oldu.

Telaşlanmıştı Eda. Çantasını, kitaplarını fırlattığı gibi koştu, düştüğüm yerden kaldırdı beni. Beraberce banyoya kadar ağır ağır yürüdük. Yüzüme defalarca su çarptı. Kendime gelir gibi olmuştum.

"Sen git" dedim Eda'ya. "Başımın çaresine bakarım ben."

"İstersen kalabilirim" dediyse de karşı çıktım.

"Ezel'le buluşacaktık zaten" dedim. "Birazdan toparlanıp çıkarım ben de."

Endişeli bakışları üzerimde, "Öyle olsun bakalım" dedi. "Senin halin hal değil ya, neyse..."

Neler düşündüğünü, neler hissettiğini az çok tahmin edebiliyordum. Ama dile getirmek ve paylaşmak için erken olduğunu düşünüyordu sanırım.

Eda'nın ardından mutfağa gittim yeniden. Hiç canım istemese de bir dilim kızarmış ekmekle iki üç tane zeytin attım ağzıma. Günlük yaşamıma dönmenin ilk adımlarıydı bunlar.

Son üç gündür Ezel'le de görüşememiştik. Beni görmek için, taziye evini kapatıp eski günlerime dönmemi beklemişti. Çok özlemiştim onu. Ama öncesinde, yapmayı planladığım çok daha farklı bir iş vardı...

Üstüme montumu geçirdiğim gibi, sabırsızlıkla sokağa attım kendimi. Serin ve temiz hava iyi gelmişti. Eda'yla sık sık uğrayıp alışveriş yaptığımız eczanenin önden hızla geçip iki sokak altımızdaki eczaneye doğru hızlı hızlı yürüdüm.

Orta yaşlı, güler yüzlü bir kadındı eczacı. Yüzüne bakmamaya çalışarak, yüreğim pırpır, "Gebelik testi istiyorum" dedim.

Raftan aldığı dikdörtgen şeklinde ince kutuyu önüme koydu. "İçinde tarifi var" dedi. "Ama isterseniz nasıl kullanılacağını anlatabilirim."

"Gerek yok" diye gülümsedim. "Ablam için alıyorum. Nasıl kullanacağını bilir o."

Parayı ödeyip kaçarcasına çıktım eczaneden. Eve girer girmez, test kutusunu açıp yazılanları dikkatlice okudum.

"Bir bardağa idrarınızı yapın. Hamilelik testini düz bir yere koyun ve testin içinden çıkan damlalığı kullanarak, işaretli bölüme idrarınızı damlatın. Beş dakikayı aşmayacak bir süre bekleyin. Testin okuma bölümünü kontrol ederek sonucu öğrenebilirsiniz. Okuma bölümündeki tek çizgi hamile olmadığınız, çift çizgi ise hamile olduğunuz anlamına gelir."

Hemen uygulamaya geçtim. Eda'yla neskafe içtiğimiz karton bardaklardan birine çişimi yaptım, kutunun içinden çıkan damlalıkla, işaretli kısma birkaç damla damlattım. Ve beklemeye koyuldum. Çok heyecanlıydım. Yüreğim yerinden çıkıverecekmiş gibi delice çarpıyordu. Henüz beş dakika dolmamıştı ki, testin okuma bölümünde beliriverdi sonuç: Çift çizgi!

Gözlerime inanamıyordum, hamileydim ben! Daha önce benzerini yaşamadığım sıcacık bir sevinç dalgasının, adım adım tüm bedenime yayıldığını hissediyordum.

Bu tür sevinçler paylaşıldıkça çoğalırdı. Eda ve Ezel... Hangisine daha önce vermeliydim müjdeyi?

Kapının içinde dönen anahtarın sesi, kafamdaki soru işaretinin yanıtı oldu. Eda, beni merak ettiği için son iki derse girmemiş ve erkenden eve dönmüştü. Benim sevinçten deli olmuş halime bakarak, "İyi görünüyorsun" dedi. "Bu mucizevi değişimi neye borçluyuz?"

Hiçbir şey söylemeden gebelik testini uzattım, vereceği tepkiyi beklemeye koyuldum. Ama hayret, olabilecek en trajik ve en korkunç tabloyla karşılaşmış gibi panik halinde, dehşetle bakıyordu elindeki test sonucuna. Kendini toparlayıp konuşması epey zaman aldı.

"Olacağı buydu!" diye haykırdı sonunda. "Bu kadar cahilce hareket edeceğini bilsem uyarırdım seni. 'Buna da burnunu sokma Eda!' diyordum kendi kendime. 'Minareyi çalan kılıfını hazırlar ya, elbet tedbirini alıyorlardır' diyordum. Doğum kontrol hapı diye bir şeyin varlığından haberin yok galiba. Hadi sen dünya görüşü kıt, toy bir kızsın... Ya çapkınlıkta okyanus ötesinde bile namı yürüyen Ezel'e ne demeli?"

Donup kalmıştım. Az da olsa sevineceğini, hiç değilse benim sevincimi paylaşacağını düşünürken bu davranışı tam bir hayal kırıklığı olmuştu benim için.

"İnanamıyorum, hamilesin sen!" diye sürdürdü atışlarını. "Ve üzülüp hayıflanacağına, müjde gibi sunuyorsun bu haberi bana."

"Neden hayıflanacakmışım ki?" dedim tüm öfkemle. "Şükürler olsun ki, karnımdaki çocuğun babası belli."

"O babanın önce koca olması gerek!" diye diklendi Eda. "Nişan yüzüğü takmakla yürümez bu işler Şiir Hanım! Ezel'in sana iyi bir koca, çocuğuna iyi bir baba olacağına inanıyor musun sen?"

"İnanmamam için bir neden gösterebilir misin? Sonuna kadar güveniyorum ben Ezel'e."

"Umarım dediğin gibi olur. Peki, diyelim ki Ezel de bu durumu en az senin kadar sevinçle karşıladı... Nasıl bir yol izleyeceksiniz? Okulun ne olacak? Karnın burnunda, hamile halinle mi gidip geleceksin fakülteye? Daha da önemlisi, hemen evlenebilecek misiniz Ezel'le?"

"Merak etme, hepsini düşündüm ben" diyerek sözünü kestim. "İkinci dönemde okulu dondururum. Evlilik tarihimizi öne alıp doğumdan önce nikâhımızı kıydık mı, hiçbir sorun kalmıyor."

"Harika!" dedi Eda. "Hayal ettiğin dikensiz gül bahçesinde gezinirken, seni içine çekiverecek bir bataklığın ortasında, tek kişilik adımlar attığının farkında bile değilsin. Çizdiğin yolda, Ezel'in seninle beraber yürüyeceğini hiç sanmıyorum!"

"Göreceğiz bakalım" diyerek fırlayıp kalktım. Daha fazla horlanmaya niyetim yoktu. "Ezel'e gidiyorum ben" dedim. "Beni bekleme, bu gece onda kalabilirim."

Kaçak

Nerdeyse on dakikadır kapının önündeydim. Zile basıyor, kapıyı önce hafiften tıklatıp yanıt alamayınca yumrukluyordum resmen. Bu saatlerde evde olurdu hep Ezel. Dışarı mı çıkmıştı acaba? Tam cep telefonumu çıkarıp aramaya hazırlanırken, kapı aralandı ve eşiğin gerisinde uykulu ve mahmur gözleriyle Ezel belirdi.

"Buralarda daha sabah olmamış galiba" diyerek içeri girdim.

"Gece, konserden sonra kulüptekilerle lafladık biraz" diye açıklamaya girişti hemen. "Vaktin nasıl geçtiğini anlamamışız. Eve geldiğimde gün ışıyordu nerdeyse."

Yanlış bir iş yapmış gibi kendini savunmaya ve temize çıkarmaya çalışması umurumda bile değildi. Benim ona anlatacaklarımın yanında, bunlar neydi ki?

Beklemediği bir anda beni karşısında görmenin şaşkınlığından olsa gerek, önceki karşılaşmalarımızda sergilediği ateşli ve coşkulu tavırlar bir yana, "Hoş geldin" diye sarılıp kucaklamamıştı bile beni. Önemsemedim. Aniden uykudan kalkmış ve besbelli toparlanamamıştı.

Yüreğimdeki sıcacık coşku ve heyecanla sımsıkı sarıldım Ezel'e. Az sonra vereceğim haber kendine getirecekti onu. Ev arkadaşı Okan görünürlerde yoktu, okulda olmalıydı. Böylesi daha iyiydi, konuşurken baş başa olmalıydık.

Ezel duşunu alırken, mutfağa geçtim ben de. Önce çayı demledim, ardından da buzdolabında kahvaltılık adına ne varsa çıkarıp masanın üzerine dizdim. Zeytin, peynir, yağ, bal, reçel ve kızarttığım ekmekler...

"Senin için henüz sabah, ama biz akşam kahvaltısı yapacağız" diyerek elinden tuttum, masaya oturttum. Solgun görünüyordu hâlâ. Bir bardak çayla birkaç lokma bir şeyler atıştırınca kendine gelir gibi oldu.

Konuya girebilirdim artık. Çantamdan gebelik testi kutusunu çıkarıp masanın üzerine, Ezel'in tam önüne koydum.

"Ne bu?" diye kayıtsızca baktı kutuya.

"Gebelik testi" dedim. "Şu gördüğün iki ince çizgi de testin pozitif olduğunu gösteriyor. Yani Ezelcim... hamileyim ben! Düşünebiliyor musun bitanem, bu yıl içinde bebeğimizi kucağımıza alabileceğiz..."

Eli ateşe değmiş gibi, masanın üzerine itiverdi testi.

"Ne dediğinin farkında mısın sen?" diye bağırdı. "Kendi paçamızı kurtardık da bir de bebek mi çıktı başımıza?"

Öfkeyle kasılmış suratını yüzüme yaklaştırdı, tehditkâr bir ifadeyle, "Bu çocuk asla doğmayacak!" diye haykırdı. "Böyle bir sorumluluğu yüklenemem ben. Gözünü iyice aç ve gerçekleri gör artık! Kendimi zor geçindiriyorum ben. Hesapta olmayan yükleri taşıyamaz bu omuzlar."

"Mezun olunca ben de çalışacağım ya..." diyecek oldum.

"Boş hayallere kapılma" dedi. "Her gün nüfusu katlanarak artan işsizler ordusunun gariban bir neferi olursun ancak sen! Hadi diyelim iş buldun, alacağın üç kuruş para neyine yetecek? Başımızı sokacak bir evi kurmak bile ne kadar zor, düşündün mü hiç?"

"Anneannemin evi var ya!" dedim. "Biraz çekidüzen verir, otururuz. Kira derdimiz olmaz hiç değilse."

Söylediklerimin üzerinde yorum yapma gereği bile duymadan, "Hiçbir şey dinlemek istemiyorum!" diye kestirip attı. "Karnındakini aldırırsın, olur biter! Başka bir çözüm yolu düşünemiyorum ben."

"Asla!" diye haykırdım. "O benim kanımdan, canımdan bir parça! Her ne pahasına olursa olsun yaşatacağım onu..."

Kapı zilinin sesiyle ister istemez sustuk. Gidip kapıyı açtı Ezel. Okan'dı.

"Anahtarımı evde unutmuşum" diyerek içeri girdi. Yüz ifadelerimize bakınca tatsız bir atışmanın üzerine geldiğini fark edip, "Rahatsız etmeyeyim sizi ben" diyerek odasına doğru yürürken, bileğine yapışıverdi Ezel.

"Şiir de gidiyordu zaten" dedi. "Sana zahmet, evine bırakıver."

O an dünya başıma yıkıldı sanki! Karşımdaki, beni alabildiğine aşağılayan, yerlerin dibine batıran, gözleri öfke ve kin dolu bu adam, benim âşık olduğum, tüm varlığımla bağlandığım, tüm umutlarımı bağladığım, "Sen benim her şeyimsin" dediğim Ezel olamazdı! Ya ben yanılmıştım ya da o an çözemediğim bir haller olmuştu Ezel'e.

Çantamı ve montumu kaptığım gibi, hızla kapıya doğru yürüdüm.

"Senin götürmene gerek yok" dedim Okan'a. "Nasıl geldimse öyle giderim ben."

"Olur mu hiç..." diyerek önüme düştü Okan. Dışarı çıkar çıkmaz da ekledi: "Çağıracağın yabancı bir takside ağlayacağına, benim gariban düldülümde dök gözyaşlarını."

Küçük, eski model öğrenci arabası iyi gelmişti bana. Bir süre sessizce yol aldık. Gözyaşlarım durulur gibi olunca, "Kendini boş yere üzme" dedi Okan. "Bildiğin Ezel işte! Günü gününe uymaz adamın. Aranızda ne geçti bilmiyorum, sormak da haddim değil zaten, ama gör bak yarına kalmaz, pişman olup kapına dayanır."

"Bu seferki oldukça farklı ama" dedim. Ve sustum. Ev arkadaşıyla bir olup Ezel'i çekiştirmek yakışmazdı bana. Ama Okan'ın dilinin altı doluydu.

"Son günlerde ben de Ezel'i tanıyamaz oldum" dedi. "Aynı evin içinde, hemen hemen hiç görüşemiyoruz. Gece geç saatlere kadar dışarda, kulüpte, orda burda, her neredeyse artık... Eve gelince de bilgisayarın karşısındaki döner koltuğa tüneyip bir eli telefonda, diğeri klavyenin üzerinde, sabahı buluyor. Kimlerle konuşuyor, kimlerle yazışıyor, belirsiz. Sonra da bütün günü uyuyarak geçiriyor. Senin durumun farklı tabii, ama ben de eski Ezel'i çok özlüyorum inan."

Apartmanın önüne gelmiştik.

"Pek iyi görünmüyorsun" dedi Okan. "Kapıya kadar çıkarmamı ister misin?"

"Gerek yok" diye gülümsedim. "İyiyim ben. Seni de yordum, teşekkür ederim."

Kaldırımın kenarında el sallayarak uğurladım Okan'ı. Gözden kayboluncaya kadar bekledim. Yukarıya, Eda'nın yanına çıkmayı aklımın ucundan bile geçiremiyordum. Yaptığımız o çetin tartışmanın ardından, "Sen haklıymışsın!" demeyi asla kendime yediremezdim.

Boş bir taksiyi durdurup bindim ve anneannemin evinin adresini verdim. Beni bu halimle kabul edecek tek dostuma, Pamuk Anneme gidiyordum...

Burada ne kadar kalacağımı kestiremiyordum. Apartmanın altındaki bakkaldan bana birkaç gün yetecek kadar peynir, zeytin, yağ, reçel, ekmek ve bisküvi aldım.

Asansörle yukarı çıkarken karmaşık duygular içindeydim. Anneannemin bana sunduğu bu eve bu kadar çabuk gereksinim duyacağımı asla düşünemezdim. Canım Pamuk Annem, ulaşılamayacak kadar uzakta da olsa, herkesten daha yakındı bana.

O, ben ve bebeğim! Dolu dolu üç gün yaşadık beraberce. Telefonumu kapatmıştım, dış dünyayla hiçbir bağlantım yoktu. Huzurluydum. Sonsuza kadar böyle yaşayabileceğimi hissediyordum.

Akşamüzeriydi. Sokak lambaları yanmamıştı henüz. Pencerenin kenarındaki koltuğa oturmuş, evlerine ulaşmak için aceleci adımlarla koşturan insanları izliyordum. Ne boş bir çabaydı harcadıkları. Bütün kapılar mutluluğa açılıyormuş gibi sabırsızlıkla koşuyorlardı. Kavgayla, gürültüyle, bitmek tükenmek bilmeyen uzlaşmazlıklarla, aynı evin içinde birbirinden nefret ederek ömür tüketenler bu dünyada yaşamıyordu sanki.

Bense bambaşka bir âlemdeydim. Yeryüzünden kopup uzayın derinliklerine yükselmiş, dünyalıların henüz keşfetmediği farklı bir gezegenden izliyor gibiydim yeryüzünü.

Yüreğimi ve beynimi tatile çıkarmıştım. Uyuşturmuştum duygularımı, tüm tasalarımı kapının önüne bırakmıştım. Bomboş bir beyinle hiçbir şey düşünmeden, herkesten uzakta, tek başınalığımın tadını çıkarıyordum.

Ne var ki, kendim için yarattığım tek kişilik dünyamda da rahat bırakmadılar beni!

Kapı çalındığında, açıp açmamak arasında kararsız kaldım. Gözdeliğinden baktım önce. Eda'ydı. Sevgili arkadaşım, benim gizli sığınağımı keşfetmekte gecikmemişti demek. Madem kafa yormuş ve beni görmek istemişti... Görsündü bakalım!

Kapıyı aralamamla irkilmem bir oldu. Yalnız değildi Eda, Ezel de beraber gelmişti. Baktığımda görememiştim onu.

Bir adım geri çekilip içeri girmelerine izin verdim. "Hoş geldiniz" demeyi gereksiz gördüm. Bu umulmadık baskın hiç de hoş gelmemişti bana. Yanı sıra ben davet etmemiştim kendilerini.

Önce Eda, "Seni kaçak seni!" diyerek sarıldı bana. Sımsıkı, kemiklerimi birbirine geçirecek derecede abartılı bir güçle. Ezel daha ölçülüydü. Nasıl bir tepki vereceğimi kestiremediğinden, tedbirli davranıyordu. Ama Eda'nın kucaklamasından cesaret almış olmalı ki, omuzlarımdan tutup kendine çekerek sarıldı, başımı göğsüne bastırdı, saçlarımı okşayıp uzun uzun kokladı. O an için bu kadarını yeterli görmüş olmalı ki, özgür bıraktı beni.

Eda ve Ezel, ikisi birden söze nereden başlayacaklarını bilmez bir halde, lafı birbirlerinin ağzından alarak konuşmaya başladılar. Bana nasıl ulaştıklarını anlatmaya çabalıyorlardı.

Ezel'e giderken, gece orada kalabileceğimi söylemiştim Eda'ya. Tartışmalı geçen konuşmamızın ardından, ona tavır alıp eve dönmediğimi düşünmüş Eda. Ezel de benzer bir yaklaşımla, kendisine kızıp aramadığımı sanmış. Telefonumun kapalı oluşu da bu düşüncelerini destekleyince, son üç günü ayrı ayrı yolumu gözleyerek geçirmişler. Ama Ezel dayanamayıp Eda'yı arayınca işin rengi değişmiş.

Bana ait olmayan, yabancı bir hikâyeyi dinler gibi dinledim anlattıklarını. Kendilerince mutlu sonla biten hikâyenin son bölümünde Eda, "Nereye gidebilir bu kız?" sorusunun yanıtını bulmayı başarmış ve Ezel'i de yanına alıp bana getirmişti.

Ancak bu gelişleri hiçbir şeyi çözmüyordu. Üçümüz yönünden de değişen bir şey olmamıştı. Onlar bebeğimi benden söküp almayı amaçlıyor, bense onu bedenimde tutmak için direniyordum. Ama ikisi de sert söylemlerinden vazgeçmiş, yumuşacık bir dille, seve okşaya ikna etmeye çalışıyorlardı beni.

"Doğduğu zaman ikimizin hayatını da olumsuz yönde etkileyecek bir bebeği, daha fazla kanlanıp canlanmadan aldırmak en doğrusu değil mi?" dedi Ezel.

"Seni çok iyi anlıyorum Ezelciğim" dedim. "Anne ve baba farkı bu işte!"

Ve bir gün önce internetten okuyup kısa notlar aldığım, hamilelik ve kürtaj konulu metinlerin en çarpıcı bölümlerini sayıp dökmeye başladım:

"Kadın hamile kaldığı andan itibaren fizyolojik olarak annelik hormonu salgılamaya ve tek hücre halinde bile olsa, bebekle bağ kurmaya başlıyor. Doğanın kanunu gereği, koruma ve kollama içgüdüsüyle bebeğini sahipleniyor.

Erkek içinse farklı bir tablo çıkıyor karşımıza. Baba olacağını öğrenen erkek, bu gelişmeden sevinç duysa bile, anneninkine benzer fizyolojik bir değişim yaşamıyor. Ancak doğumdan sonra, bebeği kucağına aldığında babalık içgüdüsüyle yüzleşiyor. Hatta çocuğun, 'baba' demesine kadar bu duyguyu hissedemeyen erkeklerin varlığından bile söz ediliyor.

Ama senin 'babalık' kavramıyla bütünleşmenin, o kadar gecikeceğini sanmıyorum Ezelciğim. Ultrason diye bir mucize var, biliyorsunuz. Gebeliğin altıncı haftasında kalp atışlarını duyabiliyorsunuz. Sekizinci haftadaysa, bebeğin hareketleri görülebiliyor. Onu gördüğün anda gerçek bir baba olduğunu hissedeceksin."

Hiçbir yorum yapmadan beni dinlerken, arada bir sıkıntıyla birbirlerine bakarak ortak bir kaygıyı paylaştıklarını görebiliyordum. Hiç umursamadan devam ettim:

"Bebeğimizin cinsiyetini öğrenmeniz için on ikinci haftanın dolmasını bekleyeceksiniz" diye güldüm. "Ama ben bebeğimin cinsiyetini hissedebiliyorum: Kızım olacak benim! Eminim bundan. Adını bile koydum: Mısra! Şiir ve kızı Mısra..."

Anlattıklarımdan zerrece etkilenmedikleri ortadaydı. Önemli değildi. Benim ne kadar kararlı olduğumu anlamışlardı ya, bu kadar bana yeterdi.

"Artık kalksak mı?" dedi Eda.

"Nereye gidiyorsunuz?" dedim. "Daha erken. Ne güzel laflıyoruz işte."

Yüzüme ters ters baktı Eda.

"Boş yere ev sahibi havalarına girme Şiir Hanım!" dedi. "Buradan hep beraber çıkıp evimize gideceğiz."

Daha fazla arıza çıkarmama gerek yoktu. Söyleyeceğimi

söylemiş, son noktayı koymuştum. İç rahatlığıyla, Eda'yla paylaştığımız mesut yuvamıza dönebilirdim artık...

Eda ve Ezel, Okan'ın arabasıyla gelmişlerdi. Evin önüne geldiğimizde arabadan inmedi Ezel.

"Yukarı çıkmayayım ben" dedi. "Arabayı Okan'a teslim etmem gerek. Sonra uğrarım."

Baş başa kalmıştık Eda'yla. Onun kolay kolay pes etmeyeceğinden öylesine emindim ki, kapıdan içeri girer girmez beni aşırı bir muhabbetle kucaklayarak, "Evine hoş geldin" demesini, özel bir konukmuşum gibi ağırlamaya kalkmasını hayretle karşıladım.

Isıttığı sütü balla karıştırıp karşıma geçti ve içmemi izlerken, "Deliksiz bir uyku seni kendine getirir" dedi.

Yatağa uzandığımda, şefkat dolu bir anne gibi üstümü örtüp yanaklarımdan öptü ve beni benimle baş başa bırakarak çıktı odadan.

Çok mutlu hissediyordum kendimi. Görünen o ki, Ezel de, Eda da karşımda duracaklarına, benimle aynı tarafta ve aynı çizgide yürümeyi kabullenmişlerdi.

İstanbul kalabalığının ortasında küçücük bir nokta

Sabah uyandığımda, çoktan okula gitmişti Eda. Bense günümü tembellik ederek ve kendimi şımartarak geçirmek niyetindeydim. Ama ertesi sabah ben de Eda'yla beraber okula gidecektim. En azından yoklama zorunluluğu olan derslere girmem gerekiyordu. Devamsızlığım ne kadar az olsa, o kadar iyiydi. İkinci dönem okulda daha zorlu günler bekliyordu beni. Sanırım o dönem okulu dondurmak zorunda kalacaktım.

Mutfaktaki küçük televizyonu açtım, kıpır kıpır, enerji dolu bir müzik kanalını açtım. Eda'nın demlediği çay soğumamıştı henüz, altını yaktım. Bundan sonrasında yememe içmeme, özellikle de kahvaltıma özen göstermem gerekiyordu. Ne de olsa iki canlıydım!

Buzdolabının önünde kararsızca dikilip ne yiyeceğime karar vermeye çalışırken, kapının ziliyle irkildim. Kesinlikle bir şeylerini unutmuştu Eda ve yarı yoldan geri dönmüştü. Ancak gelen Eda değil, Ezel'di!

"Kahvaltıya misafir kabul ediyor musun?" diyerek içeri girdi. "Hiç suratını asma" dedi. "Kendi kahvaltılığımı kendim getirdim."

Elindeki büyücek pastane kutusunu masanın üzerine bıraktı, kucakladığı gibi havaya kaldırdı beni, sımsıkı sarıldı ardından. Birilerinin duymasından korkuyormuş gibi, "Çok özledim seni, çok..." diye fısıldayarak yüzümü, saçlarımı, boynumu öpücüklere boğdu. Neler olduğunu tam olarak çözememiştim, ama eski günlerin karasevdalı Ezel'ine yeniden kavuşmaktan şikâyetçi değildim.

Beraberce kurduk soframızı. Buzdolabından çıkardığım kahvaltılıkların yanı sıra, Ezel'in getirdiği, fırından yeni çıkmış poğaçalar, simit ve susamlı ayçöreğiyle daha da zenginleşmişti soframız. Ayçöreğini ne kadar sevdiğimi bilirdi Ezel ve her fırsatta "Sevdiklerinizi sevindirin kampanyasının sadık bir neferi olarak, ayçöreğinizi takdim etmekten mutluluk duyarım sultanım" diyerek sunardı bana.

Ama bu kez hiçbir şey söylemeden, pasta tabağındaki ayçöreğini bıçakla dilimlere ayırdı, önüme doğru sürdü. Gözleri mi nemlenmişti ne! Yok canım, hüzünlenmesini gerektirecek ne vardı ki ortada. Kafasını taktığı, bebekle ilgili bir şeylere mi sıkılmıştı acaba? Ama o konuyu hiç açmıyordu bile.

Kahvaltıdan sonra Türk kahvesi yaptım ona. "Bebeğe dokunabilir" diyerek içmedim ben. "Fazla kafein alırsam, bebeğin kalp atışları hızlanır mı sence?" diye sordum.

"Bilmem ki" dedi. "Bu konuda hiçbir deneyimim ve fikrim yok."

Denemek istemiş ve istediğim sonuca ulaşmıştım: Sıkıntısının, bebekle hiçbir ilgisi yoktu. Kafasını kurcalayan, benim dışımda, bilmediğim bir şey olabilirdi. Kokusu çıkardı yakında...

Kahvesini içtikten sonra balkona çıktı. Ben de peşinden...

"Bana kalsa, bugünümün her saniyesini seninle geçirirdim, ama yapmam gereken çok iş var. Gitmeliyim!" Gözlerini uzaklara dikip derin derin soluk aldıktan sonra da, "Ne muhteşem şehir şu İstanbul!" dedi. "İstanbul'da yaşamak zor, ama İstanbul'u yaşamak ömre bedel..."

Tekrar sımsıkı sarıldı bana.

"Seni çok seviyorum Şiir!" dedi. "Ömrüm oldukça da seveceğim. Hiç, ama hiç aklından çıkarma bunu..."

Bir yere yetişecekmiş gibi, aceleyle parkasını giydi. Eğilip saçımın ucundan usulca öptü.

"Hoşça kal bitanem!" dedi ve koşar adım indi merdivenlerden. Tekrar balkona koştum. İstanbul kalabalığının ortasında, küçücük bir nokta halinde kalıncaya kadar baktım arkasından...

Ezel'in emaneti

Yapma be hayat!
Ben acıyı sadece sofrada severim.
Bu lüzumsuz cömertlik niye?

Can Yücel

Kendimi bildim bileli cumartesi, haftanın en sevdiğim günüdür. Hem hafta sonu tatilinin müjdecisi ve öncüsü olduğundan, hem de kapılarını yeni bir tatile, pazar gününe açtığından.

Her zamankinden de neşeli ve mutlu bir ruh haliyle uyandım yeni sabaha. Hakan'la kahvaltıya çıkacaktı Eda. "Siz de bize katılsanıza" dedi.

Benimse daha farklı bir planım vardı. Telefon konuşmalarının dışında, üç gündür görüşememiştik Ezel'le. Baş başa kalmayı özlemiştik. Haber vermeden kapısını çalmak ve yüzünde belirecek hayret ile sevinç karşımı ifadenin keyfini çıkarmak için sabırsızlanıyordum.

Kapının zili Eda'yla ikimizi aynı anda harekete geçirdi. "Hakan'dır" diyordu Eda, bense Ezel'in de benim kurguladığıma benzer bir sürprizle gelmiş olabileceğini umuyordum.

İkimiz de yanılmıştık. Kapının eşiğinde, içeri davet edilmeyi bekleyen, Okan'dı. Yüzünde anlam veremediğim buruk bir ifadeyle salona geçip üç kişilik kanepenin bir köşesine ilişti. Söze nereden başlayacağını bilemez bir halde, "Çok üzgünüm Şiir!" diye geveledi ağzının içinde.

"Ezel'e bir şey mi oldu yoksa?" diye haykırdım. "Nerede o? Neden o değil de sen geldin? Hasta mı, kaza mı geçirdi?"

Panik halindeydim. Sorduklarımın ve içimden geçip de soramadıklarımın yanıtını almayı beklerken, daha fazla dayanamayıp, Okan'ın karşısındaki koltuğa yığılıverdim.

"Kendine gel Şiir!" diyerek yanıma oturdu Eda. "Dur bakalım, ne olmuş, ne bitmiş, öğrenelim hele."

Okan'a döndü, "Sen de uzatma ama!" diye uyardı. "Dilinin altında ne varsa, çıkar artık."

"Söylemesi çok zor" diye başladı Okan. "Kendisi göze alamadı seninle yüzleşmeyi. Ve bu zor görevi benim omuzlarıma yükledi."

"Neymiş bu zor görev!" diye sabırsızlıkla söylendi Eda.

Eda'yı devreden çıkarıp doğrudan bana döndü Okan.

"Ezel gitti Şiir!" dedi. "Bu sabah uçağıyla gitti, New York'a, Aria'nın yanına. Çok istedi seninle konuşmayı, ama beceremedi. Yüreği dayanamadı bunları sana anlatmaya."

Tek söz edecek gücüm kalmamıştı. İkimizin yerine Eda, öfkeden çıldırmış bir halde ağzına geleni söylüyordu.

"Ne yüreğinden söz ediyorsun sen?" diye haykırdı Okan'a. "Duygudan, insanlıktan, iyilikten güzellikten zerrece nasibini almamış, hanzonun teki o adam!"

"Yalnızca aracıyım ben!" diyerek kendini savundu Okan. "Bana yüklenen bu görevden de son derece rahatsızım."

Ve bana dönerek, bilmemi gerekli gördüğü ayrıntıları sıralamaya başladı:

"Son konuşmamızda sana, Ezel'in gece boyunca, sabahlara kadar bilgisayar başında tünediğini, kiminle ya da kimlerle yazışıp telefon konuşması yaptığını bilmediğimi söylemiştim ya... Meğer Aria'yla yapılması gereken işler hakkında konuşuyormuş. Söylemeye dilim varmıyor ama... Aria, eğer isterse evlenebileceklerini, bu sayede vize sorununun ortadan kalkacağını ve Amerika'da istediği kadar kalıp çalışma iznine kavuşabileceğini anlatarak beynini yıkamış Ezel'in."

Konuşurken renkten renge giriyor, arkadaşına ait olan suçu kendisi işlemiş gibi, ezilip büzülüyordu Okan.

"Kusura bakmayın" dedi. "İstemeden de olsa üzdüm sizi. Ama, elçiye zeval olmaz derler ya, benimki de o hesap."

Baştan beri elinde sıkı sıkıya tuttuğu sarı zarfı uzattı bana.

"Ezel'in emaneti!" dedi.

Üstünden ağır bir yük kalmış gibi doğrulup kalktı. Büyük ölçüde ferahlamış, ama son derece üzgün ve çaresiz, kapıya doğru yürüdü ve çıkıp gitti. Geride harabeye dönmüş yürekler, kırılıp tuz buz olmuş hayaller bırakarak...

Olumlu ve güzel bir kırıntı

Bütün renkler çekip gitmiş hayatımdan
Siyaha, beyaza razıyım da...
Kapkara bir kuytunun derinine itivermişler beni
Gözlerim gökkuşağının yedi rengine hasret
Dokunsalar tel tel dağılacak yüreğim
Beynimse çoktan yükünü almış
Darmadağın...

Üzerimize ölü toprağı serpilmiş gibi, parmağımızı bile kıpırdatmadan, bakışlarımızı birbirimizden kaçırarak, öfkemiz, isyanımız yüreklerimize gömülü, ne kadar süre öyle kaldık, kestiremiyordum.

Bıraksalar, sonsuza dek öyle kalmaya razıydım. Ama Eda benim daha derinlere inip dibe çakılmama izin vermedi.

"Dünyanın sonu değil be Şiirciğim!" diyerek yanıma sokuldu, başımı omzuna yasladı. "Ezel'den önce de vardın sen, sonrasında da olacaksın. Eskisinden de güçlü, dört elle sarılacaksın hayata. Gidenin ardından yanıp yakılmanın anlamı yok. Gözünden süzülecek tek bir yaşı bile hak etmiyor o. Ardında anılmaya değer, olumlu ve güzel kırıntılar bırakanlar için ağlanır ancak, böyle 'hoşça kal' bile demeden çekip gidenler için değil!"

Acı bir gülüşle kestim sözünü. "Ardında öylesine olumlu ve güzel bir kırıntı bıraktı ki... Ömrüm boyunca her an onu anmaya mahkûm etti beni."

"Asıl konuşmamız gereken de bu!" dedi Eda. "Yeni bir değerlendirme yapmak zorundasın Şiir! Varlığı ile yokluğu arasında pek bir fark olmasa da, Ezel öyle ya da böyle yanında dururken, bir dereceye kadar olumlu düşünebilirdim. Ama şimdi, babasız bir çocuğu dünyaya getirmenin ne gibi sonuçlar doğuracağını düşünmek ve ona göre hareket etmek zorundasın. Daha fazla vakit kaybetmeden halledelim şu işi."

İsyanla haykırdım. "Canında can bulan, bir anlamda kendi yarattığı o masum varlığı nasıl yok edebilir insan! Düşünsene... Daha üç haftalıkken kalbi atmaya başlıyormuş. Henüz hamile olduğumdan habersizken, yüreği pıt pıt atan o bebecik bana tutunmuş, benden medet ummuş. Nasıl son verebilirim onun yaşamına?"

"Ama doğurmaya kalkarsan, çok daha büyük sorunlarla karşılaşacaksın. Kucağına alacağın bebeğin nüfus cüzdanını çıkarmak bile büyük problem. Babası kim bu çocuğun diye soracaklar. İşin resmi yönünü bir şekilde hallettin diyelim, ya aynı soruyu soracak diğer insanlara ne yanıt vereceksin? Henüz hayata atılmamış, gencecik bir öğrencinin taşıyabileceği bir yük mü bu?"

Gözlerimden usul usul inen yaşları sildi Eda. "Bu kadarla kalsa iyi" diye devam etti. "Asıl sorun geride! Aklı ermeye başladığında, 'Babam nerede?' diye hesap soracak sana. Yetmeyecek, babasının kimliğini sorgulayacak. Ve inan ki, hiç de hoşgörülü davranmayacak sana."

Söyleyecekleri bitmemiş, ama dile getirmekten çekinir gibi, tutuk bir tavırla sürdürdü konuşmasını. "Kendinden pay biç!" dedi. "Anne ile babanın ayrı düştüğü bir ailenin kızısın. Onlarla olan ilişkinin, sağlıklı ve ideal bir çizgide olduğunu iddia edebiliyor musun? Evet, kan bağıyla, kalıtsal olarak annene ve babana bağlısın; ancak sevgiye, saygıya dayalı tutkulu bir bağ değil bu."

"Yeter Eda!" diye kestim. "Daha fazla eziyet etme bana. Yalnız kalmak istiyorum. Hem sen, Hakan'la buluşmayacak mıydın bugün?"

"Telefon edip gidemeyeceğimi söyledim. Seni bu halde tek başına bırakıp gidecek değildim ya."

"Tam tersine, beni benimle bırakman gerekiyor Edacığım" dedim. "Ezel'i tam anlamıyla uğurlayabilmem ve sağlıklı düşünebilmem için..."

Ne günah işledikse yarı yarıya

Ceplerime doldurdum günahlarımı
Bölüne bölüne çoğaldılar, taştılar ceplerimden
Dört bir yanım "gün" ve "ah" oldu.

Eda'nın ardından, Ezel'in Okan aracılığıyla bana gönderdiği sarı zarfı alıp odama geçtim. Evde tek başıma da olsam, duygularımı sakınmadan açığa vurabileceğim biricik mekândı burası.

Zarfı açar açmaz avucuma düşüveren alyansa hayretle baktım. Geride hiçbir anı ya da iz bırakmak istememişti demek Ezel.

Ama beni asıl şaşırtan, yazdığı tek sayfalık veda mektubuydu. Hayret ettiğim, veda etmeyi amaçlarken, tutkulu bir sevdayı dile getirme çabasında olmasıydı.

Şiir'im!

Biricik aşkım benim!

Sana, "Beni affet" demeye yüzüm yok. Ben bile kendimi affedememişken... Ama en azından anlamaya çalış.

Öncelikle bilmeni istediğim bir şey var: Hayatım boyunca bir tek sana âşık oldum ben, bir tek seni sevdim!

Bundan sonrasında da ne yaşarsam yaşayayım; yüreğimde, beynimde, damarlarımda akan kanda yalnızca sen olacaksın.

Keşke seni son bir kez daha kucaklayabilseydim. Bu satırları yazarken bile gözümde tütüyorsun inan. Şimdiden delicesine özledim seni.

Bu ayrılığa nasıl dayanacağımı bilmiyorum. Belki bir gün...

Ama hayır! Geleceğe yönelik tek bir söz etmeye hakkım yok

şu an. Sen de, böyle veda bile etmeden çekip gidenin ardından yas tutacak değilsin. Bir an önce yokluğuma alışmanı diliyorum. Kendine pırıl pırıl, yepyeni bir hayat kurman sevindirir beni. Her şeyin en iyisine layıksın sen.

Hoşça kal aşkım!

Şunu bilmeni isterim ki, yaşayacağım hiçbir şey sana olan duygularımı değiştiremeyecek!"

Altına da küçük bir not düşmüştü:

Son günlerde seni derinden etkileyip altüst eden o önemli konuya gelince: Nasıl istersen öyle hareket et. Ve beni suçlama!

Cemal Süreya'nın da dediği gibi, "Ne günah işlediysek yarı yarıya."

Mektubu sehpanın üzerine bırakıp arkama yaslandım. Ne düşüneceğimi bilemiyordum. Duygularımsa hepten şaşırmıştı yolunu.

"Hoşça kal bile demeden çekip gittin be Ezel!" diye söylendim kendi kendime. Sahi, veda etmeye kalksa, "Gitme, kal" der miydim acaba? Hiç sanmıyorum.

Keşke yaşanan her şeyi beraberinde götürseydin be Ezel! Yaşanmışlıkların tortusunu bana bırakmasaydın. Geldiğimiz bu noktada, bana ilanıaşk etmekten de vazgeç artık. Yanında götürme beni, unut gitsin. Seninle gelmeye hiç niyetim yok benim.

Şarkıda da söylendiği gibi;

Gittin...
Sen bana zaten gitmek için gelmiştin
Geride yavaş yavaş eriyen bir kurşun bıraktın!

Tertemiz, saf, masum, tepeden tırnağa iyilik ve güzellikten ibaret bir melek...

Hayat bağıra bağıra susmayı öğretir insana.

Tezer Özlü

Pazar sabahı mis gibi bir çay kokusuna uyandım. Gece geç dönmüştü Eda. Geldiğini duymuş, ama çözümsüzlüklerimin koynundan sıyrılıp karşısına çıkacak gücü kendimde bulamamıştım. Önce âdet yerini bulsun diye kapıyı tıklattı, ardından da teklifsizce dalıverdi içeriye.

"Günaydın dünyalar güzeli" diyerek perdeleri açtı. "Öyle bir pazar kahvaltısı hazırladım ki sana, parmaklarını da beraberinde yiyeceksin" dedi. "Hadi fırla, soğumasın pişiler!"

"Pişi de mi yaptın?" dememle yataktan fırlamam bir oldu.

Gerçekten de olağanüstü bir masa hazırlamıştı Eda. Pişiler, omletler, krepler, çeşit çeşit peynirler, zeytinler, bal kaymak ve benim pek sevdiğim ahududu reçeli ile tuzsuz lor...

"Bunca şeyi nasıl bir araya getirebildin?" diye hayretle söylendim.

"Bakkalımız sağ olsun!" diye güldü Eda. "Öğrenci evinin buzdolabıyla idare edecek değildim ya! Ağır mı ağır bir konuk ağırlayacağım bugün."

"Kim geliyor?" diye sordum saf saf.

Elimden tutup kapının girişindeki boy aynasının önüne götürdü beni.

"İşte" dedi. "Bugünkü özel ve güzel konuğum karşında."

Darmadağın saçlarımla, düğmelerini yanlış iliklediğim,

bir yanı diğerinden bir karış yukarda pijamamla, hiç de özel ve güzel değildi aynadaki yansımam.

"Az bekle" dedim Eda'ya. "Kendime çekidüzen vermeden oturamam bu sofraya."

Hemen üstümü değiştirdim, saçlarımı taradım, yüzüme en sıcak gülüşümü de yerleştirince bitti işim. Canım arkadaşım özenmiş, sofralar hazırlamıştı bana; önemsemez bir davranış incitebilirdi onu.

Bunca hazırlık ve özenin kökeninde neyin yattığını tahmin edebiliyordum aslında. En çetin tartışmalar bile, iyi niyet kokan ve keyifle paylaşılan bir sofrada ya da benzeri sıcak bir ortamda kişilik değiştirip olumsuzdan olumluya doğru yol almaz mıydı?

Kahvaltının hangi safhasında harekete geçeceğini kestiremiyordum, ama Eda'nın uygun zamanı kollayıp şu anda ortak açmazımız gibi görünen konuyu öne süreceğinden ve inandığı doğrultuda bir karar almam için var gücüyle üstüme geleceğinden emindim.

Her şeyi bir tarafa bırakıp büyük bir heves ve iştahla oturdum sofraya. Kurt gibi acıkmıştım. Tadına bakmadığım, çatal kaşık ya da bıçak daldırmadığım tek bir tabak bırakmadım masada. Pişinin arasını açıp içine yerleştirilen sucuklar, kreplerin üzerine sürülen bal kaymaklar, reçeller... Birileri gelip elimden kapıverecekmiş gibi, lokmaları birbirinin ardı sıra atıyordum ağzıma. Eda karşımda, buruk bir gülümsemeyle izliyordu beni. İkimiz de bu olağanüstü iştahın nerden kaynaklandığını çok iyi biliyorduk.

Birden duraklayıverdim. İstemsizce karnıma gitti elim. Kocaman bir düğüm gelip oturdu boğazıma. Tek lokma yiyecek halim kalmadı o an. Gözlerimden sicim gibi akan yaşları elimin tersiyle sildim.

"Karnımdaki bu minicik varlık var ya" dedim. "O varlığa, başka hiçbir şeye olmadığı kadar bağlandım ben Eda. Tertemiz, saf, masum, tepeden tırnağa iyilik ve güzellikten ibaret bir melek o! Nasıl kıyarım ben ona? Nasıl acıtırım canını?"

Eda'nın da gözleri yaşlıydı. İçin için, usul usul ağlıyordu benimle beraber.

"Canım kardeşim!" diye sımsıkı sarıldı bana. "Biliyorum, çok zor bir karar. Ama yapmak zorundasın. Yalnız kendin için değil, bebeğin için de. Aksi halde canını acıtacaklar onun. Sen ne kadar özveri gösterirsen göster, suçlu konumunda olacaksın onun gözünde. Hepsi bir yana, Ezel'in gidişiyle ortaya çıkan tablonun ardından, tek başına, babası belli olmayan bir çocuğu nasıl büyütebilirsin? Bu kötülüğü yapamazsın ona!"

Bebeğime kötülük yapmak ha! Süngüm düşmüştü. Eda'nın çizeceği yolda çaresizce yürümekten başka seçeneğim kalmamıştı maalesef...

Bazı şartlarım var!

Eda, doktor ve hastane araştırma işini gönüllü olarak üstlenmişti. Kısa bir süre önce bebeğini aldıran kuzeninin doktoruna götürecekti beni.

"Gözü kapalı, masaya yatmam ben!" dedim. "Bazı şartlarım var. Öncelikle doktor erkek değil, mutlaka kadın olacak! Anne şefkatiyle yaklaşıp örselemeden çıkaracak bebeğimi. Ayrıca, daha önce hiç duymadığı cinsten taleplerim de olabilir."

"Ne tür talepler bunlar?" diyecek oldu Eda.

"Sabırlı ol" dedim. "Doktorla konuşurken öğrenirsin."

Doktora gitmeden bir gün önce bilgisayarın karşısına geçip kürtajın özellikle duygusal ve psikolojik yönüyle ilgili bir ön araştırma yaptım. İlk okuduğum cümle, beni, yapmaya hazırlandığım eylemden vazgeçirecek derecede trajikti: "Kürtaj, rahimde teşekkül etmiş canlı ve sağlıklı bebeğin, anne için sağlık riski oluşturmadığı halde, isteğe bağlı olarak öldürülmesi ve alınması işlemidir!"

Bir başka sitede, gebeliği sonlandırma kararının başlı başına bir travma olduğu vurgulanıyor ve "Çok basit görünen, ancak kadın için hayatının en zor operasyonudur" deniyordu.

Ama benim en çok ilgimi çeken, kürtaj sonrası yaşanabilecek ruhsal değişimleri ele alan bir sağlık bülteniydi.

"... Hasta, genellikle ağlayarak narkozdan uyanır. Nedeni yaşadığı suçluluk hissi, sahip çıkması gerektiğini düşündüğü bebeğini kaybetmenin acısı ve kendisine, kocasına ya da beraber olduğu insana duyduğu öfkedir. Hamilelikle başlayan bebeği koruma, kollama güdüsü bir anda kadının, bebeğini kendi eliyle yok ettiği duygusuna dönüşür. Kendisini, partnerini, ailesini, çevresini, yaşadığı hayatı, bu işte az ya da çok payı olan herkesi, her şeyi suçlar. Suçluluk, kayıp duygusu ve duyulan acı... Bu duygu karmaşası bazı kadınlarda daha yoğun ve uzun süreli olabilir ve depresyona yol açabilir. Böyle durumlarda duygusal açıdan destek gerekebilir!"

Bu yazılanlardan ne kadarının ucu bana değecekti, önceden kestirmesi zordu. Ancak benim gibi ruh dünyası öyle böyle örselenmiş biri için en trajik sonucu beklemek, şaşırtıcı olmasa gerekti.

"Merak ettiğiniz her şeyi, çekinmeden sorabilirsiniz bana!"

Kürtajımı yapacak, daha doğrusu canımdan can alarak bebeğimi benden koparacak tıp mensubuydu karşımdaki hanımefendi! Nurhan'dı adı. Doktor Nurhan Hanım! Hiç de sevimli görünmemişti gözüme. Ama dersini iyi çalışmıştı. Daha doğrusu birileri, "Gelecek olan hatun delidir, ne yapsa yeridir!" diye inceden inceye uyarmıştı onu galiba.

Neden peşin hükümlü ve tavırlıydım ona karşı? Onu bebeğimin celladı olarak gördüğüm için olabilir miydi acaba? Asla! Böyle düşünmek haksızlık olurdu. Ne suçu vardı kadıncağızın? İşini yapıyordu o! Asıl, ona "öldür" emrini veren her kimse, cellat da oydu! Söz konusu cürmü beraberce işlediğimiz ortağım terkidiyar edip kayıplara karıştığından, cellatlık payesini tek başıma taşımaktaydım.

Eda, en nazik haliyle, "Arkadaşım biraz tedirgin ve gergin" diyerek benim suskunluğumu perdelemeye çalıştı kendince ve "Operasyon hakkında biraz bilgi verirseniz, rahatlatıcı olabilir" diye ekledi.

"Öncelikle rahat olun Şiir Hanım" diye gülümsedi doktorum. "Yaptığımız, korkulacak bir işlem değil. Dünya üzerinde her yıl milyonlarca kadın kürtaj oluyor. Biz de on haftaya kadarki hamileliklerde, yasal sınırlar içinde kürtaj yapabiliyoruz."

Benden çıt çıkmıyordu, ama Eda soru üstüne soru yağdırıyordu.

"Lokal anestezi mi uygulayacaksınız, genel anestezi mi?"

"Lokal anestezi de yeterli olabiliyor, ama daha çok genel anesteziyi tercih ediyoruz. Son derece küçük operasyonlar bunlar. Anestezi, kürtaj ve hastanın kendine gelmesi, 15-20 dakikalık bir zaman alıyor yalnızca."

Benim sessiz kalışım, hiçbir soru yöneltmeyişim, Nurhan Hanım'ı daha da ateşliyordu sanki. Doğrudan bana dönüp, "Kürtaj dediğimize bakmayın" dedi. "Kürtaj kelime anlamı olarak kürete etme, kazıma demek. Eski sistemde metal küretler kullanılırdı. Şimdiyse vakum aspirasyon denilen basınçlı emme yöntemiyle yapılıyor kürtajlar. Kanül dediğimiz içi boş ince tüplerle rahmin içine girilip vakum tekniğiyle rahim boşaltılıyor."

Kürete, kazıma, basınçlı emme, rahme giren ince tüpler... Soğuk bir ter boşaldı üstümden. Yerimden fırlayıp dışarı çıkmak; koşmak, koşmak, koşmak, kimsenin beni bulamayacağı bir yerlere gizlenmek... Becerebilseydim keşke!

"Eda Hanım, benden talep edeceğiniz farklı bir şeyler olabileceğini söylemişti" diyerek soru yüklü bakışlarını üzerime dikti doktorum. "Ne talebiniz olduğunu öğrenebilir miyim?"

"Öncelikle değerli bilgilerinizi paylaştığınız ve bizleri aydınlattığınız için teşekkür ederim" diyerek yumuşak bir giriş yaptım. "Yanıtını almak istediğim bir sorum olacak: Kürtaj yoluyla aldığınız bebeği ne yapıyorsunuz? Nereye gidiyor o bebek?"

Nurhan Hanım'ın yüzü asılır gibi oldu.

"Alınan, sizin kastettiğiniz anlamda bütünlüğü olan bir bebek değil" dedi. "Anlattığım gibi, vakumla çekiliyor. Parça parça çıkıyor içerden. Ve çöpe gidiyor haliyle."

"İşte ben, o çöpe gidecek parça parça bebeği istiyorum!" diye haykırdım.

"Ne işinize yarayacak ki?" dedi doktor. "Bebeğe ait dokular, anneye ait plasenta yani son parçaları ve kan... Kısacası, kan pıhtısıyla kıyma karışımı bir kitle. Bugüne kadar hiç kimse böyle bir istekte bulunmadı. Ancak özel durumlarda çıkarılan materyal, tetkik edilmek üzere patolojiye gönderilmesi istendiğinde verilebiliyor."

"İster 'patolojiye gitmek üzere' deyin, ister 'Sahibi istedi, çöpe atacağımıza ona verdik' deyin, orasını bilemem. Ama ben, benden alacağınız, bana ait olan o parçayı gene bana vermenizi istiyorum sizden!"

Eda'ya bakarak tamamladım sözlerimi: "Aksi halde kürtaj falan olmam ben!"

Kürtaj olup olmamam doktor hanımın umurunda bile değildi kuşkusuz. Ama Eda'nın umurundaydı! Ve bu konuyu da ikna kabiliyeti ve tatlı diliyle tereyağından kıl çeker gibi kolayca halledeceğinden emindim.

Kolumdan damar yoluyla verdikleri anestezik madde henüz bedenimi ele geçirmeden, "Ne olur dikkat edin, canı yanmasın!" diye yalvar yakar olduğumu hatırlıyorum.

Sonrası karanlık... Sayıklayarak uyanmışım, öyle diyor Eda.

"Yapma... Vurma... Bırak onu..."

Yaptılar, vurdular, paraladılar...

Hem beni, hem de onu!

Başıbozuk bir sevda...

Bugün kürtaj oldum ben!

Rahmimin çeperine sımsıkı tutunmuş, yaşamak için benden onay bekleyen, hatta merhamet dilenen; kanımdan, canımdan bir parçayı silkeleyip atıverdim bedenimden.

Ama onu "piç" gibi ortada bırakmayacağım. Anası da benim onun, babası da.

Küçücük bir naylon torbaya sardım bebeğimin lime lime olmuş kanlı bedenini. Beyaz patiskadan el kadar bir kese diktim, onun içine yerleştirdim kızımı.

Salondaki saksılardan en albenili olanını seçtim, içindeki çiçeği söküp attım. Toprağını eşeleyip açtığım çukura özenle yerleştirdim kızımı. Pembe bir kurdele bağladım saksının kenarına.

Mezarını beğendin mi Mısra?

Daha iyisini sunamadığım için üzgünüm yavrum. Ama sen de takdir edersin ki, bu kadarı geldi elimden.

Avutmak için söylemiyorum inan, son nefesime kadar seninle yaşayıp seni yaşatacağıma söz veriyorum.

Hiç kimse, hiçbir kuvvet Şiir'i Mısra'sından ayıramayacak!

Mısrası olmayan bir şiir, bir şiire ait olmayan mısra, dünyanın neresinde görülmüş ki?

Kimseyi suçlamıyorum yaşadıklarım için. İlle de bir suçlu aranacaksa, uzaklara gitmeye gerek yok, o suçlu benim!

Sonu baştan belli maceralara dalıverdiğim, değmeyecek insanlara değer bahşettiğim ve onlar uğruna kendimi harcadığım için.

Yaşanması gereken, başıbozuk bir sevdaydı bizimkisi.

Yaşandı ve bitti!

Geri dönüşü ve tekrarı yok artık...

İkinci bölüm

Kaldığımız yerden...

Söz geçiremiyorum zamana.
Acelesi varmış gibi öylesine hızlı akıyor ki...
Böylesi benim de işime geliyor aslında.
Seviyorum onun bu delidolu,
kimseleri umursamaz hallerini.
Tıpkı benim gibi!
Bir şeylerden kaçıp kurtulmak istercesine
sabırsız ve aceleci...

Geride bırakıp üstünü kat kat toprakla örttüğüm ve unutulmaya mahkûm ettiğim günlerin üzerinden asırlar geçti sanki. İsyankâr bir başkaldırıyla beni sindirmeye çalışanlar da oldu, çaresizce itaat edip suskunluğa razı, bir köşeye çekilenler de.

Neler yaşanmadı ki bu süre içinde... Neyse ki, iyiye ve güzele açılmıştı bütün yollar. Siyah'ın mutlak karanlığını geçmişe gömüp beyaz'la kucaklaşmayı hedeflerken, kendim için değilse de, en azından çevremdeki dostlarım için sevinç duymayı öğrenmiştim.

Mezuniyet töreninde en az Eda kadar mutluydum ben de. Hakan ve Eda'nın aile arasında yapılan nişan ve büyük bir otelin balo salonunda gerçekleşen düğün törenlerinde de onların mutluluğunu birebir hissederek, samimiyetle paylaştım.

Ne var ki perde gerisinde, yalnızlık kokan ıssız günlerin pusuda beklediğini bilmek, ürküntü veriyordu içime. Eda, birkaç parça eşyasını alıp Hakan'la paylaşacağı, iki ay boyunca kız ve erkek taraflarının ortaklaşa dayayıp döşediği eve taşınmıştı. Yalnızdım artık...

Hayır, yalnız sayılmazdım! Mısra vardı yanımda... Onunla baş başa kalmak, bu sıkıntılı günlerimde en geçerli avuntum olacaktı.

Bizimkilere göre, düğün öncesinde iş durumlarını da haletmemiz gerekiyordu. Benim acelem yoktu aslında, ama Hakan kendileriyle beraber bana da iyi bir iş ortamı yaratmak için elinden geleni yapıyordu.

Onlar yollarını çoktan çizmişti: İşletme dalında yüksek lisans yapacaktı ikisi de. Eda bizim fakültenin Turizm İşletmeciliği, Hakan da kendi okulunun İşletme bölümünde. Beni de yanlarına çekmek için epey dil döktüler, ama razı edemediler.

"Kariyer yapmaya, daha fazla mürekkep yalamaya ne niyetim var, ne de gücüm!" diyerek son noktayı koydum.

Yılmadı Hakan ve piyasada itibarı yüksek bir işadamı olarak tanınan babasının aracılığıyla bana göre bir iş bulmakta gecikmedi.

"Arkan yoksa ağzınla kuş tutsan nafile!" diyordu. "Kişisel becerinin mükemmelliğinden çok, ahbap çavuş ilişkileriyle yürür bu işler."

Büyük bir seyahat acentesi, akıcı ve düzgün konuşabilen, iş takibinde başarılı, yüksek iletişim becerisi olan, esnek çalışma saatlerine uyum sağlayabilecek takım arkadaşları arıyordu.

Hakan'ın babası, "Bu özelliklerin hepsi Şiir kızımızda mevcut" diyerek acente yetkilisiyle tanıştırdı beni. "Her konuda kendisine kefilim" dedi ve bir anlamda babalık yaptı bana.

Bu sayede, seyahat danışmanı ve satış bölümü sorumlusu olarak işe başladım. Alacağım maaş dolgun sayılmazdı, ama acemilik devresi için daha fazlasını beklemek abes olurdu.

"Alacağın para, göstereceğin başarı oranında artacaktır" diyordu Hakan.

Önemli değildi. Kalabalık bir ailenin yükünü omuzlarımda taşımak zorunda değildim ya... Bu para, kızımla beni hayda hayda geçindirirdi.

İki önemli buluşma

Çalışmaya başlamadan önce, ne zamandır yapmayı planladığım, ama bir türlü fırsat bulamadığım iki önemli buluşmayı gerçekleştirmek istiyordum. Bir gün arayla annemle ve babamla buluşup uzun uzun sohbet etmek hepimize iyi geldi sanırım.

Taksim'deki, daha önce de beraberce kahve içtiğimiz pastaneye girip salonu şöyle bir taradım. Annem benden önce gelmiş, köşedeki masaya kurulmuştu bile.

Eskisi gibi kızmıyordum artık ona. Benim için yapması gerekip de yapmadıkları –ya da elverişsiz şartlar yüzünden yapamadıkları– ve asla yapmaması gerektiği halde yaptıkları hakkında hiçbir suçlamada bulunmamaya da kararlıydım artık. Doğmaya fırsat bulamamış bir bebeğin anası da olsam, o kadarcık bir annelik bile beni değiştirip olgunlaştırmıştı galiba.

Beni görünce yerinden fırlayıp boynuma sarıldı, yüzümü, saçlarımı defalarca öptü, öptü... Belli ki çok özlemişti. Şöyle bir tepeden tırnağa süzdükten sonra, bendeki en çarpıcı ve en önemli değişikliği, şıp diye fark ediverdi:

"Nişan yüzüğün nerde? Ayrıldın mı yoksa Ezel'den?"

"Bitti o iş!" dedim kısaca. Daha fazla ayrıntıya gerek yoktu.

"İsabet olmuş! Sana söylemedim, ama hiç gözüm tutmamıştı o oğlanı" derken keyifli bir gülüş yayılmıştı yüzüne.

Özlemiştim gülüşünü. Keşke daha sık görüşebilsek, diye

düşündüm o an. Keşke dışarılarda buluşacağımıza, eve davet edebilseydim onu. Ama o zaman, Mısra'nın varlığını açıklamak zorunda kalacaktım.

Ben kalkıp onun evine gidecek olsam, orada da Neco kâbusu çıkacaktı karşıma. Bendeki Mısra ile ondaki Neco var oldukça, ana-kız pastane köşelerinde buluşmamız kaçınılmazdı.

Ertesi gün, aynı pastanenin köşe masasında, bu kez de babamla buluştuk. Tonlarca yükün altında ezilmiş gibi, son derece solgun ve bezgin görünüyordu. Çok özlemişti beni. Oturduğumuz süre boyunca, sımsıkı tuttuğu elimi hiç bırakmadı.

Ben söylemesem, nişan yüzüğümün yokluğunu fark etmeyecekti bile.

"Ezel'den ayrıldım ben" dedim.

Bir an için durakladı, olumlu ya da olumsuz hiçbir yorum yapmadan, "Hakkında hayırlısı" diye mırıldandı usulca.

"Türkü ne âlemde?" dememle canlanır gibi oldu.

"Çok akıllandı ablası" dedi. "Anaokulunda sahneye konan oyunda Külkedisi'ni canlandırdı. Bir dahaki buluşmamıza onu da getirsem mi acaba, ne dersin?"

"Harika olur!" dedim. "Çok sevinirim."

Boş konuşmalardı bunlar. Türkü'nün Şiir'le buluşmasının önünde ne aşılmaz engeller olduğunu ve bu ortak arzumuzun asla gerçekleşemeyeceğini ikimiz de çok iyi biliyorduk...

Bizim Mekân

İlk günlerin hareketliliğiyle pek fark etmemiştim, ama zaman içinde Eda'nın yokluğu iyiden iyiye hissedilir olmuştu. Neyse ki sık sık uğruyordu Eda. Hafta sonları da Hakan'la beraber gelip beni alıyor, yemeğe, sinemaya, tiyatroya götürüyorlardı. Kıyamıyordum onlara, çiçeği burnunda yeni evliydiler, karaçalı gibi aralarında olmaktan hoşlanmıyordum.

İşten dönüp eve girdiğimde devasa bir boşluk ve sessizlik karşılıyordu beni. Aldırmamaya çalışıyordum, yalnızlığımla sarmaş dolaş yaşamayı öğrenmek zorundaydım.

Televizyon tutkunu değildim, haberler ve film kanallarındaki titizlikle seçtiğim özel filmler dışında pek bir şey seyretmezdim. Ama kendimi bildim bileli kitaplarla aram iyiydi. Tek kişilik bir okuma seferberliği ilan ederek, lise yıllarında yutarcasına okuduğum dünya klasiklerinden, cumhuriyet dönemi Türk yazarlarına, günümüzün ünlü yazarlarından ilk kitabı çıkan çömez kalemlere, çok satanlardan az okunanlara; öykü, roman, deneme, elime ne geçerse okumaya koyuldum. Son zamanlarda, her türlü kitabın sergilendiği kitap mağazalarından ve mistik havalarıyla beni sarıp sarmalayan sahaflardan çıkmaz olmuştum.

Bu cumartesi de kitaplarıma gömülmüş, dış dünyayla ilişkimi sıfırlamışken, Eda'nın çatkapı çıkagelmesiyle yarıda kaldı okuma keyfim. Birkaç saat oturup gideceğini düşünüyordum. Yanılmışım...

"Hiç itiraz istemem, kalk hazırlan!" dedi. "Yeni bir yer keşfettik Hakan'la. Ortam güzel, yemekler harika, sohbetler koyu..."

Nasıl itiraz edeceğimi bilemedim bir an. Ve Eda'nın kafasını attıracak o sözler dökülüverdi ağzımdan:

"Mısra'yı yalnız bırakmak istemiyorum!"

"Sen hâlâ orda mısın?" diye öfkeyle bağırdı. "O en hassas günlerinde ses çıkarmadım, hoş görmeye çalıştım, 'nasılsa geçer' dedim. Ama sen sınırlarını aştın artık! Son kez uyarıyorum, böyle davranmaya devam edersen, kolundan tuttuğum gibi psikiyatri uzmanının önüne oturturum seni. Ruh sağlığı yerinde bir insanın yapacağı şeyler mi bunlar?"

Haklıydı kendince. Benim gördüklerimi görmesini, benim gibi hissetmesini bekleyemezdim ondan. Ama özgürce düşünmek ve hareket etmek de benim en doğal hakkımdı ve bu konuda taviz vermeye hiç mi hiç niyetim yoktu.

"Hadi, hazırlan da çıkalım" dedi Eda. "Hakan da gelmek üzeredir."

Hiç sesimi çıkarmadan yatak odasına geçtim, hafif bir makyaj yaptım, askıdan aldığım lacivert pantolon-ceket takımla gülkurusu ipek bluzu geçirdim üzerime.

Çıkmadan önce yatağımın başucundaki saksıyı şefkatle okşayıp, "Hoşça kal bitanem!" dedim Mısra'ya. "Merak etme, gecikmem ben. Uslu dur, tamam mı?"

Eda'yla Hakan yol boyunca, gideceğimiz yeri öve öve bitiremediler. Üst üste iki hafta, birinde Hakan'ın arkadaşlarıyla, diğerinde de kuzenleriyle gitmişler ve çok memnun kalmışlardı.

"İçime sinmedi" diyordu Eda. "Ortamın sıcaklığı ve yemekler bir yana, harika bir işletmecisi var. Şeker gibi bir adam."

Boşa konuşuyorlardı, ne yemekler umurumdaydı, ne de o şeker gibi adam. Neresi olursa olsun, beni mutlu kılacağından kuşkum yoktu. Gelmemek için direnmiştim gerçi, ama günlerdir iş dışında evden çıkmamıştım ve keyifle geçirilecek birkaç saati fazlasıyla hak ettiğimi düşünüyordum.

Bizim Mekân, restoran, gece kulübü, taverna karışımı, bünyesinde her birinden farklı parçalar barındıran samimi bir ortamdı. Çok kalabalıktı içerisi, neyse ki Hakan önceden yer ayırtmıştı.

Ayakta dikilip birilerinin önümüze düşüp yol göstermesini beklerken, Eda ve Hakan'ın anlattıklarından yola çıkarak, abartılı el kol hareketleriyle konuklarını karşılayan, masalarına kadar onlara eşlik eden, ağzından çıkan her kelimeyi kahkahalarla süsleyen adamın, mekânın işletmecisi olduğunu tahmin edebildim.

"O, hoş gelmişsiniz dostlar!" diyerek önce Hakan'ı, ardından da Eda'yı teklifsizce kucaklayıverdi. Gözü üzerimde, benimle tanıştırılmayı bekliyordu. Hemen öne atıldı Hakan.

"İşte anlata anlata bitiremediğimiz, bu mekânın vazgeçilmezi Baran Bey! Ve bizim can kardeşimiz Şiir."

"Bey de neyin nesi oluyor aziz kardeşim?" diye sitem etti Baran Bey. "Baran diyeceksiniz bana arkadaşım, Baran!"

Ardından bana döndü. Tokalaşmak için uzattığım elimi tuttu, parmaklarımın ucundan hafifçe öpüverdi. Sertçe çektim elimi, ters ters baktım suratına. Hiçbir tepki vermeden hafifçe gülümsedi ve "Hoş geldiniz mekânımıza" diyerek ayrıldı yanımızdan.

Masaya oturur oturmaz bizimkilerle paylaştım duygularımı. "İngiliz kraliyet ailesinin resepsiyonuna katılan bir asil soylunun kızıymışım gibi elimi öpmeye kalkması, sizce de gereksiz bir eylem değil mi?"

"Boş ver Şiirciğim" diye güldü Hakan. "Baran için çok doğal ve bu ortamda hiç kimsenin yadırgamayacağı hareketler bunlar. Tanıdıkça hak vereceksin bana."

Yemeklerin nefaseti ve ortamın keyifli havası, benim belki

de gereksiz yere abarttığım o tatsız kareyi silip götürmüştü. Yanı sıra, o yoğunluk ve karmaşa içinde nasıl olup da fark ettiğimi bilemediğim küçük bir ayrıntı, bakış açımı bambaşka bir yöne taşıyıverdi.

Baran Bey'in ayağı mı aksıyordu, yoksa bana mı öyle gelmişti? Masalar arasında bir saniye durmadan oradan oraya koştururken emin olamamıştım. Ama bizim için özel olarak hazırlattığı balık buğulamanın masanın ortasına yerleştirilmesine nezaret edip, "Afiyet olsun" diyerek yanımızdan ayrılırken, yürüyüşünde iyiden iyiye bir aksama olduğunu fark ettim.

"Şu senin Baran Bey'in topallayarak mı yürüyor, yoksa bana mı öyle geldi?" diye sordum Hakan'a.

"Senin gözünden de hiçbir şey kaçmıyor maşallah!" dedi Hakan. Duyulmasından korkar gibi eğilerek devam etti: "Baran'ın asıl işi bu değil. Başarılı ve çok sevilen bir emniyet amiriyken, emniyet müdürlüğünün önünde çıkan bir çatışmada ağır yaralanmış. Hastaneye götürüldüğünde, 'Buradan sağ çıkmaz' demişler. Üst üste birkaç ameliyat geçirmiş. Uzun süre yoğun bakımda kaldıktan sonra, hayata yeniden 'merhaba' demiş. Ancak çok sevdiği işine dönememiş haliyle ve emekliye ayrılmak zorunda kalmış. Neyse ki ayağındaki aksama dışında, sapasağlamdır kendisi..."

"Tüh ya!" diye söylendim. "Ben de yok yere tersledim adamcağızı. Bilseydim..."

"Bilseydin de bir şey değişmezdi Şiirciğim" dedi Eda. "Kafan bir şeye bozuldu mu, dünya umurunda olmaz senin. Ama tasalanma, senin bozuk çalman da Baran'ın umurunda bile olmamıştır. Kadın erkek herkes tarafından sevilen, yakışıklı, çevresi dolu, çok farklı bir insan o. Ha, yıktığımı onarayım dersen, veda ederken yüzüne nispeten yumuşak bir gülüş iliştir de, bir sonraki gelişimizde güler yüzle karşılanabilelim..."

Baran

Gidenin ardından nokta koyun ki,
Gelecek olanın ismi büyük harfle başlasın.

Jean-Christophe Grangé

Gerçek bir aşka ya da "aşkımsı" diye tanımlanabilecek, ama gene de az çok iz bırakmış bir gönül ilişkisine konulan koskoca bir noktanın ardından ne zaman yeni bir cümleye başlanır, hiçbir fikrim yoktu.

Bu konudaki deneyimsizliğimin yanı sıra, yediği acımasız darbelerle sarsılmış ve kendini yeni sevdalara sımsıkı kapatmış yüreğim de her gelip geçene kapısını aralayacak gibi görünmüyordu. Bu yüzden de başta Eda ve Hakan olmak üzere, yakın çevremdeki dost ve arkadaşlarımın beni birileriyle tanıştırıp kaynaştırma çabalarını alaycı gözlerle izlemekle yetiniyordum.

Gönül işlerini rafa kaldırmış olsam da, bu durum işten arta kalan zamanlarda arkadaşlarımla vakit geçirmekten, Eda ve Hakan'la beraber yemeğe çıkıp tiyatroya, konsere, eğlenmeye gitmekten alıkoymuyordu beni. Neredeyse eski tasasız ya da az tasalı günlerime dönmüş gibiydim.

Eda, "Hiç itiraz istemem, bu cumartesi Bizim Mekân'dayız!" dediğinde hiç ikiletmeden, "Tamamdır!" dedim. İtiraz ne kelime! En az onlar kadar ben de istiyordum gitmeyi. Yoğun bir çalışma haftasının ardından birlikte geçireceğimiz gecenin keyfi, ödül yerine geçecekti benim için. Hem, istemeden de olsa kırdığım bir kalbi, içinde hiçbir kötü niyet barındırmadığına emin olduğum Baran Bey'in kalbini onarma fırsatı bulacaktım.

Salon bir önceki haftaya göre daha da kalabalıktı. Baran Bey gelenleri kapıda karşılıyor, kısa ama sıcak sohbetlerle hal hatır soruyor, konuksever ev sahibi kimliğiyle onları masalarına yerleştiriyor ve salonun dört bir yanında adım atmadık tek bir karış yer bırakmıyordu.

Bizi de kapıda karşıladı. Yüzündeki sıcacık gülümsemeyle, önce Eda ve Hakan'la tokalaştı. Ardından bana döndü. Bu kez hazırlıklıydım.

"İyi akşamlar Baran Bey!" diye gülerek elimi uzattım.

Kısa bir kararsızlık anının ardından, "İzin var mı yani?" diyerek güldü ve yanıtımı beklemeden, bir hafta önce olduğu gibi, parmaklarımın ucuna değdiriverdi dudaklarını.

"Ama bir itirazım var!" dedi. "Geçen hafta da söylediğim gibi, bey lafını rafa kaldıralım lütfen. Aradaki hanım, bey sözcükleri, söylenişteki ahengi bozuyor. Şimdi size sorsam... Size nasıl hitap etmemi istersiniz? Şiir mi, Şiir Hanım mı?"

"Şiir demeniz yeterli" diye güldüm. "Bu arada merak ettiğim bir nokta var. Bu kadar kişinin adını nasıl aklınızda tutabiliyorsunuz?"

"Herkesin değil!" diye kibarca düzeltti. "Eda ve Hakan'ı tanıyorum artık. Yolları birkaç kez üst üste mekâna düşen diğer müşterilerim gibi. Siz ikinci kez teşrif ettiniz, adınızı unutmuş olabilirdim. Ama 'Şiir', çok ayrıcalıklı bir isim. Hele benim gibi şiire tutkun biri için..."

Kabul etmeliyim ki, ilginç bir kişiliğe sahipti Baran. İç dünyasını, böyle ayaküstü çözümlemek mümkün değildi elbet. Ama fiziki özelliklerinden ve davranış biçiminden yola çıkılarak, bir kadının ya da erkeğin kişisel özellikleri hakkında az çok fikir sahibi olunabilirdi.

Masamızı donatan birbirinden nefis tatların hatırını sorarken, bir yandan Eda ile Hakan'a laf yetiştiriyor, bir yandan da uzaktan uzağa Baran'ı izliyordum. Böyle bir şeye neden gerek duyduğumu bilemesem de, tek kişilik eğlenceli bir oyunun içindeymişim gibi, adım adım izliyor ve inceliyordum Baran'ı.

Boyu kısa değildi, ama ayağındaki aksama, boyundan birkaç santim götürmüş gibiydi. Gene de uzuna yakın, orta boyun epey üstünde görünüyordu. Devamlı spor yapanlara özgü, atletik bir yapısı vardı. Işıkların yanıltıcı yansıması ardında gözlerinin ela mı yeşil mi, yoksa açık kahverengi mi olduğuna karar veremiyordum. Bakışları sıcak, gülümsemesi içten, gözleri herkesle barışıktı.

Eda'nın, "Kolay gelsin Şiir Hanım, araştırma ve inceleme çalışmalarınız nasıl gidiyor?" demesiyle toparlandım. Hiçbir şey gözünden kaçmıyordu sevgili arkadaşımın. Kendi kendime oynadığım tek kişilik ve son derece zararsız oyunu bile fark etmişti.

"Ne diyorsun sen ya?" diye anlamazlıktan gelmeye çalıştım. Olmadı!

Gözleri Baran'ın üstünde, "Hadi hayırlısı" diye güldü. "Hoş adam doğrusu. Seni bile harekete geçirebildi ya, helal olsun ona!"

"Deli misin sen!" diye diklendim. "Nerdeyse babam yaşında bu adam!"

"Yok canım!" dedi Eda. "Olsa olsa kırklı yaşların ilk yarısında. O kadar bile değil belki. Eh, sen de on sekizinde, çiçeği burnunda gül goncası değilsin ya..."

Eda'ya laf yetiştirmeye hazırlanırken, Baran'ın beklenmedik sürpriziyle suspus olduk ikimiz de.

"Bu akşam değerli bir udi arkadaşımız aramızda olacaktı, ancak gelemedi kendisi. Ve ister istemez onun görevini üstlenmek zorunda kaldım. Yaratacağım ses kirliliği için peşinen özür diliyor ve tek şarkılık mini konserime başlıyorum. Umarım değerli bestekârımız Sadettin Kaynak, öbür tarafta, hicazkâr eserini katlettim diye benden hesap sormaya kalkmaz."

Elinde uduyla, masaların çevrelediği boşluğa konulan sandalyeye oturdu ve tümüyle ortamdan soyutlanmış gibi, gözleri kapalı, nağmelerle sarmaş dolaş, şarkısına başladı.

Çözmek elimde değil gönlümü senden kadın
Benim sana bağlanan, sen beni bağlamadın
Düşse düşse dilimden bağrıma düşse adın
Benim sana bağlanan, sen beni bağlamadın

Kurtarmayı deneme benden onu boş yere
Kolum ince beline sarılmıştır bir kere
Yere anlatamazsam duyururum göklere
Benim sana bağlanan, sen beni bağlamadın

Öylesine alçakgönüllü bir dil ve üslupla sunmuştu ki kendini, orada bulunan herkes orta halli bir icrayı dinlemeye hazırlanmıştı. Ama her yönden mükemmel bir ses ve yorumla karşılaşınca, beğeni katsayısı yükselmiş, alkışlar ve tezahürat dinmek bilmemişti.

Tek şarkıyla yetinecek gibi değildi dinleyenler. Ancak, kartvizit arkaları ve bloknot sayfalarına, kâğıt peçetelere yazılan istek şarkıları, boynu bükük kalmaya mahkûmdu. Çünkü Baran, ikinci bir şarkıya geçmeye niyetli görünmüyordu. Ama herkesin gönlünü almak ister gibi, masa masa gezip izleyenlerin görüşlerini ve övgülerini paylaşmayı ihmal etmedi.

Bizim masamıza geldiğinde ilginç bir soru sordu Hakan.

"Tek kelimeyle harikaydın abiciğim! Ancak merak ettiğim bir nokta oldu: Şarkının başından sonuna, gözlerin neden hep kapalıydı?"

Uzun uzun güldü Baran. Başkalarının duymasını istemiyormuş gibi eğildi. "Ne olur ne olmaz Hakancığım" dedi. "Şarkının heyecanına kapılıp gözlerimi özgür bıraksam... Ya bakışlarım oraya buraya takılıverirse... Biraz daha açayım istersen. Buradaki hanımefendilerden birinin üzerinde toplanıverirse o hülyalı bakışlar... Ne düşünür bu insanlar? Bana olan sevgi ve saygılarını bir anda kaybediveririm. Kısacası, karizmayı çizeriz be arkadaşım!"

"Nereden baksak farklı bir özelliğiniz ortaya çıkıyor" dedi Eda da. "Sizinle beraberken her türlü sürprize hazırlıklı olmalı insan."

Herkes bir şeyler söylerken, sessiz kalmak istemedim.

"Şarkınız da yorumunuz da harikaydı" dedim. "Bu konuda herhangi bir eğitim aldınız mı?"

"Yok canım!" diye güldü. "Alaylıyız biz. Bu benimki bir şey değil aslında. Siz bir de benim yeğeni dinleseniz..."

"O da kim?" dedi Hakan. "Sahneye falan çıkan biri mi?"

"Hayır. Yeğenimin adı Recep. Pansiyon işletiyordu bir zamanlar, fasıl geceleri düzenliyordu orada. Sonra... Ağır bir travma geçirdi. Toparlanmaya çalışıyor."

Recep!

O anda benim için hiçbir şey ifade etmeyen bu ismin, yaşantımda nasıl bir deprem yaratacağını bilemezdim haliyle...

Adıyla tanışmıştım Recep'in, yüz yüze gelmemiz için ise aradan uzunca bir zamanın geçmesi gerekiyordu.

Kahvaltı rezervasyonu

Cumartesi akşamları için adresimiz belliydi artık: Bizim Mekân!

Bizler için, iş yoğunluğuyla boğuşmakla geçen koskoca bir haftaya noktayı koyup hem beynen hem de bedenen yenilenmenin biricik formülü olmuştu burası. Önceden yer ayırtmaya gerek duymuyordu artık Hakan. Cumartesi akşamları çatkapı içeri girdiğimizde masamızı hazır bulmak, son derece keyifli bir ayrıcalıktı.

Ne var ki bu hafta alışılageleni bozmak zorundaydık. Eda ile Hakan'ın üniversitedeki çalışma arkadaşlarından biri nişanlanıyordu ve onların da mutlaka orada olmaları gerekiyordu.

Bizim artık kemikleşmiş beraberliğimize öylesine alışmışlardı ki, "Sen de bizimle gelmelisin!" diye epey ısrar ettiler.

Şiddetle reddettim! Tanımadığım insanların arasında ne işim vardı? Davetsiz misafir kadrosunda ortalıkta dolanmak bana göre değildi.

"Tatil günü ne yapacaksın tek başına?" dedi Eda. Belli ki beni yalnız bırakmak içine sinmiyordu.

"Merak etme Edacığım" dedim. "Benim de kendime göre plan ve programlarım var. Cumartesi sabah acenteden arkadaşlarla beraber kahvaltıya çıkacağız. Öğleden sonra da eve dönüp ne zamandır el değdirmeye fırsat bulamadığım kitaplığıma çekidüzen vermeye çalışacağım. Akşamsa hafif müzik eşliğinde, uykuya teslim oluncaya kadar kitap okumayı planlıyorum."

"Kahvaltı için nereye gideceksiniz?" diye sordu Hakan.

"İşte en can alıcı soru!" diye güldüm. "Kahvaltıyı düzenleme ve yer ayırtma görevi bana verildi. Ve benim bu konuda hiçbir fikrim yok henüz."

"Bizim Mekân'a gitsenize" dedi Eda. "Kaçtır söylüyor Baran. Özellikle hafta sonu kahvaltıları oldukça iddialıymış."

"İyi fikir" dedim. "Telefonla arayıp yer ayırtayım, mekânın numarasını versene bana."

"Cep telefonunu vereyim de, doğrudan Baran'la konuş" dedi Hakan. "İstersen ben de arayabilirim, ama biraz da kendi kanatlarınla uçmayı dene artık."

"Merhaba Baran Bey!"

Pardon, "Bey" denmeyecekti! Baştan alalım...

"Merhaba Baran!"

Bu da pek damdan düşer gibi oldu ya, neyse... Kendisi böyle istiyor. Devam edelim...

"Biz bir grup arkadaş cumartesi sabaha kahvaltıya gelmek istiyoruz da..."

Yok, böyle olmayacaktı. Ne gerek vardı provaya? Altı üstü bir masa ayırtacaktım. Ne o öyle, tüm mekânı kapatacakmışım gibi... Ben, ünlü bir seyahat acentesinde bin bir türlü organizasyona imza atan başarılı eleman, iki kelimeyi bir araya getiremiyorsam, yazıklar olsundu bana!

Neden böyle tutuk davrandığımı bilemiyordum. Baran Bey hiç de çekinilecek biri değildi üstelik.

Bak gene "bey" dedim! Ne yapabilirim, koskoca adama teklifsizce "Baran" demeye alışamadım bir türlü. Neyse, derin bir soluk alıp telefonun tuşlarına bastım. Uzun uzun çaldı, ama açılmadı. Bir kez daha denemeyi kendime yediremedim. Karşı taraftaki muhatabım, benim kim olduğumu bilerek, özellikle telefonunu açmıyormuş gibi garip ve yersiz bir hisse kapılmıştım.

Farklı fikirler uçuşuyordu kafamda. Kahvaltı yapılacak tek yer orası değildi ya! İnternette küçük bir tur atıp araştırma yapmam yeter de artardı. Böyle akşamdan kalma restoranları cebinden çıkaracak, hem de Boğaz'da, denize karşı öyle güzel kahvaltı mekânları vardı ki...

Tam bilgisayarın karşısına geçmiştim ki, telefonum çaldı.

"Merhabalar... Merhabalar... Biraz önce telefona yetişemedim efendim, kusura bakmayın. Kiminle görüşüyorum acaba?"

"Merhaba Baran" dedim, Baran Bey'in "Bey"ini yutarak. "Ben Şiir. Eda ve Hakan'ın arkadaşı. Bilmem hatırlayabildiniz mi?"

"Hatırlamamak mümkün mü? Şiir'ler unutulur mu hiç?"

Adımı hedef alan güzellemeyi bir yana bırakıp kurulmuş pilli bebek gibi, meramımı anlatmaya koyuldum hemen:

"Bu cumartesi sabahı için kahvaltı rezervasyonu yaptırmak istiyorum. İşyerinden birkaç arkadaş ve ben. Eda ile Hakan bu cumartesi yoklar biliyorsunuz."

"Bilmez miyim?" diye hayıflandı kendince. "Yerleri çok belli olacak" dedi. "Neyse ki sen geliyorsun... Kaç kişi olacaksınız?"

"Altı."

"Her zamanki masayı ayırıyorum. Tamam mıdır? Kahvaltı çeşidimiz çok zengin. Ama özel olarak istediğiniz bir şeyler varsa, yerine getirmek boynumun borcudur. Saat kaç gibi burada olursunuz?"

"İki arkadaşım karşı taraftan gelecek. 10.00-10.30 arası ancak toplanabiliriz sanırım."

"Tamamdır. Bu arada... Madem Hakanlar yok, araba gönderip aldırtabilirim seni."

"Teşekkür ederim, gerek yok! Gelecek olan arkadaşlarımdan biri alacak beni."

Telefonu kapatırken, "Ne diye hesap veriyorsun elin adamına?" diye çıkıştım kendime. İster taksiyle giderdim, ister beni alacak biriyle... Ya da inat değil mi, tabana kuvvet yürürdüm bile! Kimi ne ilgilendirirdi benim oraya nasıl gideceğim?

"Boşuna huysuzlanıyorsun gene Şiir!" diye söylendim kendime. "Adamcağız bütün iyi niyetiyle yardımcı olmaya çalışıyor sana... Sense bırak teşekkür etmeyi, en usturuplusundan fırça çekiyorsun adama!"

Pankek ve akçaağaç şurubu

Bizim Mekân'ın kapısında, bizzat Baran karşıladı bizi. Yüzünde sıcacık gülümsemeyle önce benim, sonra da arkadaşlarımın elini sıktı.

"Hoş geldiniz, şerefler verdiniz" diyerek özenle hazırlanmış masamıza kadar eşlik etti bize.

İlk kez gündüz gözüyle görüyordum onu. Her zamankinden farklı olarak spor giyimi tercih etmişti. Siyah kot pantolonu, siyah tişörtü, dirseği ile omzu arasındaki ejderha dövmesiyle, ona biçtiğim yaştan çok daha genç görünüyordu.

Bizler için hazırlanan masaysa, tek kelimeyle muhteşemdi. Beyaz örtünün üzerindeki küçük oval tabakların içinde çeşit çeşit peynirler, zeytinler, ince ince doğranmış domates ve salatalıklar; tereyağı, kaymak, bal ve reçeller, börekler, poğaçalar, patlıcan biber kızartmaları...

"Olup olacağı altı kişiyiz" dedim Baran'a. "Keşke acentedeki diğer arkadaşları da getirseydik. Tüm acenteyi doyurur bu masa."

"Bunlar yalnızca başlangıç" dedi. "Omlet, sucuk ve diğer sıcaklar için ayrıca sipariş alacağız."

Evet, beşi kız, biri erkek altı kişiydik ve son derece neşeli bir grup oluşturmuştuk. "Beş çiçek, bir böcek" tanımındaki böcek, işyerinde de neşe kaynağımız olan Emre'ydi. Bir söyleyip beş gülen, kendisi gülerken çevresinde kim var kim yok, herkesi kahkahaya boğan hayat dolu bir tip...

Menemen, sahanda yumurta, sucuk ve dumanı üstünde incecik lavaş ekmekleri, pideler de gelince, tek bir boş yer kalmadı masada. Taze sıkılmış portakal suyu ve çay kahve servisini bizzat Baran yapıyor ve etrafımızda fır dönüyordu.

Son olarak, Baran'ın pankek tabağını ve onun özel sosu olan akçaağaç şurubunu, güçlükle yer açarak masanın ortasına yerleştirmesiyle, Emre'nin "İşte bu!" diye haykırması bir oldu. "Pek çok yerde krep niyetine pankek ikram ediyorlar, ama maple, bizdeki adıyla akçaağaç şurubunu kolay kolay göremiyoruz sofralarda."

"Haklısınız" dedi Baran. "İşletmelerin tercihine göre bal, reçel ya da krem çikolata veriyorlar. Ama hiçbiri aslının yerini tutmuyor."

"Turlara katılan müşterilerden biliyorum" dedi Emre. "Yurtdışı seyahatlerinde bu özel şurupla tanışanlar ille de onu isterler, ama pek bulamazlar. Pek çok tura beraber katıldığımız bir müşterim, Akdeniz sahilindeki beş yıldızlı bir otelde, 'Maple şurup yok mu?' diye sorunca, restoran şefi tezgâhın altından şurup şişesini çıkarıp özel olarak bir tek o hanımefendiye ikram etmiş. Reçele, bala göre daha pahalı diye mi acaba?"

"Belki" dedi Baran. "Belki de bizim damak tadımızın farklı oluşundan. Neden alışılmadık ve daha pahalı bir ürünü sunmaya kalksınlar ki?"

"Akçaağaç Türkiye'de de var" dedi Emre. "Neden biz de şurubumuzu kendimiz yapıp ucuza mal etmeyelim ki?"

Altına bir sandalye çekip masanın başına kuruldu Baran.

"Bu şurubu hazırlamak son derece zahmetli bir iştir" dedi. "Sizleri sıkmak istemem, ama isterseniz bu konuda bildiklerimi paylaşabilirim."

Hepimizin onayını alıp anlatmaya koyuldu.

"Öncelikle şunu söylemeliyim ki, Türkiye'de akçaağacın pek çok türü var, ama akçaağaç şurubunun üretimi yok!

Dünya üzerindeki şurupların yüzde 80'i Kanada'da üretiliyor. Diğer bölümü de Amerika, Japonya ve Güney Kore'de. Anavatanı Kuzey Amerika. Çağlar boyu orada yaşayan yerlilerin şeker gereksinimini karşılamış. Kızılderililer için kutsal bir anlamı var.

Ancak, mart nisan aylarında akçaağaçlardan toplanabilen özsu diğer aylarda toplanamıyor. Baharın ilk ışınlarıyla güçlenen ağaç, ısınır ısınmaz gövdesinde biriktirdiği özsuyu kolaylıkla dışa vurabiliyor. Ağacın güneş gören tarafında küçük delikler açılıyor, önceden hazırlanan tahta tüpler bu deliklere yerleştirilerek oluklar oluşturuluyor ve gene ağaçtan yapılmış mini kovalar bu olukların altına yerleştiriliyor. Kovalarda biriken özsular, çalı çırpı yakılmasıyla elde edilen ısıda pekmez misali, saatlerce kaynatılıyor. Kırk litre özsudan, ancak bir litre şurup elde edilebiliyor. Onca zahmete, bu kadarcık bir ürün!

Bu yüzden bu şurup Kanada'da bile oldukça pahalı. On dolara yüz mililitre gibi bir fiyat. Ancak sahteleri gerçeklerinden daha çok. Örneğin İstanbul'da bulacağınız pek çok akçaağaç şurubu, glikoz şuruplu, yani sahte olabilir."

"O halde sizin şu an bize sunduğunuz şurubun sahte olma ihtimali de var, yanılıyor muyum?" dedi Emre.

Baran'ın yüzünden, öfkeyi çağrıştıran koyu, anlık bir gölge geçti.

"Sahte sözü bu mekân için asla geçerli değildir!" dedi. "Her türlü tahlil ve inceleme talebine olur veririz."

Hayret, açıktan açığa atışıyorlardı! Altı üstü bir şişe şurup için, tatsızlık çıkarmaya değer miydi? Son derece rahatsızdım bu durumdan. Yanımda oturan, işyerindeki en yakın arkadaşım Elif'in kulağına eğildim.

"Olacak şey değil!" dedim. "Neyi paylaşamıyor bunlar?"

"Seni!" dedi Elif. "Geldiğimizden beri horoz gibi didiştiklerinin farkında değil misin?"

"Yok artık!" diye istemsizce bağırmışım.

"Ah benim baktığını görmeyen, gördüğünü değerlendiremeyen saftirik arkadaşım! Acentede, Emre'nin sana yanık olduğunu bilmeyen, tek sen kaldın. Kahvaltı buluşması gündeme geldiğinde, neden ofisteki erkeklerden bir tek Emre atladı teklifin üzerine? Şu Baran dediğin yakışıklıya gelince... Sana bakarken nasıl şekilden şekle girdiğini görmüyor musun? Seç, beğen, al, arkadaşım! İkisi birbirinden afili..."

Kahvaltı tabaklarının toplanışını, masanın üzerine temiz, kar beyazı bir örtü serilmesini sessizce izledim. Keyfim kaçmıştı. Neyse ki, burası için ayırdığımız zaman dolmak üzereydi ve kahvelerimizi içip kalkmaya hazırlanıyorduk.

Baran, sandalyemin arkasından eğilip, "Bizim çocuklardan biri seni eve bıraksın" dedi.

"Gerek yok!" diye panter gibi atladı Emre. "Ben bırakırım Şiir'i!"

Aralarındaki bu saçma sapan yarış ve çekişme iyiden iyiye sıkmıştı canımı.

"Sağ olun" dedim. "Ama farklı bir programım var benim. Öğleden sonrası için liseden bir arkadaşıma söz verdim. Buluşma noktamız, buraya yürüme mesafesi."

Sahiplenilmek, arkamda bana destek verecek birilerinin var olduğunu bilmek güzeldi. Ama hiç kimse benim rızam olmadan bana sahip çıkmaya kalkışmasındı, bu böyle bilineydi...

Takipçi

Öğleden sonrası için ne kimseye verilmiş bir sözüm vardı, ne de buluşmayı planladığım bir arkadaşım. O anda aklıma geliveren bir taktikti uyguladığım. Aslında biraz yürümek iyi gelecekti bana. Açık havayı doyasıya içime çekmek ve özgürlüğümü solumak istiyordum. Vitrinlere baka baka amaçsızca dolanırken, birden yalnız olmadığımı hissettim. Önünde dikildiğim vitrinin camına düşen bir yansıma... Ve attığım her adımda biraz geriden beni takip eden, tanımadığım yabancı bir adam!

Yanılıyor muydum acaba? İçimdeki kuşkuyu söküp atabilmek için deneme yoluna gittim. Camında boydan boya "Sezon İndirimi" yazan bir mağazaya girdim. Askılardaki bin bir çeşit giysiyi inceler görünerek oyalandım bir süre.

Dışarı çıktığımda, sokağın köşesinde dikilmiş, öylece duruyordu adam. Orta yaşlı, orta boylu, ilk anda göze batan hiçbir özelliği olmayan, sıradan, ortalama bir adam. Beni görünce başını öte yana çevirdi ve yeniden yola devam etmemi bekledi.

Emindim artık, kesinlikle beni izliyordu! Kimdi, yapmak istediği neydi, kestiremiyordum. Sokakta yürüyen kadınlara askıntı olacak birine benzemiyordu ve yanıma yaklaşıp herhangi bir girişimde bulunmaya da niyetli görünmüyordu.

Adımlarımı sıklaştırdım. Böyle bir durumda, kapağı eve atma telaşıyla adresini açığa vurmak en büyük hataydı aslında. Ama bunu düşünecek durumda değildim. Panik halinde apartmanın dış kapısından içeri attım kendimi.

Asansöre nasıl bindiğimin, titreyen ellerimle kapıyı nasıl açıp eve girdiğimin farkında bile değildim.

Doğruca salon penceresinin önüne gidip, telaşlı gözlerle caddeyi taradım. Yoktu adam, buharlaşıp uçmuştu sanki...

İki fincan sade Türk kahvesini peş peşe yuvarlayınca kendime gelir gibi oldum. Ah Eda ah! Nasıl da belliydi yeri. Yanımda olacaktı ki, olanı biteni anlatıp paylaşayım, sırtımdaki yük yarıya insin en azından.

Kendimi dış dünyaya öylesine kapatmıştım ki, telefonun sesiyle olduğum yerde zıplayıverdim. Tanımadığım bir numaraydı, ama sesi tanıdıktı. Baran'dı arayan!

Toparlanamadım ilk anda. Benim numaramı nerden biliyordu Baran? Tabii ya... Bulanık kafayla akıl edememiştim. Kahvaltı rezervasyonu için onu arayan ben değil miydim? Numaramı kaydetmişti demek.

Kısaca hal hatır sorduktan sonra, "Umarım arkadaşların kahvaltıdan memnun kalmıştır" dedi. "Bir hatamız olduysa affola."

"Olur mu hiç!" dedim. "Her şey mükemmeldi. Herkes son derece memnun ayrıldı mekândan. Teşekkür etmek için ben aramalıydım aslında, ama fırsat bulamadım."

"Emre Bey'le yaşadığımız o küçük atışma için de özür diliyorum. Konum olarak alttan alması gereken bendim. Onun, senin için ne anlam ifade ettiğini, özel biri olup olmadığını bilemiyorum. Eğer öyleyse, senden de özür dilemem gerekiyor."

"Gerek yok" diye güldüm. "Emre benim yalnızca iş arkadaşım. Son derece hoşgörülüdür. O minik atışmayı da kafasına takmadığından eminim."

Telefonu kapattığımda garip bir ferahlık duydum içimde. Beni adım adım izleyen o adamdan söz etmemiştim –ki böyle bir şeye hiç gerek yoktu!– ama birilerinin nezaketen de olsa beni arayıp yalnız olmadığımı hissettirmesi hoşuma gitmişti galiba.

Sevmek, özgür bırakmaktır

Pazar sabahı, bir önceki günün tatsız karelerini silerek başladım yeni güne. Evden çıkmaya niyetim yoktu. Sabahtan akşama film seyredip kitap okuyarak tembellik etmeyi planlıyordum.

Öğleden sonra Eda'nın gelişiyle bütün planlarımı seve seve rafa kaldırıverdim. Hakan arkadaşlarıyla briç turnuvasına gitmişti, Eda da bunu fırsat bilip soluğu bende almıştı. Birbirimizi aylardır görmemişiz gibi, lafı birbirimizin ağzından alarak, görüşmediğimiz birkaç günün acısını çıkarırcasına dur durak bilmeden konuşmaya koyulduk.

Eda ve Hakan'ın önceki gece gittikleri nişan pek şatafatlı geçmiş. Tüm gazetelerin magazin muhabirleri oradaymış ve sosyetenin gözbebeği konumundaki konukları görüntülemek için birbirleriyle yarışmışlar adeta.

"Hakan ve ben de birkaç kareye girdik galiba" dedi Eda. "Ya siz? Nasıl geçti kahvaltı?"

"İyiydi. Her zamanki gibi. Bizimkiler de pek memnun kaldılar."

Baran ve Emre arasındaki tartışmayı anlatmasam olmazdı.

"Görecektin" dedim. "Bir pankek şurubu yüzünden birbirlerine gireceklerdi nerdeyse. Neyse ki tatlıya bağladık işi."

"Gerçekten de bu kadar saf mısın sen?" diye güldü Eda. "Belli ki birbirlerini tehlike olarak görmüşler ve zıt gidebilecekleri en ufak fırsatları değerlendirmeye çalışmışlar. Muhabbeti yapılan o şurubun, aslında 'sen' olduğunun farkında değil misin?"

"Bırak şimdi bunları!" diye kestim. "Hiç kimse umurumda değil şu an. Öyle bir dert var ki başımda, nasıl kurtulacağımı bilemiyorum."

Peşime takılan adamı, beni adım adım nasıl takip ettiğini, kendimi eve nasıl dar attığımı ayrıntılarıyla anlattım.

"Adamı tanımadığından emin misin?" diye sordu endişeyle.

"Eminim" dedim. "Kesinlikle tanımıyorum."

"İlginç" dedi Eda. "Yanına gelip konuşmaya kalkışmıyor, yalnızca izlemekle yetiniyor."

"Evet, son gördüğümde şu karşı köşede dikilmiş duruyordu."

Bunları dememle, "İşte orada!" diye haykırmam bir oldu. Hemen yanıma koştu Eda.

"Pazar günü bile takipte ha!" diye söylendi dişlerinin arasından. "Belli ki senin dışarı çıkmanı bekliyor."

"Tövbeler tövbesi!"

İstemsizce dilimden dökülüveren bu sözler Eda'yı iyice zıvanadan çıkardı.

"Ne yani?" dedi. "O adam kapıda bekliyor diye hiç mi dışarı çıkmayacaksın? Hadi, hemen üstüne bir şeyler geçir... Çıkıyoruz!"

"Ne diyorsun sen ya! Adamla kavga etmeye mi niyetlisin yoksa?"

"Korkma!" dedi Eda. "Ama kabul et ki, bu işi açıklığa kavuşturmadan sana rahat yok. Tabii dolaylı olarak bana da... Şimdi yapacağımız, dışarı çıkıp bir yerlerde oturup pazar keyfi yapmak ve onun vereceği tepkileri ölçmek. Aklını başına topla, bu beyzadenin niyetinin ne olduğunu başka türlü anlayamayız. Çekinmene gerek yok, yanında ben varım."

On dakika sonra Eda'yla apartmandan çıkıp caddenin kalabalığına karışmıştık. Hiç arkama bakmıyordum. Ama Eda, trafiğin akışını kontrol eder gibi, arada bir dönüp bakıyor ve bana hep aynı raporu veriyordu:

"Peşimizde... Geliyor..."

Arada bir oturup bir şeyler içtiğimiz kafenin önünde durdu Eda.

"Çay molası!" dedi ve soru yüklü kuşkucu bakışlarıma aldırmadan, koluma girip kapıya doğru sürükledi beni.

Aklımızı fikrimizi dışarda bırakıp içeri sığınışımız... İki fincan çay, bir dilim havuçlu kek... Eda'nın ikide bir ayağa kalkıp dışarıyı kolaçan etmesi ve "Hâlâ burada... Bekliyor..." müjdesini(!) vermesi...

Aradan yarım saat geçti geçmedi, "Kalkalım" dedi Eda. "Fazla bekletmeyelim bizimkini."

Dışarı çıktığımızda sadık takipçim peşimize düşmekte gecikmedi. Biz önde, o birkaç metre gerimizde, yürüye yürüye apartmanın önüne kadar geldik. Apartmanın girişinde, yüzünde daha önce hiç görmediğim bir kararlılık, heyecan ve öfke ifadesiyle, "Asıl macera şimdi başlıyor!" diye haykırdı Eda. Ve bana emirler yağdırmaya başladı.

"Şimdi sen yukarı çık. Evine gir, sıkıca kapa kapını, kim gelirse gelsin açma. Benim dışımda tabii... Telefonlara bile cevap vermek yok! Ha, bu arada benim için dua etmeyi de unutma."

"Nereye gidiyorsun?" dememe kalmadan, "Bizi izleyeni izlemeye ve dünyanın kaç bucak olduğunu ona göstermeye!" diye bağırarak kapıyı açıp dışarı fırlayıverdi.

Ne yapmak istediğini hâlâ anlayabilmiş değildim. Söylediklerine harfiyen uymaktan ve dönüşünü beklemekten başka çarem yoktu...

Eda çıkalı iki saati geçmişti. Meraktan çıldırmak üzereydim. Peşime düşen hanzo umurumda bile değildi artık, Eda için kaygılanıyordum ben. Ya o ne idüğü belirsiz herif arkadaşıma bir şey yaptıysa! Benim yerime onu taciz etmeye kalktıysa...

Deli danalar gibi dolanıyordum evin içinde. Telefon açsa mıydım acaba? Ama konuşacak durumda olsa, o arardı beni. Çıldırmama ramak kalmışken, kapının ziliyle ok gibi fırladım yerimden.

Önce tepeden tırnağa kuşkuyla süzdüm Eda'yı, orasında burasında yara bere var mı diye. Neyse ki sapasağlamdı canım arkadaşım! Üstelik... Gülüyordu! Hiç de sıkıntılı bir hali yoktu ve içten içe eğlenir gibi hınzırca, hatta keyifli diyebileceğim garip bir gülüşle bakıyordu bana.

Hemen konuşsun, ne oldu ne bitti anlatsın diye sabırsızlanmama aldırmadan, "Yoruldum!" diyerek kendini koltuğa attı. "Önce okkalı bir kahve yap bana, sonra alırsın ifademi" dedi.

Kahvesini yudumlarken, "Bildiğin gibi, senden ayrıldıktan sonra bizim takipçinin peşine düştüm" diye anlatmaya başladı sonunda. "Beni tanımıyordu, asıl hedefi sendin. Eminim ki seninle beraberken yüzüme bile bakmamıştı benim. İşime geldi böylesi. O önde, ben arkada bir süre yürüdük. Dolmuş durağında sıraya girdi bu. Ben de birkaç kişinin arkasından kuyruğa girdim. Ve sonrasında yapacaklarımı planladım. Onun bindiği dolmuşa binemezdim. Beni tanımamasına güveniyordum, ama belli olmazdı. Varlığımı fark edince gideceği adresi değiştirmeye kalkabilirdi. Sabırla bekledim. Dolmuşa bindiğinde sıradan çıkıp, ilk önüme gelen taksiye atladım ve 'Öndeki dolmuşu takip edin lütfen!' dedim. Şaşkın şaşkın yüzüme baktı şoför. Sıkça rastlanacak bir durum değildi tabii. Öndeki taksiyi takip ettiği olmuştu mutlaka, ama ilk kez bir dolmuşu izleyecekti. Hem de bir kadının yönlendirmesiyle.

Duraklarda dura kalka ilerliyorduk. Neyse ki bu ilginç macera fazla uzun sürmedi. Senin belalının dolmuştan indiğini görür görmez taksiyi durdurdum, uzattığım paranın üstünü bile almadan, aşağı attım kendimi.

Şöyle bir baktım etrafıma... Yabancısı değildim buraların. Hatta sen de, önünde durduğum o yerin hiç yabancısı değilsin Şiirciğim."

"Bilmece gibi konuşma Eda!" diye bağırdım. "Darmadağın olmuş kafamı toplayıp da çok bilinmeyenli denklemini çözecek durumda mıyım ben?"

"Tamam, sakin ol" diye gülümsedi Eda. "Bizim meçhul takipçimizin, kapısından içeri girip gözden kaybolduğu yer, Bizim Mekân'dı Şiirciğim!"

Şaşkınlıktan dumura uğramış beynimi güçlükle toparlayıp, "Ne demek oluyor bu?" dedim.

"Her şey açık seçik ortada be güzel kardeşim" dedi Eda. "Doğrusunu istersen, içeri girip Baran'a hesap sormayı düşündüm bir an. Ama bana düşmezdi bu iş. Bizzat sen yüzleşmelisin Baran'la!"

Tir tir titriyordum öfkeden. Telefonu kaptığım gibi Baran'ın numarasını tuşladım. Konuşacaklarımızı Eda da duymalıydı. Hoparlörü açmamla, Baran'ın yumuşacık sesinin salona dolması bir oldu.

"Merhaba Şiir! Senin tarafından aranmak, ne hoş bir sürpriz benim için."

"Arayış nedenim pek hoş değil ama!" diye tersledim. "Peşime adam takıp beni adım adım izletmen ne demek oluyor?"

Böyle bir konuşmaya hazırlıklı gibiydi.

"Sırf seni düşündüğümden" dedi sakin bir sesle. "Sağ salim eve ulaştığından emin olmak için. Hoş görmeye çalış beni, eski emniyetçi kimliğimin bugüne yansıması olarak düşün."

"İyi de, neden? Mekâna gelen her müşterinin güvenliğini sağlamak da görevlerin arasında mı?"

"Kendini herkesle bir tutman üzer beni. Benim için çok özelsin sen!"

"Rahat bırak beni!" diye bağırdım. "Kimse için özel olmak istemiyorum ben! Mercek altına alınmış gibi adım adım takip edilmek, özgürlüğümü kısıtlamak anlamına gelir ki, asla katlanamam buna."

"Böyle olmayacak!" dedi. "Seninle yüz yüze konuşmamız gerek. Bir akşam yemeğinde buluşmaya ne dersin?"

"Hayır derim! Böyle özel buluşmalara gerek duymadığım gibi, bundan sonrasında Bizim Mekân'a geleceğimi de hiç sanmıyorum."

Beni duymamış gibi, "Bir süre kendinle baş başa kal" dedi. "Öfkeni yatıştır. Hafta içinde arayacağım seni. Bu fırsatı tanımalısın bana..."

Telefonu kapattığımda, zorlu bir boğuşmadan çıkmış gibi yorgun ve bezgin hissediyordum kendimi.

"Yaptıkları yetmezmiş gibi, hiç utanmadan bir de yemeğe davet ediyor beni!" diye söylendim.

"Neden utansın ki?" diye güldü Eda. "Peşine adam taktığı için yeterince zılgıt yedi zaten. Kaybedecek neyi kaldı? Yüzünü kızartıp son atışlarını yapıyor zavallıcık."

"Onu savunma bana!" diyerek susturdum Eda'yı. "Bulanık sularda gezinen, yüzündeki kalın maskenin altından neler çıkabileceğini önceden kestirmenin asla mümkün olmadığı, güvenilirliği tartışmaya açık, giz dolu bir adam o."

"O kadar da değil" dedi Eda. "Haksızlık ediyorsun adama. Şu seni izletme hikâyesi dışında, ne kötülüğünü gördün?"

"Bu kadarı yetti bana. Yaptıkları, yapacaklarının habercisi."

"Her şeyi bir kenara bırak ve soracağım şu soruya yanıt ver: Hiç mi hoşlanmıyorsun sen bu adamdan? Gözlerinin içine baktığında yüreğin titremiyor mu hiç? Onun sana olan samimi ve sevgi dolu yaklaşımı hiç mi etkilemiyor seni?"

Bir an duraksadım. Zayıf noktamdan yakalamıştı galiba beni. Yanıtını benim bile tam olarak bilemediğim soruyu kafamda evirip çevirip yeniden harmanladım. Ve birilerinin duymasından korkar gibi, "Emin değilim" diye fısıldadım.

"Güzel!" diye gülümsedi Eda. "Olumsuz yanıt vermemen umut vaat ediyor. İlk adımı attın sayılır. Gerisi gelir artık..."

Benim canımdı Eda, bana benden bile yakın; duygularımı, düşüncelerimi birebir hissedenimdi. Ama yaşadığım o başıbozuk sevdanın ardından yıkılıp viraneye dönen yüreğimi hâlâ toparlayamamış olduğumu göremiyordu.

"Üstüme gelme Eda" dedim. "Kırık dökük bir kalbe girmeye niyetleneni de kırıp dökmekten korkuyorum ben."

"O kalbi doğrultmanın, eski haline döndürmenin tek yolu, yeni bir sevgiyle sarıp sarmalamaktan geçer. Baran'ın bunu başaracağına inanıyorum."

"Bu kadar gözü kapalı savunma onu. Eski bir emniyetçi olması dışında, onunla ilgili ne biliyoruz ki? Tam bir kapalı kutu Baran. Belki de evlidir, çocuğu vardır..."

"Tamam işte" dedi Eda. "Sırf kafandaki bu pürüzleri çözmek için bile gitmelisin o yemeğe. Konuşmadan hiçbir şey öğrenemezsin..."

Özel bir akşam yemeği

İlk andan itibaren, tamamıyla başka dünyaların insanları olduğumuzu anladığımız halde, seni gördüğüm zaman içimi sevinçle dolduran neydi?

Sabahattin Ali / *İçimizdeki Şeytan*

Baran aradığında şirkette, yönetim kurulu toplantısındaydım. Önümüzdeki altı ay içinde düzenlenecek kampanyaların üzerinde çalışıyorduk.

Telefonumu sessize almıştım, ama ekranda ışıl ışıl yanıp sönen "Baran" yazısı görülmeyecek gibi değildi.

Yanımda oturan Emre manidar bir bakışla, "Arayanların bol olsun!" diye fısıldadı kulağıma. Ayıbımı örtmek istercesine, telefonu kapattığım gibi çantamın içine attım ve tüm dikkatimi konuşulanların üzerinde yoğunlaştırmaya çabaladım.

İşlerin fazlasıyla yoğun olduğu bir gündü. Baran'ın telefonuna yanıt verebilmem için öğlen arasını beklemek zorunda kalmıştım. İçeriğini az çok tahmin ettiğim konuşmayı geciktirmek de işime mi gelmişti ne...

"Kusura bakma Baran" diye açtım telefonu. "Toplantıdaydım, ancak arayabildim seni."

"Önemli değil" dedi. "Seni beklemek bile yeterince güzel."

Ardından konuya girdi hemen: "Şu sözleştiğimiz yemek için aramıştım. Bu akşam buluşmaya ne dersin?"

Hiç vakit kaybetmiyordu. Ama ben bu aceleci ve sabırsız tavrından hiç hoşlanmamıştım.

"Kesin bir söz verdiğimi hatırlamıyorum" dedim.

"Olmaz da dememiştin ama. Farklı bir mekânda güzel bir akşam yemeği... İkimize de iyi gelmez mi?"

Öylesine yumuşacık, öylesine ikna edici konuşuyordu ki... Ne yapacağımı bilemedim bir an. Dudaklarımdan dökülen "Olabilir" sözcüğü ise ondan önce beni şaşırttı. Teklifine balıklama atlamış gibi davranmaktan ve "hayır" diyememenin bedeline katlanmak zorunda olmaktan rahatsızdım.

Baran'ın kulağımda yankılanan sesi ise son derece keyifliydi. "Tamam" diyordu. "Çıkış saatini söylersen, işyerinden alabilirim seni."

Akşam için özel bir hazırlık yapmadım. İstesem de yapamazdım zaten. İşyerinden doğruca yemeğe gideceğimize göre üstümü değiştirme, süslenip püslenme gibi bir şansım yoktu. Gerek de duymuyordum. Altımda fitilli kadife siyah bir pantolon, üstümde çağla yeşili V yakalı bir kazak, ayağımda dolgu topuk botlarla yemeğe değil de, sinemaya gidecekmişim gibiydim. Makyaj çantam yanımdaydı, ama sabahki gündelik makyajın üzerinden geçmeyi düşünmedim bile. Kurumuş dudaklarıma parlatıcı sürüp saçlarımı fırçalamakla yetindim. Bu kadarı, özel anlamlar taşımayacağını düşündüğüm bir gece için yeter de artardı bile.

Ne var ki Baran'ı karşımda gördüğüm an, geri dönüşü olmayan, amansız bir pişmanlığın koynunda buldum kendimi. Son derece özenle hazırlanmıştı Baran! Balıksırtı desenli kaşe kumaştan gri bir ceket, jilet gibi ütülü gri bir pantolon, beyaz gömlek, ceketiyle uyumlu verev çizgili ipek kravat. Ve ilk anda gözümü alan, küçük taşlarla bezeli zarif kol düğmeleri...

Bu özen, bana verdiği değerin somut bir göstergesi ve bana duyduğu saygının ifadesiydi. Ya ben ne yapmıştım? Özel bir yemeğe değil de sinema sonrası bir şeyler atıştırmak için sıradan bir kafeye gider gibi, en gündelik halimle, umursamaz hallerimle çıkmıştım karşısına. İstesem, işten sonra eve gidip üstümü değiştirir, kendime çekidüzen verdikten sonra buluşurdum Baran'la.

Yazıklar olsundu bana! Bu hareket biçimiyle, farkında olmadan onu değil kendimi, kendi gözümde değersizleştirmiştim. Davranışımın altındaki nedeni biliyordum aslında... İtiraf etmek zordu, ama Baran'dan korkuyordum galiba ben! Evet, onun mükemmeliyetinin altında ezilmekten, onun büyülü havasına kapılıp bilinmezliklerle örülü bir dünyaya savrulmaktan delicesine korkuyordum.

Olan olmuştu, filmi başa sarıp geriye dönemeyeceğime göre, yıktığımı onarma yoluna gitmeliydim.

Yüzümde sıcacık bir gülümsemeyle, "Öncelikle özür dilerim Baran" diyerek elimi uzattım. "Çok yoğun bir gündü. Kendimle ilgilenecek tek dakikam olmadı inan. Yoksa bu halimle çıkar mıydım karşına?"

"Kendine haksızlık etme" dedi. "Şu anda öylesine doğal, öylesine duru bir güzellik sergiliyorsun ki... Samimiyetle söylüyorum, hiçbir süse ve süslenmeye gerek olmadan göz kamaştırıcı bir albeniye sahip olabilen nadir insanlardansın."

Neyse, ilk badireyi atlatmıştım. Arabaya binip Baran'ın yanına yerleştiğimde, daha iyi hissediyordum kendimi. Eski model siyah bir cipti Baran'ın arabası. İlk anda, sahibiyle ne kadar benzeştiklerini düşündüm. Yaşça pek genç olmayan, ancak bedenen ve yapı olarak olabildiğince diri ve gösterişli tek yumurta ikizleri gibiydiler.

Benim yönümden her şey yoluna girmiş görünüyordu. Ancak Baran'ın yer ayırttığı, denize tepeden bakan, adına gazetelerin sosyete sayfalarından aşina olduğum ünlü restorana girerken, güçlükle doğrulttuğum özgüvenimin yerlerde sürünmesini engelleyemedim. Ama yapılabilecek bir şey yokta, çabuk toparlandım ve içimdeki keşmekeşi dışarı sızdırmayı başardım.

"Ah Baran, ah!" diye söyleniyordum içimden. "Daha orta halli bir yer ayarlasaydın ya! Gövde gösterisine ne gerek vardı?"

Neyse, panik yapmaya gerek yoktu. Dışarısı renk renk fosforlu ışıklarla aydınlatılmıştı, ama iç mekân loştu, masalardaki şamdanların mumları aydınlatıyordu etrafı. Kimsenin kimseyle ilgilendiği yoktu. "Otur ve keyfine bak Şiir!" diye komut vererek, gecenin akışına bıraktım kendimi.

Aşkın yaşı da yoktur, mantığı da...

Pek çok gece, pek çok yemekte beraber olmuştuk Baran'la. Ama bu kez durum farklıydı. İlk defa baş başa kalıyorduk ve bu birliktelik garip bir duygu fırtınası estiriyordu yüreğimde.

Kabul etmeliyim ki, çok iyi bir masa arkadaşıydı Baran. Tadına doyulmaz bir sohbeti vardı. Haliyle, tavrıyla karşısındakini nasıl etkileyeceğini çok iyi biliyordu. Yer yer felsefi, yer yer esprili konuşmalarıyla kalbimi fethetmek yolunda hızla ilerlemekteydi. Her hareketinin, her sözünün önceden planlandığı belli, bu doğrultuda, hedeflediği noktaya sağlam adımlarla yürümekte olduğunu hissediyordum.

Tahminimce, asıl can alıcı konuya girmek için yemeğimizin bitmesini bekliyordu. Kahvelerimizi içerken derin bir soluk aldı ve gözlerini gözlerime kilitledi.

"Ben sana âşık oldum Şiir!" dedi. "Tam da, artık bu sayfayı kapattığımı düşünürken, yüreğimi de kendim gibi emekliye ayırmışken..."

Benim olumlu ya da olumsuz hiçbir tepki vermeden onu dinlememden cesaret almış gibi, "Şaşırttım belki, ama sanırım sana olan duygularımı sen de az çok tahmin ediyorsun" dedi. "Sana açılmadan önce uzun uzun düşündüm. Aramızdaki yaş farkı önemli bir pürüz olarak çıkıyordu karşıma. Yıllar öylesine çabuk geçiyor ki Şiir... Bir gün geliyor, erken doğduğuna lanet ediyor insan. Evet, o şarkıda da söylendiği gibi, 'Ben gamlı hazan, sense bahar...' Ama itiraf etmeliyim ki, hiç de gamlı hazan gibi hissetmiyorum kendimi.

Ancak, öncelikle bir noktada uzlaşmamız gerekiyor. 42 yaşındayım ben. Aramızdaki yaş farkı seni rahatsız ediyorsa... söylediklerimi unut. Ama 'aşkın yaşı yoktur, mantığı da' felsefesine inanıyorsan, beraberce çizeceğimiz yolda emin adımlarla yürümeye başlayabiliriz."

Yanıt verebilmem için, kafamın içinde meydan savaşı veren birbiriyle çelişik düşünceleri yatıştırmam ve sıraya sokmam gerekiyordu.

"Beraberce yürüyeceğimiz yolda tek pürüzün aramızdaki yaş farkı olduğundan emin misin?" dedim.

"Merak etme, diğerlerine de sıra gelecek" diye güldü. "Benimkisi, şu an için dört elle sarıldığım, gerçekleşmesi için tüm varlığımı adayabileceğim bir umut yalnızca. Can Yücel'in de Pandora'nın Kutusu şiirinde söylediği gibi: Bir denizanasıdır umut / ta suların ortasında / açılır / kapanır / açılır / kapanır / kapanır / açılır...

Umut kapılarımın açılmasını umuyorum ben de..."

"İtiraf etmeliyim ki beni şaşırttın" dedim. "Ama beraberce yol alabilmemiz için birbirimizi daha iyi tanımamız gerekmiyor mu? Benim hakkımda ne biliyorsun sen? Ya da ben seni yeterince tanıyor muyum?"

"Haklısın" dedi. "Bu yaşa gelmiş bir erkeğin, öncesinde neler yaşadığını bilmen gerekir ki, adımlarını güvenle atabilesin. Aklından geçenleri az çok tahmin edebiliyorum. Beni kırmamak için, evli olup olmadığımı sormaya bile cesaret edemiyorsun. Yanılıyor muyum?"

İçimi okuyordu sanki. Söylediklerini onaylarcasına gülümsedim ve anlatacaklarını dinlemeye koyuldum.

"Yıllar önce, emniyette çalışmaya başladığım günlerde tanıştık Sevil'le. Yani karımla! Hırslı bir işkadınıydı, ünlü bir beyaz eşya firmasında satış müdürü olarak çalışıyordu. İtiraf etmeliyim ki, ilk gördüğümde âşık oldum ona. O da bana karşı kayıtsız değildi. Evlendik... Ne var ki birbirimize göre olmadığımızı anlamamız için fazla zaman gerekmedi. Ufaktan başlayıp hızla tırmanarak gürültülü, patırtılı kavgalara dönüşen tartışmalar... İki yıl içinde tüketivermiştik birbirimizi. O devrede ayrılmayı çok düşündüm. Sevil'in hamileliği olmasa çoktan boşanmıştık. Doğacak bebeğimizin bizi tekrar kaynaştıracağını umarak barış ilan ettik sözüm ona.

Beklenmedik bir sürpriz sevince boğdu ikimizi de: Doğum öncesi ultrasona girmeyi reddetmişti Sevil. Ve biz, bir beklerken iki bebeği birden aldık kucağımıza. Tek yumurta ikizi, birbirinin kopyası, şipşirin iki kız: Sude ve Dide...

Onların varlığı bir süre oyaladı bizi. Ne var ki zorlamalı mutluluğumuz uzun sürmedi. Benim başımdan geçen o talihsiz olay, emniyetten ayrılışım, aksayan bir ayakla ayakta kalmaya çabalamam, o zor dönemde karımdan beklediğim desteği göremeyişim... Ve tabii, yaşadığım trajik olayın bana getirisi olan, baş edilmesi güç bir ruhsal bunalım!

İki yıl önce ayrılma kararı aldık, ama boşanmadık. Evlerimizi ayırdık yalnızca. Boşanmak için belli bir tarih belirlemiştik kendimizce: İkizlerin okula başladıkları gün mahkemeye başvuracaktık. Sude ve Dide şu an anasınıfına gidiyor ve bu yıl ilkokula başlayacaklar. Biz de planladığımız gibi, beraberliğimize noktayı koyacağız."

"Çocuklarınla görüşüyorsun yani..."

"Yalnız çocuklarla değil, Sevil'le de sık sık görüşüyoruz. Ama karı koca olarak değil, acı tatlı pek çok şeyi paylaşmış iki eski dost kimliğiyle. Yemeğe çıkıyoruz hep beraber, sinemaya gidiyoruz. Dönüşte, herkes kendi yoluna..."

Duyduklarım altüst etmişti beni. Karşımda oturan, yaşını başını almış, evli barklı bir adamdı. Ve kalkmış bana ilanıaşk ediyordu!

İçimde patlayan fırtınalardan habersiz, "Seni fazlasıyla

şaşırttığımın, hatta hayal kırıklığına uğrattığımın farkındayım" dedi Baran. "Ama tarafsız gözle bakmaya çalış lütfen. Çocuklarım benim için çok değerli, onlar için yapamayacağım fedakârlık yok! Ancak, onların hatırı için bile mutlu olmadığım bir evliliği sürdüremem. Sevil de benimle aynı fikirde. Eski günlere göre çok daha iyi davranıyoruz birbirimize. İdeal karıkoca olmayı beceremedik, ama iyi birer dost ve arkadaş olabildik hiç değilse."

Şaşkın ve suskun halimi olağan karşıladığını vurgulamak ister gibi anlayışlı bir tavırla, "Olumlu ya da olumsuz herhangi bir yorum yapmayacak mısın?" diye sordu. "En azından, ikimiz için nasıl bir beraberlik olabilir, bunu bilmek isterim."

Geceye son noktayı koymanın zamanıydı artık.

"Aramızda, senin kastettiğin anlamda bir beraberlik asla olamaz!" dedim. "Ama karınla olduğu gibi, iki iyi dost ve arkadaş olabiliriz seninle. Şu an için daha fazlasını bekleme benden..."

Divan edebiyatı

Yalnız olmak, kimsesiz olduğunu hissetmek, çaresizliğidir insanın. Yalnız kalmak ise bile isteye yapılan bir tercihtir.

Eve döndüğümde günlerce, haftalarca, aylarca kendimle baş başa kalıp yalnızlığımı doyasıya yaşamak istiyordum. Tek kişilik dünyamda kimseye yer yoktu. Kendime yeterdim ben! Kafamı önüme koyup o gece yaşadıklarımı tarafsız olarak bir kez daha yaşayacaktım.

Önümdeki upuzun geceye eşlik etmesi için koyu bir kahve hazırlayıp termosa doldurdum. Salonun köşesindeki, kendimle ve baş edemediğim sorunlarımla hesaplaşmak istediğimde, bana yarenlik eden kanepeye kuruldum. Ve filmi başa sararak, her kareyi tek tek gözümde canlandırıp yeniden, ama bu kez izleyici gözüyle yaşamaya koyuldum.

Hayret edilecek şey, gecenin sonunda Baran'a oldukça sert çıkmış, neredeyse aradaki bütün köprüleri atmıştım, ama şu an zerrece kızgınlık duymuyordum ona. Kabul etmeliyim ki bana son derece dürüst davranmış, yaşantısındaki tüm ayrıntıları açık yüreklilikle paylaşmıştı benimle. Başka ne bekliyordum ki? Kırklı yaşlarına gelmiş bir erkeğin eline kadın eli değmemiş olmasını mı?

Sanki ben sütten çıkmış ak kaşıktım da! Cesaret edip de, geride bıraktığım kâbusu onunla paylaşabilmiş miydim? O ise bütün samimiyetiyle karısını, çocuklarını, onlara karşı olan sorumluluklarını nasıl yerine getirdiğini bir bir anlatmıştı bana.

İtiraf etmeliyim ki, ondan hoşlanıyordum. Ezel'den sonra ilk kez bir erkeğe bu kadar yakın hissediyordum kendimi.

Aramızdaki yaş farkı ise, onun düşündüğü gibi "eksi puan" olarak yazılmıyordu karnesine. Öncesinde de, benden yaşça epey büyük, olgun diye nitelenebilecek erkekler daha çok ilgimi çekmişti.

Lise yıllarında edebiyat öğretmenime, hayranlık boyutlarını epey aşan sıcacık duygularla kenetlendiğimi hatırlıyorum. Benden en aşağı otuz yaş büyüktü. Kendi kendime itiraf etmeye bile çekinsem de, kelimenin tam anlamıyla âşıktım ona.

Abdülhak Hamit Tarhan'ın 60 yaşındayken 18 yaşındaki Lüsyen Hanım'la yaşadığı aşkı edebiyat öğretmenimin ağzından duymak sevince boğmuştu beni. Böyle aşklar da yaşanıyordu demek.

Divan edebiyatını onunla sevmiştim, onunla vurulmuştum bu edebiyata. Aşkı en güzel anlatan oydu çünkü. Nefi'nin, Nedim'in ve özellikle de Fuzuli'nin aruz vezniyle yazılmış şiirleri, kasideleri, gazelleri...

Bunca yıl geçti aradan, hâlâ damağımda aynı tadı hissederek okurum hepsini. Öylesine içime işlemiş ki, divan edebiyatından herhangi bir gazel ya da şiirin veznini hemen çıkarabilirim.

Babasız büyümüş kızlar

Babamdan ayrıldığım yaşta kalmıştı bir yarım...

Üniversiteye başladığımda, yeniyetme saplantılarımı geride bırakıp daha aklı başında, daha dengeli birlikteliklere yönelmiştim. Ancak hiçbirini sağlam temeller üzerine oturtamıyordum. Kısa süreli flörtler, hiçbiri uzun sürmeyen, süremeyen yüzeysel beraberlikler...

Herkes duygusal ilişkilerinde benzer olumsuzlukları az ya da çok yaşardı mutlaka, ama psikiyatrist ve psikologlar, babasız büyümüş kızların sorunları üzerinde kalem oynatmayı pek seviyordu nedense.

Babasız büyümek, yaşam boyunca bir yanı eksik olmaktır. Dışarıdan bakıldığında güçlü, ama içten içe kırılgan ve naiftir babasız kızlar. Bilinçaltında, karşılaştıkları her erkekte kaybettikleri baba figürünü ararlar ve o özellikleri taşıyan erkeklere âşık olurlar. Güçlü ve kendilerine kol kanat gerecek güçlü erkeklerdir bunlar.

Öyle diyordu uzmanlar. Bu tanımlara ne derece uyduğumu kestiremiyordum. Ama zaman zaman küçüklüğümden fırlayıp gelen öyle ilginç kareler var ki... O karelerden birinde anneannesinin aldığı çikolatayı yerken, "Neden bunu bana babam almadı?" diye hıçkıra hıçkıra ağlayarak gözyaşlarını çikolatayla harmanlayan bir kız çocuğu var. O kız benim! Ve o kare, her çikolata yiyişimde karşıma dikilir hâlâ.

İlerleyen yaşlarda da içimi acımasızca kavuran o eksikliği hep hissettim. Aynı şehirde yaşıyorduk, ama hiç doyasıya sohbet edemedim onunla, koluna girip gezemedim; dertlerimi, sorunlarımı paylaşamadım, doyasıya sarılıp öpemedim onu. Dönüp dönüp kendime sarıldım. Babamdan ayrıldığım yaşta kalmıştı bir yarım...

Ancak, Baran'a yaklaşımımı baba eksikliğine bağlamak, ona yapılacak en büyük haksızlık olurdu. Ne o Abdülhak Hamit gibi 75'inde, ne de ben Lüsyen gibi 18'imdeydim. Ne de edebiyat öğretmenim gibi otuz yaş büyüktü benden. Babam yaşında falan da değildi üstelik. En çok en çok 15-16 yaş fark vardı aramızda. O farkı da sportmen ve çevik yapısı, yaşama bağlılığı, hayatı hafife alan esprili bakış açısıyla sıfıra indirgeyebiliyordu zaten. Bedenen değilse de ruhen yaşıt olduğumuzu, hatta zaman zaman onun benden çok daha genç olduğunu söyleyebilirdim.

Satranç ve tavla

Satranç hayat gibidir. Her parçanın kendi işlevi vardır. Bazıları zayıftır, bazıları ise güçlü. Bazıları oyunun başında işe yarar, bazıları sonunda. Ama kazanmak için hepsini kullanmak zorundasın. Aynen hayatta olduğu gibi, satrançta da skor tutulmaz. On parçanı kaybedip yine de kazanabilirsin oyunu.

Satrancın güzelliği budur işte. İşler her an tersine dönebilir. Kazanmak için gereken şey, tahtanın üzerinde gereken hamleleri ve anlamlarını iyi bilmek ve karşındakinin ne yapacağını kestirebilmektir.

Okuduğumda beni derinden etkileyen ve gerçek bir başyapıt olduğuna inandığım *Olasılıksız* kitabının yazarı Adam Fawer'a aitti bu sözler. Ama ona katılmıyordum. Satrancın hesaplı kitaplı hamlelerini iyi bilmek ve uygulamak, karşıdaki oyuncunun ne yapacağını kestirmeye çalışmak yorucu geliyordu bana. Satranç yerine tavla oynamayı tercih ederdim ben. Zar tutarak, elimden gelen tüm hileleri yapıp en olmayacak kapıları alarak, bir sayıyı değil iki sayıyı hedefleyerek ve oyunun sonunda "Mars!" diye zafer çığlıkları atıp, karşımdakini öfkeden deliye çevirerek...

Ne var ki Baran'la tavla oynama fırsatım olmamıştı. Onun ustaca yönettiği satranç turnuvasındansa yenik çıkmıştım.

Aynı Adam Fawer, "Unutma, kimse unutulmayacak kadar sonsuz ve sonsuza dek sevilecek kadar değerli değil aslında!" diyordu. Satranç hakkındaki görüşleri bana uymasa da bu sözleri hatırlamak, yıpranmış yüreğime ilaç gibi gelmişti. Evet, hiç kimse sonsuza dek sevilmeyi hak etmiyordu!

Haliyle, Baran'ın da sonsuza dek sevilmeyi hak etmediğini düşünüyordum. Tartışmalı geçen son buluşmamızın üzerinden üç gün geçmişti ve beni hiç aramamıştı. Kendi bilirdi. Gidenin ardından ağıt yakmamayı çoktan öğrenmiştim.

Yoğun ve yorucu bir iş günüydü. Akşam saatlerine kadar dur durak bilmeden çalışmış, telefonlara cevap vermekten, otel ve tur rezervasyonları için gelen kararsız müşterilere dert anlatıp onları doğru adreslere yönlendirme çabalarından yorgun düşmüştüm. Ama değmişti doğrusu. Kalabalık birkaç grupla tur anlaşması imzalanmış, yurtdışına çıkmak isteyen, ama nereye gideceklerine karar veremeyen birkaç aileyi de memnun kalabilecekleri yörelere yönlendirmiştik.

Odama çekilip demli bir çayla kendimi ödüllendirmeyi hak ettiğimi düşünüyordum. Tam arkama yaslanıp bilgisayardaki posta kutumda birikmiş iletileri okumaya hazırlanıyordum ki, dahili telefonun sesiyle irkildim.

"Şiir Hanım, burada sizinle görüşmek isteyen bir müşterimiz var" diyordu santral memuresi.

"Benden buraya kadar! Bugünkü mesaim çoktan bitti. Orada hallediverin!" diye çıkıştım kızcağıza.

"Ama ille de sizinle görüşmek istiyorlar Şiir Hanım!" deyince, "Gönder bakalım!" demek zorunda kaldım.

Israrcı ve dediğim dedik tiplerden hiç hoşlanmazdım, ama buradaki konumum hoşgörülü olmayı ve alttan almayı gerektiriyordu.

Yabancı değildi gelen, Baran'dı!

İçeri girer girmez, tek söz etmeme fırsat vermeden, "Kusura bakma Şiirciğim, selamsız sabahsız pat diye geliverdim, ama seninle konuşmam gereken çok önemli bir konu var" dedi. "Hafta sonu için bir tatil rezervasyonu yaptıracaktım da."

Laf kalabalığına getirip beni yumuşatmaya çalışıyordu aklınca.

Soğuk bir tavırla, "Hoş geldin" dedim. "Rezervasyon işini dışarıdaki arkadaşlar da halledebilirdi."

"Olur mu hiç?" diye karşı çıktı. "Seyahat acentesinde yakından tanıdığımız bir dostumuz varken, yabancılarla muhatap olmak da neyin nesi?"

Karşımdaki koltuğa geçip oturdu. "Afiyet olsun" dedi. "Çayını soğutma."

Anlaşılmıştı, ağırlanmayı bekliyordu beyimiz. Çay ocağını arayıp bir çay daha söyledim. Ve hemen konuya girdim.

"Nasıl bir tatil programı istediğini söylersen yardımcı olabilirim. Kaç günlük, kaç kişilik ve ne tür bir tatil? Dağ, deniz, orman; yurtiçi, yurtdışı?"

"Öyle uzun boylu bir şey değil" diye dolandırdı ağzının içinde. "İki günlük bir kafa dinleme tatili. Yakın bir yer olmalı. Şöyle bir ön araştırma yaptım ben. Uludağ ile Abant arasında kararsız kaldım. Hangisini önerirsin sen?"

Ailece çıkacakları bir tatil için bana danışması, hiç de hoş bir davranış değildi. Ama kişisel düşüncelerimi bir yana bırakıp profesyonelce davranmak durumundaydım.

"Abant'ı tavsiye edebilirim" dedim. "Sonbaharda pek güzel olur oralar."

Abant'taki otellerin listesini çıkardım ve değişik konumdakilerin özelliklerini sıralamaya başladım.

"Kendini yorma" diyerek kesti sözümü. "Sen olsan hangisini tercih ederdin? Göl kenarında olması daha iyi değil mi?"

Müşteri kimliğiyle karşımda oturuyor olmasa, sopayla kovalardım ben bu adamı! Sabır, sabır, ya sabır diyerek toparlandım. Yaptığı, tek kelimeyle küstahlıktı. Karısını, çocuklarını anlatmıştı ya bana, onların varlığından haberdardım ya artık, çekinecek bir şeyi kalmamıştı... Ama bu kadarı da fazlaydı doğrusu!

Sakin olmaya çalışarak, "Tamamdır" dedim. "Abant'ta göl kenarında bir otel ayarlıyoruz. Otele giriş ve çıkış tarihlerinizle, kaç oda ayırtmamız gerektiğini de söylersen, rezervasyon formunu doldurabilirim."

"Bu hafta sonu. Cumartesi sabahı öğlene doğru giriş, pazar akşamı çıkış. Tek gecelik bir mini tatil anlayacağın."

Gitgide büyüyüp devleşen öfkemi daha fazla zapt edemeyecektim. Tam bir "mızmız müşteri" örneğiydi Baran. Lafları cımbızla çekiyordum ağzından.

"Kaç oda ve kaç kişi?" diye sabırsızlıkla yükselttim sesimi.

Gözlerini yere dikti. Gitgide cılızlaşan sesiyle, "Tek kişilik iki oda!" dedi.

Formu doldurmaya çalıştığım kalem elimden düşüverdi.

Oturduğu yerden fırlayıp ellerimi avuçlarının arasına aldı, "Böyle bir tatilin ikimize de iyi geleceğini düşündüm" dedi. "Yalvarırım itiraz etme! Farklı bir ortamda baş başa kalıp birbirimizi anlamaya çalışmanın pek çok sorunumuzu çözeceğine inanıyorum."

Ertesi gün öğlen yemeğinde Eda'yla buluştuk. Olanı biteni anlattım. Hiçbir tepki vermeden dikkatle dinledi beni.

"Helal olsun Baran'a!" dedi sonunda. "Çok iyi düşünmüş. İstanbul'un curcunasından uzak, sakin bir ortamda baş başa kalmanız, dertleşmeniz, söyleşmeniz, kafanızdaki tüm sorunları çözmenize yetecektir. Güveniyorum ben ona. Sana vaat ettiği her şeyi birer birer yerine getireceğinden eminim. Ama sen de biraz sabırlı olacaksın be Şiirim..."

Yamaç paraşütü

Sabah erkenden, arabasıyla gelip kapıma dayandı Baran. Geceden hazırladığım küçük valizimi alıp aşağıya indim. Kıpır kıpırdı içim. Onun da dediği gibi, şehrin keşmekeşinden uzakta geçireceğimiz bu kısacık soluklanma molasının ikimize de iyi geleceğini umuyordum.

Harika bir yol arkadaşıydı Baran. Önceden hazırlık yapmış gibi, konudan konuya atlayarak birbirinden ilginç, gerçekten yaşanmış mı, yoksa kurgu mu olduğunu kestiremediğim anekdotlarla beni oyalamayı başarıyordu. İstanbul-Abant arasındaki üç saatlik yolun nasıl geçtiğini anlamadım bile.

Abant Gölü'nün kıyısını takip ederek otelimize doğru yol alırken, kartpostallardan fırlamış bir manzaranın koynunda ilerliyorduk sanki. Göl, orman ve dağ üçlüsünün eşsiz bir senfonide buluşması gibiydi karşımızdaki tablo. Kışa meyletmiş, ama şu an sonbaharla sarmaş dolaş bin bir çeşit ağacın sarı, turuncu ve yeşil yapraklarıyla oluşturduğu renk cümbüşü, gölün üzerindeki sarılı beyazlı nilüferler, "Cennetin, dünya üzerindeki şubesi burası!" diye fısıldıyordu kulaklarımıza.

Bavullarımızı bırakıp fazla oyalanmadan çıktık otelden. Büyülü bir masal ülkesiymiş gibi bizleri içine alıveren muhteşem manzaranın bir parçası olmak için sabırsızlanıyorduk. El ele tutuşmuştuk Baran'la. Sarı ve turuncu yapraklarla sarmalanmış bir sonbahar tablosunda, romantik bir tatile çıkmış iki sevgili gibi.

Göl çevresinde atla ya da faytonla tur atılabiliyordu. Ama biz yürümeyi tercih ettik; yürümeyi ve attığımız her adımda bu görkemli güzelliği içimize doyasıya çekebilmeyi.

Baran, "Acıktın mı?" diye sormasa farkında bile olmayacaktım, ama kurt gibi acıkmıştım. Burnumuza çarpan nefis sucuk kokusunun çekim gücüyle, kokunun kaynağı olan, göl kenarındaki restorana girdik. Pek çok seçenek vardı; et çeşitleri, Abant Gölü'nün alabalığı olan Abant alası, Bolu ve Abant'a özgü yöresel tatlar... Ama biz sucuk yiyecektik.

Dışarda, yeşilliklerin üzerine yerleştirilmiş mangallarda pişiyordu sucuklar. Başında durup izlemek başlı başına bir keyifti. Baran da sıcakkanlılığını konuşturarak, mangal ustasıyla ahbap oluverdi hemen.

"Siz bir de kışın göreceksiniz buraları" diyordu usta. "Manzaranın ihtişamı bir yana, kar üstünde mangal yapmanın keyfi de bambaşkadır be abicim. Gölün çevresinde gördüğünüz şu çam, köknar, meşe, kayın ağaçları bembeyaz gelinliklerini giydiklerinde, düğün yapar Abant Gölü. Bu güzelliğe tanık olan herkes katılır o düğüne. Buz tutmuş gölümüz, bir metreyi aşan kar kalınlığı; sisli, puslu, gizemli bir hava, ara ara atıştıran kar ve yanında bol tarçınlı sıcacık bir salep..."

Bir yandan konuşuyor, bir yandan da pişirdiği sucukların servisini yapıyordu. Daha önce hiç bu kadar lezzetli bir sucuk yemedim desem hiç de abartmış olmam. Mangalda pişip çeyrek ekmeğin arasına konulmuş, yağı ekmeğin içine nüfuz etmiş sucuklar ile bakır kupalarda getirilen, üstü iki parmak köpüklü ayranlar, tam bir gün ortası ziyafeti olmuştu bizim için.

İyi laf yapıyordu bizim sucuk ustasının ağzı. Abant'ın gönüllü turizm elçisi gibiydi. Anadolu insanının saygılı tavrıyla, gözlerini benden kaçırarak, Baran'a anlatıyordu meramını.

"Hiç yamaç paraşütü yaptın mı abicim?" diye sordu Baran'a. Yanıtını beklemeden devam etti. "Türkiye'nin en iyi yamaç paraşütü alanlarından birinin de burada olduğunu biliyor muydun? Göl kenarında değil tabii! Buradan araçlarla, yemyeşil bir halıdan farksız Örencik Yaylası'na çıkıyorsun. İki farklı uçuş tepesi var orada. Tepeden boşluğa bırakıveriyorsun kendini. Sırf yamaç paraşütü yapmak için Abant'a gelenler var abicim. Tabii yaz ve bahar aylarında..."

Beni de sohbete katmak ister gibi, "Senin hiç yamaç paraşütü deneyimin oldu mu?" diye sordu Baran.

Bütün bedenimin, tehlikeli bir uyaranla yüz yüze gelmiş gibi, kaskatı kesildiğini hissettim o an. Bendeki bu ani değişikliğin farkında bile değildi Baran.

"Bir zamanlar sıkı bir yamaç paraşütçüsüydüm ben" diye devam etti. "Fethiye Ölüdeniz'de, Babadağ'dan ağır ağır süzülen paraşütlerle paylaştığım pek çok anım var. Ama sözünü ettiğim, ayağımı sakatlamadan öncesiydi tabii ki. Sonrasında hiç denemedim. Belki bir Fethiye turunda, seninle beraber keyifli bir yamaç paraşütü denemesi yaparız. Ne dersin?"

"Hayır derim!"

Verdiğim kısa ve keskin yanıtın, onun yönünden şaşırtıcı olduğunun farkındaydım. Daha yumuşak olmasına gayret ettiğim sesimle, "O yöredeki tatil köylerinden birinde Eda'yla beraber staj yapmıştık" dedim. "Babadağ'dan Ölüdeniz'e inen paraşütleri izlemek bile ürkütücü gelirdi bana. Değil bu tür bir deneyime kalkışmak, oralara gitmek bile gelmiyor içimden."

Benliğimden taşan isyanla karışık öfkenin, yalnızca yamaç paraşütünden kaynaklanmadığını kavrayacak kadar akıllı ve zekiydi Baran. Bana yanıt vereceğine, anlayışlı bir tavırla başını sallamakla yetindi.

Benim sıkıntılı halim ve Baran'ın benden etkilenerek suskunlaşması, mangalbaşımızı zerrece etkilememişti.

"Yamaç paraşütü için yaz aylarında Abant'a turlar düzenleniyor abicim" dedi. "Ayrıca yamaç paraşütü yarışmaları da yapılıyor. Yengeyi bilemem, ama seni bekleriz. Ha... Snowboard'u da bilirsin sen güzel abim. 'Karda yapılan kaykay' diyoruz biz ona. Kayağın pabucunu dama atmaya aday. Seç seç al! Buranın dört mevsimi de aynı derecede keyiflidir anlayacağın."

Gülerek dinliyordu Baran, bende ise değil gülmek, gülümseyecek hal bile kalmamıştı...

Fayton

Kahve içmek için yeniden restorana girince düzelir gibi oldum. Karşı duvarda asılı duran yazıyı görünce de küçük bir kahkaha atmaktan kendimi alamadım:

"Muhteşem sucuk ekmeğimizi yemeden ölmeyin!"

"Ne demek oluyor bu Baran?" dedim. "Sucuk ekmeğimizi yediğimize göre, öbür dünyaya gidebilir miyiz artık?"

Camekânın arkasındaki tatlı büfesini gösterip, "Yok canım!" dedi. "Sucuğun üzerine kaymaklı ekmekkadayıfı yemeden şuradan şuraya gitmem ben!" diyerek beni güldürdü.

Restoranın, gölün üstüne uzanan ahşap iskelesinin üzerinde kahvelerimizi içerken, "Burada birkaç gün kalsam, duba gibi olurum ben" dedim.

"O da yakışır sana" diye güldü Baran. "Dünya üzerindeki en nadide dubanın bana ait olmasından başka ne isterim ki ben?"

Bir yanda nefis göl manzarası, diğer yanda orman ve kuş cıvıltıları arasında, gölün çevresinde yürüyüş yapmak son derece keyifliydi. Turistler gölün çevresindeki yedi kilometrelik yolu, ortalama yürüyüş temposuyla bir buçuk-iki saatte kat edebiliyordu. Ancak biz bu kadar yolu yürüyemezdik! Baran'a kalsa hiç sesini çıkarmadan yollara revan olmaya razı olurdu. Ama ben onun aksayan ayağıyla seke seke göl turu atmasına asla razı olamazdım. Gezimizin bundan sonrasını faytonla yapacaktık!

Çocuksu ama gerçek bir sevinçle, "Faytona binmeye bayılırım" dedim. Ve o çocuksu sevinci ilk yaşadığım günü paylaştım Baran'la:

"Okula gitmiyordum henüz. Beş-altı yaşlarındaydım sanırım. Yaz tatiliydi. Annem, babam ve ben İzmir Fuarı'ndan çıkıp otele gitmek üzere, Kordonboyu'nda sıralanmış süslü püslü faytonlardan birine bindik. İki at çekiyordu faytonumuzu. Biri kahverengi ve güçlü, diğeri beyaz, zayıf ve çelimsiz...

İçim acımıştı beyaz olana. Birden fırladım yerimden, ayağımı merdivene attım. Babam tutmasa, aşağı yuvarlanacaktım. 'İnmek istiyorum!' diye ağlamaya başladım. Annem ve babam aynı şaşkınlığı paylaşarak, beni zapt etmeye çalışıyorlardı.

'Bir yere gitmem, faytonun yanında yürürüm ben! Ne olur bırakın, ineyim' diye yalvarıyordum bizimkilere.

'Neden inmek istediğini söyle, indireceğim seni' dedi babam.

Gözlerimden sicim gibi inen yaşlarla, 'Şu beyaz at' dedim. 'Öyle güçsüz görünüyor ki... Ben inersem, biraz olsun azalır yükü.'

Babam sımsıkı kucakladı beni, gözyaşlarımı sildi. 'Demek o atı çok sevdin sen' dedi. 'Eminim ki, senin onu sevdiğin kadar o da seni sevmiştir. Ve seni taşımak onu çok, ama çok mutlu ediyordur. Eğer inersen üzülür. Zayıf ve güçsüz olduğu için de tasalanma. Bak, yanındaki güçlü arkadaşı nasıl da yardımcı oluyor ona...'

Faytondan inmedim o gün. Sırf o üzülmesin diye! Aradan onca yıl geçti, ama hâlâ nerede bir fayton görsem, o beyaz atın görüntüsü belirir karşımda."

Beni dikkatle dinleyen Baran'a, "Belki sana garip gelecek ama şu önümüz sıra yürüyen beyaz at da beni taşımaktan mutluluk duyuyor mudur acaba?" diyerek noktaladım öykümü.

"Hiç kuşkun olmasın!" diye kolunu omzuma atıp sarıldı bana. "Senin ne kadar duygusal ve merhametli olduğunu hissetmiştir o" dedi. "Bindiği faytonun atıyla duygusal iletişim kurabilen kaç kadın var şu dünyada?"

Hezeyan

Akşam yemeğini otelde yiyecektik. Ama açık büfe salonunda değil, alakart restoranda.

Bu gece özeldi. Günler öncesinden, ne giyeceğime epey kafa yormuştum. Gardırobumun nerdeyse yarısını indirip aklıma yatanları ayna karşısında deneyerek bir öneleme yapmış, sonra da benim için reform sayılabilecek bir karar alarak, giyim konusundaki temel dayanağım olan pantolonlarımı bir kenara itip uzun zamandır üstüme bile geçirmediğim camgöbeği mavi şifon elbisede karar kılmıştım.

Önce hiç makyaj yapmamayı düşündüm. Ama üstümdeki elbisenin boy aynasındaki yansıması isyan etti bana. Yanaklarıma hafif bir allık, gözlerime rimel, dudağıma açık renk, varla yok arası bir ruj... Bu kadarı yeterliydi. Saçlarımı fırçalayıp parfümümü sıktım ve gecenin başlangıç butonuna basıverdim.

Aşağı indiğimde yemek salonunda, şömineye yakın masalardan birinde oturmuş, beni bekliyordu Baran. Geldiğimi görünce yerinden fırladı, okşayan bakışlarla tepeden tırnağa şöyle bir süzdü beni. Elimi tutup parmaklarımın ucundan hafifçe öptü.

"Çok güzel olmuşsun" dedi. "Çok güzel ve büyüleyici... Yalnızca benim için gösterdiğin bu özene teşekkür ederim."

Baran da giyimine en az benim kadar özen göstermişti. Takım elbise ve kravat resmiyetine girişmemişti, ama füme rengi tüvit ceketi, ceketinden bir ton açık pantolonu, üst iki düğmesini açık bıraktığı beyaz gömleğiyle çok şık görünüyordu.

Fazla kalabalık değildi salon. Bizden başka birkaç çift daha vardı. Otelde kalanların çoğu, özellikle de çocuklu çiftler açık büfe restoranı tercih etmiş olmalılardı. Bizler, geceyi özel kılacak bir havayı solumak isteyen diğer çiftler ise, masalardaki şamdanların mumuyla aydınlatılan, loş sayılabilecek bir ortamda, romantik bir müzik eşliğinde yiyecektik yemeğimizi.

Evet, canlı müzik yapan tek kişilik bir de orkestramız vardı. Piyanonun önündeki genç adam, ortamı daha da romantik kılan birbirinden güzel parçalarla renk katıyordu gecemize. Yemek servisi yapan takım elbiseli, papyon kravatlı garsonlar ise gölge gibi, varlıklarını hissettirmeden özenle hazırlanmış, tablo çekiciliğinde tabakları önümüze koyup sessizce geri çekiliyorlardı.

Sadece sunum değil, yemekler de çok iyiydi ve kusursuz bir tat bırakıyordu damaklarımızda.

Önümüzdeki ordövr tabaklarına bakarak, "Bolu'nun marifetli ustaları!" dedi Baran. "Tabağın bir yanına yaprak sarması ile bezelyeli enginar çanağını koyup, diğer tarafa patlıcan biber kızartması ile favayı, muska böreklerini yerleştirmek ve bu arada karmaşık bir manzara yaratmamak ustalık ister."

Şarap tercihini Baran'a bırakmıştım. Zorunlu olmadıkça içkiyle ahbaplık kuramayan ben, Baran'ın seçtiği beyaz şarabı, onunla yarışırcasına, keyifle yudumluyordum.

Kadehini masaya bırakıp, "Dans edelim mi?" dedi Baran.

Bir an için kararsız kaldım. Ama hemen toparlanıp, "Tabii ki" diyerek fırlayıp kalktım.

Endişem, dans ederken kendini zorlaması ve çevredekilerin bakışlarından rahatsız olmasıydı. Neyse ki, tüm kuşkularımı boşa çıkardı Baran. İnanılır gibi değildi, dans ederken ayağındaki aksamadan eser kalmamış gibiydi. Kollarıyla beni sımsıkı sararak, piyanistin söylediği şarkıları kulağıma fısıldayarak ve o şarkı sözlerini kendi aşk sözcükleriyle süsleyerek eşlik ediyordu bana.

Bulutların üzerinde gezer gibiydim. Kapılarını sımsıkı kapattığım, önüne aşılmaz duvarlar ördüğüm yüreğimi yeniden sevgiye ve aşka taşımıştı Baran. Geçmişin üzerine kalın bir sünger çekip onunla yeni bir hayata başlayabileceğimi hissediyordum. Bedenimi saran sıcaklığın itici gücüyle daha sıkı sarıldım bedenine. Önce gözlerimiz birleşti, ardından da birbirine susamış dudaklarımız.

Loştu ortam, kimseler görmemişti sanırım. Ama ben utanç duymuştum bu yakınlaşmadan. Usulca uzaklaştım Baran'dan.

"Oturalım mı?" dedim, gitgide cılızlaşan sesimle.

"Nasıl istersen" diye güldü. Açıktan açığa seslendirmese de, "acemi âşık" diye haykırıyordu gözleri.

Masaya döndüğümüzde, gecenin son ikramı olan tatlılarımızı getirdiler: Çikolatalı parfe.

Damağımda hissettiğim harika tadı, "Bugüne kadar yediğim en güzel, en mükemmel parfe" diye ifade ettim. "Tek kelimeyle kusursuz!"

"Parfe'nin Fransızca *mükemmel* anlamına geldiğini biliyor muydun?" dedi Baran. "Şu anda iki *mükemmel*'in arasında olmanın keyfini çıkarıyorum. Bundan sonra sana *Parfe* diyebilir miyim Şirciğim?"

"Bana ne dersen de" diye geçirdim içimden. "İster Şiir de, ister Parfe. Yeter ki biricik *mükemmel*'in ben olayım!"

Şöminenin başında içtik kahvelerimizi. Gecenin sonuydu! Odalarımıza gitmenin ve geçirdiğimiz muhteşem günün izlerini uykuyla paylaşmanın zamanıydı.

Kapının önünde masum bir "iyi geceler" öpücüğüyle vedalaştık Baran'la.

"Kapını kilitle" diye tembihledi. "Gereken bir şey olursa da, hiç tereddüt etmeden uyandır beni."

Korunup kollanıyor olmanın keyfiyle içeri girdiğimde, hoş bir sürpriz bekliyordu beni: Odama meyve ve çikolata sepeti bırakılmıştı. Önce Baran'ın bıraktırdığını düşündüm. Ama o değildi. Sepetin üzerindeki kartta otelin halkla ilişkiler müdürünün adı ve iyi tatiller dileyen notu vardı.

Baran'ın odasına da aynılarını bırakmışlar mıydı acaba? Yoksa yalnız bana mıydı bu ikram? Aramızda özel bir ilişki olduğunu düşündülerse, tek sepeti ikimiz için yeterli görmüş olabilirlerdi.

Özel bir ilişki ve ayrı odalar! Yabancı gözüyle, akıl almaz bir çelişkiydi.

Bir an Baran'ı arayıp, sormak geçti aklımdan. Yanı sıra ona meyve ve çikolata ikram etmek... Hemen vazgeçtim. Sabah öğrenirdim nasılsa, ikramımı da o zaman yapardım.

Soyunup bir an önce kendimi yatağa atmaktan başka bir şey düşünmek istemiyordum o an. Bütün gece cendere görevini hakkıyla yerine getiren yüksek ökçeli ayakkabılarımı çıkarıp otelin havlu terliklerini giydim. Tam soyunup bavuldan çıkardığım geceliğimi giymeye hazırlanıyordum ki, kapı çalındı.

Gözdeliğinden baktım, Baran'dı. Bir elinde bir şişe şampanya, diğerinde küçük, siyah bir kadife kutu, "Sürpriz!" diyerek içeri süzülüverdi. Şampanyayı sehpanın üstüne koyup pencerenin önündeki tek kişilik koltuğa yerleşti. Gözleri masanın üstündeki meyve ve çikolata sepetinin üzerinde, "Bunlar ne böyle?" diye kuşkuyla sordu.

"Otel yönetiminden göndermişler" dedim kendimi temize çıkarmak ister gibi.

Sepetin üstüne iliştirilmiş kartı okuyuncaya kadar rahat etmedi içi. Doğru söylediğime ikna olunca, kaldığı yerden devam etti şovuna. Avucunda tuttuğu kadife kutuyu abartılı bir el hareketiyle açtı. Tektaş pırlanta bir yüzük duruyordu kutunun ortasında.

Tiyatro sahnesinde, ezberlediği rolü başarıyla oynayan bir aktör gibi önümde diz çökerek "Eğer kabul edersen, ömrümün bundan sonrasını sana köle olarak geçirmeye talibim" dedi.

Biraz önceki, sorgulayıcı tavrından duyduğum öfkenin de etkisiyle, parmağıma geçirmeye çalıştığı yüzüğü elimin tersiyle itiverdim.

"Gerçekten de şu anda bana evlenme teklifi yapmaya hakkın olduğunu düşünüyor musun?" dedim öfkeyle. "Amacım seni kırmak değil. Ama bilmeni isterim ki, benim doğrularıma uymayan bu tür gayriciddi teklifler, kapının dışında kalmaya mahkûmdur!"

Kolay lokma değildi Baran. Keskin virajları ustalıkla almayı pek iyi beceriyordu. Toparlanmayı ve beni farklı yollardan etkilemeyi denedi.

"Çok haklısın bitanem" dedi. "Aceleci davrandım, bağışla beni. Ama söz veriyorum sana, en kısa zamanda zincirlerimden kurtulup, özgür bir Baran olarak geleceğim karşına."

Aramızda yeni yeni ısınmaya başlayan bağları daha da güçlendirmek amacıyla bana sunduğu, ancak yaptığı plan ters tepip de umduğunu bulamayınca, şimdilik kaydıyla rafa kaldırmaya razı olduğu kadife kutuyu kapatıp cebine attı.

"Ama bu durum, bir ön kutlama yapmamıza engel değil, öyle değil mi?" diyerek yanıtımı beklemeye gerek duymadan şampanya şişesini sımsıkı kavradı, birkaç kez var gücüyle sallayıp patlatıverdi.

Bu haliyle, yaptığı yaramazlığı affettirmeye çabalarken, daha beter dibe batan haşarı bir çocuğa benziyordu. Ve ben böyle şirin çocuklara dayanamazdım!

Bana uzattığı şampanya kadehini hiç itiraz etmeden aldım ve aramızda oluşan buz kalıplarının eriyip önce suya dönüşmesini, ardından da aşırı muhabbetin etkisiyle buharlaşıp uçmaya meyletmesini keyifle izledim.

Aradan ne kadar zaman geçtiğini kestiremiyordum. Ama şampanya şişesinin dibini bulduğumuzun farkındaydım. İyiden iyiye ağırlaşan başımı dik tutmakta zorlanıyordum. Kollarım, bacaklarım; bedenimin tümü tonlarca yükün altında kalmış gibiydi. Konuşurken ağzımın içinde dans eden harfler, sıralarını şaşırıp saçma sapan sözcüklere dönüşüyordu. Sarhoş olmuştum galiba...

Gülerek izliyordu beni Baran. Bu tablodan kendine pay çıkaran bir sevgili değil de; hoşgörülü, sevecen anababalar gibi...

Yüzümde yamuk bir gülüşle ayağa kalkıp yürümeyi denedim. Baran tutmasa, tepetaklak yuvarlanıverecektim. Güçlü kollarıyla sımsıkı sardı beni, kucakladığı gibi yatağın üzerine uzattı. Saçlarımı okşadı usul usul. Sıcacık dudakları yüzümün her zerresinde coşkuyla, heyecanla ve gitgide artan bir ivmeyle gezinirken, cansız bir bebek gibi, hiçbir tepki vermeden izliyordum onu. Bedeninin altında mumdan bir heykel gibi kıpırtısızca yatan ben değildim sanki. Tek hissettiğim, hiç tanımadığım bir çiftin sevişmesine tanıklık etmenin huzursuzluğuydu.

Yumuşak hareketlerle elbisemi sıyırıp çıkardı Baran. Yüzümden boynuma, boynumdan bedenimin her zerresine değdirdiği dudakları tüm hücrelerimi ateş misali yakıyordu. Amansız bir yangının ortasında çaresizce debeleniyordum.

Birden o tiz çığlık yankılandı kulaklarımda:

"Hayır! Hayır... İstemiyorum! Bir başka bebek istemiyorum ben!"

Bir anda kaskatı kesiliverdi Baran'ın bedeni. Usulca doğruldu, endişeli gözlerle baktı yüzüme. Ne olduğunu anlayamamanın çaresizliğiyle toparlanıp kalktı.

Uzunca bir süre gözlerini üstüme dikip öylece oturdu koltukta. Bu fevri patlamanın kökeninde neyin yattığını çözmeye çalışıyordu kendince; dokuz bilinmeyenli bir denklemi çözmeye çalışır gibi. İşin içinden çıkamayacağını anlayınca yanıma geldi; terden sırılsıklam olmuş saçlarımı, yüzümü, ellerimi şefkatle öptü.

"Geçti" dedi. "Seni ürküten her ne idiyse geçti."

Koltuğun üzerine bıraktığım geceliğimi aldı, incitmekten korkar gibi, yumuşacık hareketlerle giydirdi bana. Battaniyeyi üstüme örttü.

"Gözlerini kapat ve uyumaya çalış" dedi. "Ancak derin bir uyku seni kendine getirir. Bu denli etkilendiğin her neyse, onu da yarın, ayık kafayla konuşuruz."

Kapıyı çekip çıktı. Bu geceki hezeyanımın altında yatanları nasıl açıklayacaktım ona? Her şeyi açık açık anlatabilecek miydim?

Dediği gibi, uyumaya çalışmalıydım. Ne var ki, bedenimi uykunun kollarına teslim etmeye çalışırken, beynim de, ruhum da kaygı verici bir inatla uyanık kalmaya kararlı görünüyordu.

Yüzleşme zamanı

"Huzurun evi" demişlerdi Abant için. "Burada güne başlamak, on farklı sabaha uyanmaya bedeldir" demişlerdi. "Tertemiz bir güne kuş cıvıltılarıyla uyanmak, ruhunu temizler insanın" demişlerdi. Oysa ben, bu yeryüzü cennetinin ortasında cehennemin izini sürmekteydim.

Aynadaki yansımam, tek kelimeyle korkunçtu! Bir gecede on yaş birden almıştım sanki. Ben bile tanıyamadım kendimi. Darmadağın saçlar, gözlerimin altındaki iki yarım ay görünümünde morluklar; şişmiş, kızarmış, doğal rengini yitirmiş gözkapaklarım ve yüzüme oturmuş kırık, bezgin bir ifade. Özetle, yüreğimin dışavurumu...

Duşun altında aldım soluğu. Bedenimi ve ruhumu örseleyen tüm kirliliklerden arınmak ister gibi, derimi yüzercesine ovalayarak liflendim, sabunlandım, durulandım.

Duştan çıkınca, kendimi daha iyi hissetmeye başladım. Saçlarımı kurulayıp sıkı bir atkuyruğu yaptım. Bir pantolon, bir kazak geçirdim üzerime. Boy aynasındaki yansımam fena değildi. Kaportayı doğrultmuştuk doğrultmasına, ama asıl arıza içeride, motordaydı. O arızayı gidermekse hiç de kolay değildi.

Neyse ki içimde kopan fırtınaları dışarı sızdırmamayı başarabiliyordum. Baran da bana paralel çizgide, önceki gecenin üzerine kalın bir çizgi çekmiş gibi, neşeli bir gülüşle karşıladı beni. Sıcacık bir günaydında buluştu gülüşlerimiz.

Önce gölün etrafında kısa bir yürüyüş yaptık. Serin havanın ayıltıcı etkisi ikimize de iyi gelmişti. Ve artık kahvaltı zamanıydı!

Bu kez göl kenarını değil, orman içindeki bir kahvaltı mekânını seçmiştik. Çam ağaçlarının altında, çimenlerin üzerine serpiştirilmiş ahşap piknik masalarından birine geçip oturduk. Oturmamızla beraber, güleç bir delikanlı bitiverdi başımızda.

"Hoş gelmişsiniz, sefalar getirmişsiniz" dedi. "Adım Cemal. Emrinizdeyim! Kahvaltı mı istiyorsunuz, yemek mi?"

"Kahvaltı" dedi Baran.

"Tamamdır abicim, siz şöyle arkanıza yaslanıp oturun, bizler de karınca kararınca masanızı donatmaya çalışalım... Eksik kalan olursa söylersiniz, getiririm."

İki kadın, bir de Cemal, dağın yamacındaki, mutfak olarak kullandıkları binadan getirdikleri, küçük tabaklar içindeki yiyecekleri masaya yerleştirmeye başladılar. İnanılacak gibi değildi, bu kadar kahvaltı çeşidini daha önce hiçbir yerde görmemiştik. (Baran'ın Bizim Mekân'ında bile!)

Önce klasik kahvaltılıklar geldi: Siyah, yeşil ve kırma zeytinler; beyaz, tulum, kaşar ve köy peynirleri; yörede yetişen taze domates, salatalık, biberler; kaymak, petek ve süzme bal. Ardından sıcaklar gelmeye başladı: güveçte sucuk ve peynir kızartmaları, sahanda tereyağlı yumurta; sigaraböreği, bazlama, pişi, kızarmış köy ekmeği. Ve reçel şöleni: Çilek, gül, böğürtlen, ahududu, ayrıca kızılcık, kuşburnu, alıç marmelatları. Kocaman bir termos çay, bakır ibriğe doldurulmuş buz gibi dağ suyu...

Çam kokulu nefis dağ havası, hafifçe kararında ısıtan güneş ve büyük şehir keşmekeşinden uzakta olmanın verdiği huzur hissi... İnsanın tüm dertlerini değilse de, en azından bir kısmını erteletebiliyordu. Hayat güzeldi gerçekten. Tabii o güzellikleri görüp yaşayabilene...

Sofranın zenginliği mi acıktırmıştı beni, yoksa zaten acıkmış olarak mı oturmuştum sofraya, kestiremiyordum. Büyük bir iştahla, masanın üzerindeki tüm çeşitlerin hatırını tekrar tekrar sorarak yemeye koyuldum. Bazlamanın içine sucuk doldurarak, kızarmış ekmeği tereyağlı yumurtaya banarak, pişinin üzerine reçeller, ballar dökerek, kaymak ile tereyağının en çok hangi reçel ya da marmelatla uyum sağladığını deneyimleyerek yedim, yedim, yedim...

Baran'ın sabit bakışlarla beni süzmekte olduğunu fark edince duraksadım. Yemeyi içmeyi bir yana bırakıp gözlerini bana dikmiş, kendimden geçercesine yiyip içmemi seyre dalmıştı.

"Ne oldu?" dedim. "Neden öyle bakıyorsun bana?"

"Eskilere götürdün beni" dedi. "Ayağımı sakatladığım ve kızağa çekilmek zorunda kaldığım bunalımlı günlere. O talihsiz kazanın ardından, duygusal bir boşluğun içinde bulmuştum kendimi. O boşluğu yiyerek doldurmaya çalıştım. Acıktığımdan değil, strese girdiğim için yiyordum. Üç ayda tamı tamına on iki kilo aldım."

"Nereye gitti sonra o kilolar?"

"Aldığım gibi verdim. Zor oldu tabii. Öncelikle, beni o noktaya getiren stres faktörünü hayatımdan çıkarmam gerekiyordu. Bir süre psikolojik terapi aldım. Aşırı stres, hormonların dengesini bozup duygudurum bozukluğu yaratıyor. Bu da bazı kişilerde *duygusal yeme*'yi tetikliyor. Bu durumda olan hastalara *duygusal yiyiciler* diyor uzmanlar. Zamansız atıştırmaların adı da *teselli yemeği*."

"Yani... Sana göre şu anda ben, bir duygusal yiyiciyim! Ve yediğim de teselli yemeği oluyor, öyle mi?"

"Ben yalnızca yaşadıklarımı anlattım sana. Senin durumunla benzeşen bir yanı olup olmadığına karar verecek olan sensin. Ama bana soracak olursan, ağır bir stres yükünün altında ezilmekte olduğunu söyleyebilirim."

"Diyelim ki söylediklerin doğru... Ne yapmamı önerirsin?"

"Sorunlarını, dertlerini içine gömeceğine, zehirli bir irin gibi dışarı atmanı. Örneğin dün geceki durum! Öncesinde ne oldu, ne bitti, seni o hale getirecek neler yaşandı? Sana yardım edebilmenin yanında, bu soruların yanıtlarını öğrenmenin de hakkım olduğunu düşünüyorum. Ne dersin, başlayalım mı?"

Yüzleşme zamanıydı! Madem ortak bir çizgi üzerinde yürümeye hazırlanıyorduk, kendisinin de söylediği gibi, Baran'ın benim hakkımdaki her şeyi, en ince ayrıntısına kadar bilme hakkı vardı.

En gerilerden, çocukluk günlerimden başladım anlatmaya. Annem ile babamın ayrılması, kimselerle paylaşamayıp yüreğime gömdüğüm özlemlerim, üniversite yıllarım... Ve Ezel!

"Geriye dönüp baktığımda *aşk* bile diyemeyeceğim, sıradan bir yaz macerasından öteye geçemeyen çarpık bir yakınlaşma" diyerek yumuşatmaya çabaladım tabloyu.

Tatil köyündeki staj günlerini anlatırken, "Yamaç paraşütü lafı geçince, neden o kadar tedirgin olduğunu şimdi anlıyorum" dedi Baran. "Peki, yaşanmış o kareleri tümüyle silebildin mi yüreğinden?"

"İnan ki Ezel'e ait hiçbir iz kalmadı bende" derken, Baran'ın yüzündeki memnuniyet ifadesi, sözlerimin devamında tedirginliğe bıraktı yerini: "Aradaki ipleri koparmak kolaydı. Arkamı dönüp gider, bir daha da adını anmazdım. Ama... bebeğini taşıyordum onun!"

Gözyaşlarına boğularak anlattım gerisini. İstemim dışında bebeğimi aldırmak zorunda kaldığımı, ama asla ondan vazgeçmediğimi, onun için hazırladığım, başucumda duran minik mezarı...

"Kızımın adı Mısra" dedim. "Her gün sohbet ediyoruz onunla. Çevremdeki herkesten daha iyi anlıyor beni."

Beni dinlerken gözlerine yerleşen üzüntülü ifade, giderek

dehşete dönüşüyordu. Merak ve endişeyle, "Bu söylediklerinin hepsi gerçek mi?" diye sordu.

"Evet" dedim kayıtsızca. "Beni anlaman zor, biliyorum. Ama durum bundan ibaret."

"Tamam" dedi. "Psikolojik yönden büyük bir çöküntü yaşamışsın. Ancak anlattıkların, ruh sağlığının hâlâ yerinde olmadığını gösteriyor. Ciddi anlamda terapi görmen şart!"

"Doktorunuz konuşuyor!" diyerek şakaya vurmaya çalıştım. Ama Baran son derece ciddiydi.

"Hatırlarsan Recep'ten söz etmiştim sana." dedi. "Amcaoğlum olur kendisi. Seninkinden katbekat trajik bir olay geçti başından. Bir psikiyatri merkezinde uzun süre tedavi gördü. Günümüz şartlarında özgüven hissini geliştirmek, içsel huzuru yakalamak, hayata yeniden güven ve sevgiyle bakabilmek için, dışardan yardım almak gerekebiliyor. Huzurlu ve mutlu bir yaşam için psikolojik desteğe ihtiyaç duymanın ayıplanacak bir yanı yok."

İkinci kez duyuyordum Recep adını. O da benim gibi arızalı bir tipti anlaşılan.

"Şu senin emmoğlu" dedim. "Onun kafayı yeme nedeni neydi?"

"Uzun hikâye" dedi Baran. "Ama çile dönemine noktayı koydu sonunda. Gelecek hafta Bizim Mekân'da olacak. Benim yanımda takılacak bir süre. Sonra da kendi mekânını kurup çalışmaya başlayacak. Çok sıcakkanlıdır kerata, şeytan tüyünü üstünden eksik etmeyen cinsten..."

Daha görmeden, kendime yakın hissetmiştim şu Recep'i. Nedenleri birbirinden farklı iki ayrı bunalımın kazazedeleri olsak da, psikolojik yönden akraba sayılırdık kendisiyle...

İnsana en iyi gelecek şey, kendi kendisiyle dalga geçebilmesidir

Fırtına gibi geçen iki günlük tatilin ardından karmaşık duygularla sarmaş dolaş kürkçü dükkânına dönmüş, işyeri ortamına uyum sağlamaya çalışıyordum. Yoklama zorunluluğuyla sınıfa girmiş, dersi kaynatmaya çalışan haşarı bir öğrenciden farkım yoktu.

Acentenin duvarlarını süsleyen ve seyahat etmenin erdemlerini göklere çıkaran özlü sözleri okuyarak, hangilerinin içinde bulunduğum ruh halini en iyi yansıttığını saptamaya çalışırken, içten içe dalga geçiyordum kendimle.

• *Hiçbir şey zekâyı seyahat etmek kadar geliştiremez. / Emile Zola*

Emile Zola abimizin görüşü bana uymuyordu. Eğer zekâ, iddia edildiği gibi zihnin öğrenme, öğrenilenden yararlanabilme, yeni durumlara uyum sağlama ve yeni çözüm yolları bulma yeteneğiyse; iki günlük Abant maceramın bende zekâ yönünden hiçbir gelişme sağlamadığını, tam tersine, beyinsel yetilerimle açıktan açığa alay ettiğini söyleyebilirdim.

• *Sıklıkla seyahat edin! Kaybolmak, kendinizi bulmanıza yardımcı olacaktır.*

Yok canım! Özbenliğimle kucaklaşacağıma, iki gün içinde iyiden iyiye kaybetmiştim kendimi. Bu cümle, seyahate tek başına çıkanlar için söylenmiş olabilir miydi?

• *Tatilin birinci ya da ikinci gününün sonunda, insanların yüzde 90'ında stresin azaldığı görülmüştür.*

Benim o geride kalan yüzde 10'a girdiğim kesin! Seyahate çıkmadan önce tanımadığım stres türleriyle bile tanıştım şu iki gün içinde. Sevgili yol arkadaşım Baran sayesinde! Elinden gelse, doğruca kliniğe yatıracak beni. Tümüyle haksız olduğunu iddia edemem. Ruhsal yönden ve zihnen ne derece sağlıklı olduğum tartışmaya açık...

• *Her seyahat yeni bir deneyim, yeni bir anı, yukarı doğru atılan bir adımdır.*

İyi de, neden benim adımlarım yukarı doğru değil de aşağı doğru gidiyordu hep?

• *Yapılan bir araştırmaya göre, tatil dönüşü yüzde 34 insan mutsuzluk yaşıyormuş. Yüzde 66'sı ise gündelik hayata ve işe dönmekte zorlanıyormuş. Tatil sonrası sendromu denilen bu durumdan kurtulmanın en iyi yolu, yeni bir tatil programı yapmakmış.*

Hem yüzde 34'lük, hem de yüzde 66'lık grupla uyum sağlıyordum ben. Seyahat dönüşü sendromu denilen bunalımlı ruh haline inanmıyordum. Benim ruhum, her daim bunalımla koyun koyunaydı zaten.

Günün sonunda, eskiye göre çok daha iyi hissediyordum kendimi. Dersi kaynatan haylaz öğrenciler gibiydim ve kendi terapimi bizzat kendim yapmıştım. Ne de olsa, insana en iyi gelecek şey, kendisiyle dalga geçebilmesiydi...

Babana bile güvenmeyeceksin bu dünyada

Akşam yemeklerini tek başıma yemeyi öylesine kanıksamıştım ki, eve girip kendime sağlıklı bir akşam yemeği hazırlamaya giriştiğimde, bol yeşillikli, domates biber salatalık üçlüsüyle zenginleştirilmiş ton balıklı salatayı beklenmeyen bir konukla paylaşacağımı aklıma bile getiremiyordum.

Tam salatanın limonunu sıkıyordum ki, kapı çalındı. Kapıcı olmalıydı. Çöp torbasını zamanında kapıya çıkarmayanları cezalandırmak ister gibi, kapıya dayanmayı âdet haline getirmişti Nusret Efendi.

Ne var ki kapıcı değildi gelen.

"Girebilir miyim?"

"Deli misin sen! Girmek için izin mi istiyorsun benden?" diyerek kıpkırmızı gözleri, allak bullak olmuş suratıyla, onu orada öylece bırakacağımdan korkuyormuş gibi kapının eşiğinde kararsızca duran Eda'yı, kolundan tuttuğum gibi içeri çektim.

Ezilip horlanmış küçük bir çocuğun, başını okşayan birini buldu mu, içinde biriktirdiği tüm isyanı dışarı vurup ağlaması gibi, usul usul ağlıyordu Eda. Onu bu hale getiren olayı deli gibi merak etsem de, uzunca bir süre sesimi çıkarmadan, tek bir soru sormadan izlemekle yetindim.

Biraz sakinleşir gibi oldu, banyoya gidip yüzünü gözünü yıkadı, gelip karşımdaki koltuğa oturdu.

"Çok önemli bir karar aldım ben" dedi. "Hakan'dan boşanıyorum!"

Kocasına deliler gibi âşık Edamız, boşanmalara kalkacak ha... Duy da, inanma!

"Hadi hayırlısı!" dedim. "Evlenmekle boşanmak arasında fazla bir fark yok benim gözümde. İkisi de bir şeylerin hem başlangıcı, hem de bitişi anlamına geliyor."

"Dalga geçme!" diye payladı beni. "Ciddiyim ben! Görmüyor musun şu halimi?"

"Ne oldu? Şiddet mi uyguladı kocan sana? Eğer öyle bir durum varsa..."

"Fiziksel bir şiddet değil elbette" diye kesti. "Ama neredeyse ona eşdeğer bir davranışla, yaktı kavurdu beni."

"Hadi Eda, daha fazla yorma beni, ne anlatacaksan anlat artık!" dedim sabırsızlıkla.

Derin bir soluk aldı, "Hakan beni aldatıyor Şiir!" dedi.

"Emin misin?" dedim hayretle. "Benim gözümde Hakan, dünya üzerinde karısına ihanet edebilecek son erkektir!"

"Ben de öyle düşünüyordum, ama gözlerimle gördüm" diyerek yeniden ağlamaya başladı.

"Tamam" dedim. "Sakin ol ve en baştan başlayarak anlat şu işi."

"Bugün her zamankinden erken çıktım işten. Planım belliydi: Hakan'a uğrayıp çay içecek, sonrasında da beraberce bir yerlere yemeğe gidecektik. Fakültedeki odasının önüne gelince, sürpriz olsun diye kapıyı tıklatmadan içeri giriverdim. İşletme bölümündeki herkesin, ne mal olduğunu bildiği, dedikoduları ayyuka çıkmış Ahu süprüntüsüyle benim Hakan diz dize, birbirlerine sokulmuş oturmuyorlar mı?"

"Bi dakka, bi dakka!" diye kestim. "Sen içeri girdiğinde, o ikisi gerçekten de dizleri birbirine değer durumda, birbirlerine sokulmuş bir halde miydiler?"

"Tam olarak öyle değil" diye kem küm etti Eda. "Masanın başında tez hazırlıyorlardı sözüm ona. Ama kızın hallerini bir görsen! Beyaz asistan önlüğünün altında bacaklarını gözler önüne seren kısacık, dapdar bir etek, göğsünün çatalını ortada bırakan ateş kırmızısı bir bluz. Makyaj desen, partiye gidiyor sanırsın. Beni görünce toparlandı hemen. 'Sonra devam ederiz' diye Hakan'a göz kırparak çekti gitti."

"Ve arkasından aldın sazı eline, vurdun Hakan'ın beline... Yanılıyor muyum?"

"Üstüme gelme Şiir! Anlamaya çalış beni. Benim yerime koy kendini. Başka ne yapabilirdim ki? Gözlerimin önünde cereyan eden o çirkin yakınlaşmayı görmezden mi gelecektim? Yok arkadaşım, benim mezhebim o kadar geniş değil!"

"Haksızlık ediyorsun Hakan'a" dedim. "Sana asla ihanet etmez o! Öylesine çok seviyor ki seni."

"Erkeklere güven olmaz kızım!" diye haykırdı. "Bırak kocayı, babana bile güvenmeyeceksin bu dünyada."

"Bak onda haklısın" diye güldüm. "İlk ihaneti babamdan gördüm ben. Annemle beraber, benden de boşandı babam."

Benim eski bildik yaralarımı deşmekten pişmanlık duymuş gibi, lafı değiştirmeye çalıştı:

"Acıktım ben! Öğleden beri ağzıma tek lokma girmedi. Sözüm ona yemeğe gidecektik beyefendiyle! Neyse... Ağza atılacak bir şeylerin yok mu dolapta?"

"Daha fazlası var" diyerek mutfağa sürükledim Eda'yı. Malzemeyi bol tutarak hazırladığım, birkaç kişiye yetecek miktardaki ton balıklı salatamı seve seve paylaşacaktım arkadaşımla.

Yemeğimizi yerken, "Seni de arayamadım" dedi. "Hafta sonu neler yaptınız Baran'la?"

Ciddi ve sinirlerimizi gerecek ayrıntılara girmenin zamanı değildi. Umursamaz bir tavırla, "Karşımda diz çökerek evlenme teklif etti bana" dedim. "Kadife kutusuyla, tektaş pırlanta yüzüğü de ihmal etmemişti."

"Ne yanıt verdin? Kabul ettin mi?"

"Yok canım! Bende pırlanta yüzüğe tav olacak göz var mı?"

"Hele şükür! Evli olanların halini görüyorsun. Ağrısız başını ağrıtmaya ne gerek var? "

Ardından, gitgide cılızlaşan sesiyle, "Birkaç gün burada kalabilir miyim?" diye çekinerek sordu.

"Lafı mı olur?" dedim. "Buranın senin de evin olduğunu unuttun mu yoksa? Bıraktığın gibi duruyor yatağın. Başucundaki komodinin gözündeki pijamayı da giyebilirsin."

Ancak bunların hiçbirine gerek kalmadı. Çünkü yemeğin ardından kahvelerimizi içerken, bir kişi daha katıldı aramıza: Hakan!

"Karımı almaya geldim!" diyerek girdi içeri. Son derece neşeli görünüyordu. İtirazlarına aldırmadan, sımsıkı sarıldı Eda'ya. "Sen benim her şeyimsin!" dedi. "Benim için neler ifade ettiğinin farkında değil misin? Bir başkasının, senin yerini alabileceğini nasıl düşünürsün?"

"Benim yerimi alması şart mı?" diye direndi Eda. "Gününü gün etmeye yetecek geçici çapkınlıklar da ihanet demektir benim için."

"Sensiz geçecek güne gün demem ki ben!" diyerek Eda'ya bir kez daha sarılmayı denedi Hakan. "Hem Ahu'yla aramızda senin düşündüğün anlamda hiçbir yakınlaşma olmadı, olamaz da!" dedi. "Ekonomi kürsüsünden bir akademisyen arkadaşımızla nişanlanmak üzere kendisi. Hakkında yapılan yalan yanlış dedikodular da onu çekemeyenlerin uydurması. Frapan giyimine, abartılı makyajına bakarak yargılama. Harbi kızdır Ahu."

"Bir de onu bana savunuyorsun ha!" diye yeniden ateşlendi Eda.

"Yalnızca doğruları anlatmaya çalışıyorum sana" dedi Hakan. "Boş yere birilerinin günahını alma diye."

Solgun ve yorgun görünüyordu Hakan. Belli ki gün içinde yaşananlar, fazlasıyla hırpalamıştı onu.

"Aç mısın?" diye sordum.

"Değilim, daha doğrusu hiçbir şey yiyecek halde değilim."

"Geç şöyle kanepeye, sana da bir kahve yapayım" diyerek mutfağa doğru yürüdüm. Ve orada, ocağın başında kalış süremi özellikle uzun tutarak, baş başa bıraktım onları.

Salona döndüğümde, gözlerinin içi gülüyordu ikisinin de. Ve bir an önce evlerine kavuşmak için sabırsızlanıyor gibiydiler.

Kapıdan çıkarken, "Bu cumartesi Bizim Mekân'dayız" dedi Hakan. "Epeydir hatırını sormadık Baran Ağa'nın. Biz mekânı özledik, mekân da bizi özlemiştir."

Gel gör ki sensiz hastayım

Koskoca bir haftayı daha geride bıraktık. Yenisi bir öncekinin aynı, ev ile iş arasında geçen tekdüze günler... Hafta içinde iki kez buluştuk Baran'la. İlki bir öğlen yemeğinde keyifli bir sohbeti paylaşarak, diğeri de iş çıkışı alışverişe niyetlendiğimi fark edip peşime takılarak gölge gibi beni takibe aldığında.

Bu tür takipler ve sürekli izleniyormuşum kuşkusu gitgide can sıkıcı bir hal alıyordu. İşte, evde, sokakta; olur olmaz zamanlarda telefon açıyor, nerede, kiminle ne yaptığımı öğrenmeye çalışıyordu. Birilerini peşime takmıyordu artık, bizzat kendisi takılıyordu peşime.

İşyerindeki birkaç arkadaşla sinemaya gittiğimiz bir akşam, iki sıra arkamda Baran'ı görünce daha fazla dayanamadım.

"Ne yaptığını sanıyorsun sen?" diye başlayıp, "Hiç kimse benim özgürlüğümü kısıtlayamaz! Böyle devam edersen bir daha yüzümü göremezsin" diyerek noktayı koydum.

"Bağışla beni" diye yalvar yakar oldu. "Elimde değil" dedi. "Kıskanıyorum seni! Ayrı kaldığımız her saniye azap bana. Birilerinin sana yaklaşma ihtimali bile perişan ediyor beni."

"Hastalıklı bir ruh hali!" dedim. "Bana önerdiğin psikoterapi seanslarına, benden önce sen başlamalısın."

Ertesi sabah, masamın üzerine bırakılmış kocaman bir gül buketi karşıladı beni. Çiçeklerin albenisi bir yana, üzerine iliştirilmiş kart oldukça etkiliydi.

Gel gör ki sensiz
Âşığım, gamdayım, şaşkınlıktayım
Gel gör ki sensiz
Hastayım

Küçük bir de not vardı kartın altında: "Rabindranath Tagor'a değil, bana ait bu sözler... Ve beni anlatıyor!"

Kabul etmeliyim ki, yaman adamdı Baran! Allem etmiş, kallem etmiş, beni etkilemeyi başarmıştı gene.

Recep

Bizim Mekân'ı özlemişiz.

"Bir hafta sonu bile gelmemek, bünyede eksiklik yaratıyor" diyordu Hakan.

Aynı fikirdeydim. Ancak, özlemi çekilen Bizim Mekân mıydı, yoksa mekânı "bizim" yapan Baran mıydı, orasını kestiremiyordum. Sanırım ikisinin bir arada olduğu, Baran'lı bir Bizim Mekân'dı arayıp özlediğimiz.

Tam her zamanki masamıza yerleşmiştik ki, Baran daha önce orada hiç görmediğimiz genç bir adamla yanımıza geldi.

"Sizlerle tanıştırmak istediğim biri var" dedi. "Şiir az çok biliyor, daha önce söz etmiştim ona. Ama onun için de sürpriz oldu. Çünkü Şiir bile Recep'in bu gece bizlerle olacağından haberdar değildi."

Recep!

Baran'ın dilinden düşürmediği yeğeni buydu demek... Uzunca boylu, esmer, karayağız, kömür karası gözlerinden dökülen mahcup bakışlarıyla kendini gizlemeye çalışır gibi, sessiz sakin bir genç adam...

"Evet, bizim bu yakışıklımız, emmoğlum olur benim!" diyerek Recep'i masanın ucundaki boş sandalyeye oturttu Baran. Ardından, "Hele siz tanışıp kaynaşadurun, içeriye bakıp geliyorum ben" diyerek gözden kayboldu.

Recep'in simsiyah gözlerine sığmayan çekingen ve ürkek bakışları üzerimizde gezinirken, Eda ve Baran da inceden inceye süzmekteydiler onu. Bense, Baran'ın önceden anlattıklarının etkisiyle, daha farklı bir gözle inceliyordum Recep'i. Bu kendi halinde, aklı başında görünen, halim selim genç adamın, yıllarını psikiyatri kliniklerinde tüketmesinin nedenini merak ediyordum.

Garsonlar masamızı donatmaya koyulmuşken, Eda ve Hakan da hem Recep'i daha yakından tanımak, hem de Baran'ın dediği gibi tanışıp kaynaşmak yolunda samimi adımlar atmak amacıyla soru yağmuruna tutuyorlardı onu. Kısa kısa yanıtlar veriyordu Recep. Ayrıntılara girmeden, suyun derinini değil, yüzeyini anlatarak.

Baran'ın diğer masaları gözden geçirip yanımıza gelmesiyle koyulaştı sohbet. Baran ve Recep'in katılımıyla beş kişilik olmuştu bu geceki masamız. Ama sohbet konusunda belirgin bir dengesizlik söz konusuydu. Masanın en çok konuşanları, ilk sırada Baran, ikinci Hakan, orta çizgide yürüyen ikili: Eda ile ben ve ağzından merasimle laf çıkan Recep!

Baran elinden geldiğince Recep'i ortamla bütünleştirme çabasındaydı.

"Bakmayın böyle sakin durduğuna, pek marifetlidir benim Recep'im" diyordu. "Âdemoğlu Pansiyon adında bir mekân işletiyordu bir zamanlar. Sazlı sözlü fasıl geceleri mi dersiniz, Türk sanat musikisinin eşsiz yapıtlarından oluşan konserler mi?"

"Ne oldu o pansiyona?"

Hakan'ın sorusu bir süre havada asılı kaldı. Tam Baran bir şeyler söylemek ister gibi ağzını açmıştı ki, "Kapandı efendim!" dedi Recep. "Sağlık sorunları nedeniyle kapattık Âdemoğlu Pansiyon'u."

"Ama yenisini açmak üzereyiz" dedi Baran, coşkulu bir sesle, müjde verir gibi.

"Yeni bir pansiyon, öyle mi?"

"Hayır" dedi Baran. "Buraya, Bizim Mekân'a benzer bir yer

olacak. Yeme içme yönünden daha az iddialı, ama musiki yönünden gerçek bir ziyafet sofrası... Ancak adı üstünde kararsız kaldık. 'Âdemoğlu Pansiyon' olamaz, pansiyon değil çünkü. Recep, kendi adının tabelada yer almasını istemiyor. Neyse... Aklınıza gelen bir şey olursa önerin lütfen, seviniriz."

"Ne zaman açılıyor yeni mekân?" diye sordu Eda.

"Yer tutuldu, iki haftadır tadilat işleriyle uğraşıyor ustalar. Bir hafta, on güne kadar işleri toparlayıp açmayı planlıyoruz. Hepiniz açılışa davetlisiniz dememe gerek yok sanırım."

Asıl sürprizi gecenin ilerleyen saatlerine saklamıştı Baran. Garsonlardan birine bir el işareti çaktı. Paravanın ardında kaybolan garson, elinde bir bağlamayla döndü salona. Bağlamayı Recep'in kucağına verdi Baran.

"Emmoğlunun ağzından türkü dinletmeden hiçbir yere bırakmam sizi!" dedi.

Kurulmuş, uzaktan kumandalı robot gibiydi Recep. Olumlu ya da olumsuz hiçbir tepki vermeden, Baran'ın uzattığı bağlamayı aldı, hafifçe okşadı bağlamanın sırtını, belli belirsiz gülümsedi. Parmakları tellerin üzerinde gezinirken gözleri kapalı, yüreklere dokunan bir Neşet Ertaş türküsünü mırıldanmaya başladı.

Karadır bu bahtım kara
Sözüm kâr etmiyor yare
Yüreğimi yaktı nara
Eyvah eyvah eyvah ey

Kendim ettim kendim buldum
Gül gibi sarardım soldum
Eyvah eyvah eyvah ey

Bilmez yâr gönülden bilmez
Akar gözyaşlarım dinmez
Bir kere yüzüme gülmez
Eyvah eyvah eyvah ey

O gece, kulaklarımda Recep'in kırık sesi, yüreğimde onun döne döne tekrarladığı o sözlerle daldım uykuya:

Kendim ettim kendim buldum / Eyvah eyvah eyvah ey

Aramızdaki, gördüğüm ilk anda onu bana yakın kılan ortak nokta bu muydu acaba?

Dost Mekânı

Baran ve Recep, günlerce düşünüp taşındı, kafalarında oluşan isimleri birbirleriyle paylaşıp uzun uzun tartışarak, aralarında yarattıkları küçük çaplı beyin fırtınasının sonuçlarını, yakın çevrelerindeki dostlarıyla tartışmaya açtılar.

Açılıştan bir önceki hafta Bizim Mekân'ın devamlı müşterileri arasında küçük bir anket yaptılar. Çoğunluğun eğilimi "Recep'in Yeri", "Âdemoğlu Recep", "Recep ve Dostları" başlıkları üzerinde yoğunlaşıyordu. Ama Baran'ın da vurguladığı gibi, kendi adının tabelada yer almasını istemiyordu Recep. Tüm Recep'li öneriler elenince, "dost, dostluk, keyif, yuva, mekân, biz bize" sözcükleriyle uygun bir eşleşme yapmak gerekti. Sonunda oybirliğiyle ve tabii Recep'in onayıyla "Dost Mekânı"nda uzlaşıldı.

Açılışa eli boş gitmek olmazdı. "Hayırlı olsun" derken, küçük de olsa benden bir anı kalmalıydı geride. İşten erken çıkıp doğruca hediyelik eşya satan dükkânların yoğunlukta olduğu gümüşçüler çarşısında aldım soluğu ve pek çok seçenek arasından, at nalı şeklinde gümüş işlemeli bir nazarlıkta karar kıldım.

Hakan da üzerindeki kurdelede "Eda, Şiir ve Hakan'dan" yazılı, kırmızı güller ve beyaz lilyumların ahenkle dans ettiği harika bir çiçek aranjmanı göndermişti.

Baran ve Recep, çift kanatlı giriş kapısının önünde, beraberce karşılıyorlardı davetlileri. Baran her zamanki Baran'dı. Ancak eskiye göre hayret edilecek derecede farklı bir Recep vardı karşımızda. Daha önceki karşılaşmalarımızda tutuk, içine kapanık, sessiz sakin bir tablo çizen Recep, yüzünde sıcacık bir gülümsemeyle konuklarını karşılıyor, hatır soruyor, geldikleri için teşekkür ediyor, masalarına kadar onlara eşlik edip aralarındaki kısacık sohbetleri kahkahalarla süslemeyi beceriyordu. Belli ki dersini iyi almıştı Baran'dan.

Salon düzenlemesi tek kelimeyle kusursuzdu. Bembeyaz masa örtülerinin üzeri gül yapraklarıyla süslenmişti. Masaların ortasına yerleştirilmiş meze tabaklarına serpiştirilen farklı ağız tatları, belli ki özenle seçilmiş, özenle hazırlanmıştı. İncecik yaprak ve lahana sarmaları, arnavutciğeri, otlar, salatalar, humuslar, favalar, yoğurtlu patlıcan ezmeleri...

Baran, karşılama faslının ardından, Recep'i diğer davetlilerle baş başa bırakarak gelip yanıma oturdu. Ama her hareketini mercek altına almış gibi, bizlerle konuşurken bile adım adım onu izleyerek, en yakınını olası tehlikelerden uzak tutmak, korumak, kollamak ister gibi.

"Yemekler nefis!" dedi Eda. "Kimler hazırlamış bunca lezzeti?"

"Bizim Gülbeyaz Sultan" dedi Baran. "Âdemoğlu Pansiyon'un demirbaşıydı bir zamanlar. Sonrasında çeşitli restoranlardan sipariş alarak sürdürmüş çalışmasını. Ama Recep'in yeni yer açacağını duyup da, 'Kaldığımız yerden devam edelim mi?' teklifini alınca, her şeyi bir kenara iterek koşup geldi sağ olsun."

"Recep'in sevenleri çok desene" dedim Baran'a. "Ama kahkahalarla gülerken bile, gözleri gülmüyor nedense. Devamlı kanayan bir yara var sanki içinde. Bu halinin nedenini anlat desem, çok şey mi istemiş olurum?"

Belli ki beklemediği bir hamleydi. Tam olarak istediğim yanıtı veremese de, az çok bir şeyler anlattı kendince:

"Talihsiz bir olay geçti Recep'in başından. İstemeden birinin ölümüne neden oldu. Hiçbir kasıt yoktu, asla öldürme niyetiyle hareket etmemişti. Nasıl olduğunu hatırlamıyordu bile. Ama yaşadıkları hayatını karartmaya yetti."

Dayanamayıp, "Hapis yattı mı bu yüzden?" diye araya giriverdim.

"Hayır! Sağlık kurulu, cezai ehliyetinin olmadığına dair rapor verdi. Üç yılı aşkın bir süre psikiyatri kliniğinde tedavi gördü. Şimdilik iyi görünüyor, ama gözüm üzerinde..."

Yanıtını az çok tahmin etsem de, o son soruyu sormadan, kafamdaki puzzle'ı tamamlayamazdım:

"Kadın mıydı ölen?"

"Evet!"

Vecihi Bey

Recep'in, yanında orta yaş dönemini çoktan geride bırakmış, takım elbiseli, kravatlı, eskilerin "tam bir İstanbul beyefendisi" diyeceği türden bir beyefendiyle masamıza gelişiyle kestik sohbetimizi.

"Sizi Vecihi Bey'le tanıştırmak istiyorum" dedi Recep. "Radyonun Türk sanat müziği icra şefliğinden emekli, pek çok belediyenin Türk sanat müziği korolarının şefliğini yapmış, duayen bir müzik adamıdır kendisi. Âdemoğlu Pansiyon'daki Issız Erkekler Korosu'nu beraber kurmuş, acı tatlı pek çok şeyi paylaşmıştık onunla. Bu gece de beni kırmadı ve geldi sağ olsun."

Şahsına yapılan övgüleri mahcup bir ifadeyle ve alçakgönüllülükle göğüsleyip, "Gelmeyip de ne yapacaktım evlat!" diye gülümsedi Vecihi Bey. "Böyle bir gecede seni yalnız bırakabileceğimi mi sandın yoksa?"

Gereğinden fazla konuştuğunu düşünmüş gibi, "İzninizle. Sizleri tanımak mutlu etti beni" diyerek ayrıldı yanımızdan.

Vecihi Bey ile Recep arasında eskilere dayanan farklı bir bağ olduğunu hissediyordum nedense. Baba oğul gibi desem, değil! Abi kardeş, dost arkadaş... Hiçbirine uymuyordu karşımdaki tablo.

Baran'ın, "Vecihi Bey, Âdemoğlu Pansiyon'daki Issız Erkekler Korosu'nun kurucusuydu, Recep'le beraber fasıl geceleri düzenlerlerdi orada" demesiyle kafamdaki düğüm çözülüverdi. Ama geride, yanıtını merak ettiğim daha çok soru vardı.

Recep hakkında fazla derinlere inmek istemiyordu Baran, ama Vecihi Bey'le ilgili ufak tefek, zararsız ipuçları verebiliyordu. Onun, aklı başında, aile değerlerine önem veren iyi bir aile babası ve iyi bir eş olduğunu, genç yaşlarda bile eline onca fırsat geçtiği halde kimselere yan gözle bakmadığını; otuz yıla varan beraberliklerinde karısını hiç aldatmadığını ancak, torun torba sahibi olduktan sonra, çalıştırdığı korodaki gencecik öğrencilerinden birine sırılsıklam âşık olunca çok ama çok acı çektiğini bir çırpıda anlatıverdi.

Vecihi Bey elinde uduyla, davetlilerin kulaklarının pasını silmek üzere bestesi Fehmi Tokay'a ait şarkıya başladığında, bambaşka bir gözle izliyordum onu.

Benzemez kimse sana tavrına hayran olayım
Bakışından süzülen işvene kurban olayım
Lütfuna ermek için söyle perişan olayım
Bakışından süzülen işvene kurban olayım

Ardından söylemeye başladığı Melahat Pars şarkısının, onu yürekten etkilediğinden emindim.

Ben gamlı hazan, sense bahar, dinle de vazgeç
Sen kendine kendin gibi bir taze bahar seç
Olmaz meleğim böyle bir aşk, bende vakit geç
Sen kendine kendin gibi bir taze bahar seç

Hüzün çökmüş gözlerini Recep'e çevirdi Vecihi Bey.

"Bu özel gecede sen de birkaç şarkı söylersin artık" diyerek yanına çağırdı Recep'i.

O an Baran'ın, oturduğu yerde huzursuzca kıpırdandığını hissettim. Bakışları Recep'in üzerinde, onun ne yapacağını, nasıl hareket edeceğini kestirmeye çalışır gibiydi.

Recep, gecenin başından beri yüzünden eksilmeyen gülümsemesini, gereksiz bir maskeymiş gibi sıyırıp atmış, kararsız adımlarla Vecihi Bey'in yanına doğru yürüyordu. Onu yüreklendirmeye yönelik alkışlara aldırmadan Vecihi Bey'in önünde durdu.

"Sizin karşınızda şarkı söylemeyeli çok uzun zaman oldu" dedi. "Nağmeleri bir araya getirip şarkı bütünlüğünde sunabileceğimden emin değilim. Ama üstadımı kıramam. Buradaki değerli dostlarımı da."

Eğilip, söylemeye niyetlendiği şarkının adını Vecihi Bey'in kulağına fısıldadı ve gözlerini sımsıkı kapatıp kırık bir sesle Yesâri Asım Arsoy'un yüreklere hitap eden şarkısına başladı.

Seni herkesten kıskanıyorum
Kalbimi yaktın, ah yanıyorum
Yüz bin âşığın var sanıyorum
Kalbimi yaktın, ah yanıyorum

Alkışlardan aldığı cesaretle ya da ilkiyle birbirlerini tamamlayacaklarını düşündüğünden, ikinci şarkısına, Selahattin Pınar'a geçti Recep.

Nereden sevdim o zalim kadını
Bana zehretti hayatın tadını
Söylemem sormayın asla adını
Bana zehretti hayatın tadını

Fazlasıyla etkilenmiş görünüyordu Baran.

"Bu iki şarkı var ya, bu iki şarkı!" dedi. "Recep'in hayatının özeti bunlar!"

Baran'ın öfkeyle yoğrulmuş heyecanını sessizce izledim. Arka arkaya söylenen iki şarkının ne anlama geldiğini anlamak zor değildi. Ama birilerini sevip kıskanmış, muhtemelen ihanete uğramış bir erkeğin, beni zerrece ilgilendirmeyen hikâyesini kurcalamaya hiç niyetim yoktu doğrusu...

Koca, zorla elde tutulacak bir eşya değildir!

Cumartesi akşamlarımızı Baran'ın Bizim Mekân'ı ile Recep'in Dost Mekânı arasında bölüştürüyorduk artık. Vecihi Bey ve Recep'in musiki ziyafeti, Dost Mekânı'nı bir adım öne geçirmişti. Baran'ın hatırı olmasa, Edalar her hafta sonunu Dost Mekânı'nda geçirmeye çoktan razıydı. Bense, herhangi bir yönlendirme yapmadan onların tercihine uyuyordum.

Baran'la beraberliğimiz olduğu yerde sayarken, içinde bulunduğumuz bekleme dönemini doğal akışına bırakmıştım. Onun gitgide dozunu artıran kıskançlık krizlerine, bana ters gelen garip davranışlarına aldırmamayı öğrenmiştim.

"Baran, yakın çevresindeki herkesi kendi yörüngesi içinde görmeye alışmış" diyordu Eda. "Senin aykırı çizgide oluşun, onun isteklerine uyacağına bildiğini okuman, ters geliyor ona."

Haklıydı Eda. Ama benim de kendi doğrularımdan ödün vermeye niyetim yoktu. Şiir okumak isteyen, bu haliyle kabullenirdi Şiir'i.

Sık sık, "Az kaldı" diyordu Baran. "Elini korkusuzca tutmama, tam anlamıyla kavuşmamıza az kaldı."

Evliliğini noktalayacağı günü iple çektiğini her fırsatta vurguluyordu. Ama ben o günü, onun kadar heves ve sabırsızlıkla beklemiyordum galiba. Hatta karısından boşandığında onunla evlenmeyi isteyeceğimden bile emin değildim.

Bekleyiş süremizin gitgide uzaması işime geliyordu bir bakıma. Karmaşık duygular içindeydim. O gün geldiğinde ya Baran'ın düşlediği gibi, gerekli adımları atıp nikâh masasına oturacaktık, ya da...

Gerisini düşünmek istemiyordum. Evet, açıktan açığa kesin bir söz vermesem de, ona karşı sorumlu hissediyordum kendimi. Sonu ne olurdu bilemiyordum, ama kararlıydım, her ne pahasına olursa olsun, en azından Baran'ın hayallerini süsleyen o günü bekleyecektim.

Tabii o beklenmeyen gelişmeyi yaşamasaydık!

Eda'yla sözleşmiştik, cumartesi sabahı beraber çarşıya çıkacaktık. Alışveriş bitince güzel bir öğlen yemeği yiyecek, ardından da yeni gösterime giren komedi filmini izlemek üzere sinemaya gidecektik. Akşam programımız da belliydi: Baran'ın mekânında olacaktık o gece.

Tam giyinmiş çıkmak üzereydim ki, kapı çalındı. Gözdeliğinden baktım, otomat sönmüştü, karanlıktı apartman boşluğu. Kapıyı hafifçe araladım... Aklıma hayalime gelmeyecek bir tablo vardı karşımda: Bir kadın ve kadının ellerine sıkı sıkıya yapışmış, iki su damlası kadar birbirinin aynı iki kız çocuğu!

"Girebilir miyiz?" dedi kadın, içeri kabul edilmemekten korkar gibi, alçak sesle.

"Tabii, buyurun" diyerek geri çekildim.

Beklenmedik konuklarımın kim olduğunu tahmin etmek zor değildi. Ama onlar kendilerini tanıtmayı tercih ettiler.

"Ben Sevil" diyerek elini uzattı kadın.

Annesini taklit ederek, "Ben Sude" dedi şirinlik muskası kızlardan biri.

"Ben de Dide" dedi diğeri.

Ne diyeceğimi, nasıl davranacağımı bilememenin sıkıntısı sardı her yanımı ve ancak, "Hoş geldiniz" diye geveledim ağzımın içinde.

Anneleri elindeki çantadan, kızların arkası kapalı muflon terliklerini çıkarıp ayaklarının önüne koydu.

Cıvıl cıvıl sesiyle, "Bunlar bizim ev patiklerimiz" dedi Dide. "Yuvadan dönünce ayakkabılarımızı çıkarıp patiklerimizi giyeriz."

"Kırmızı olan benimki" dedi Sude. "Mavi olan da Dide'ninki. Karışmasın diye ayrı renkte aldı babam."

Şimşek yüklü kararsız bir bulut, geçip gitti üzerimizden. Asıl fırtınanın geride olduğunun bilinciyle salona aldım misafirlerimi. Komşu ziyaretine gelmişler gibi, yüzeysel hal hatır sormalarla oyalandık bir süre.

Birbirimizi inceden inceye süzerek, içimizden muhatabımıza dış görünüş ve davranış notları vererek...

İlk bakışta çarpıveren, çekici bir havaya sahip olmasa da, basbayağı güzel bir kadındı Sevil. Uzun boylu, ince yapılı, kısacık kızıl saçlarıyla tahmin ettiğim yaştan küçük görünen, ela gözlerinde mahzun bakışlar yakaladığım, gülünce sol yanağında sevimli bir gamze beliren o kadın ve ekose desenli bir karışlık etekleri, karpuz kollu, önü işlemeli bluzları ve cin gibi fıldır fıldır bakışlarıyla, dünyanın en şirin ikizleri, benimle tanışmak için gelmişlerdi buraya. Pek hoş bir tanışma olmayacaktı gerçi, ama elimden geldiğince sıcak davranacaktım onlara.

Kocaman açtığı gözlerini salonda gezdirerek, "Televizyonunuz yok mu sizin?" diye sordu Dide.

"Olmaz olur mu hiç?" dedim. "İçerde, oturma odasında televizyon."

Birilerine bir şeyler hatırlatmak ister gibi, "Cumartesi günleri çizgi film izleriz biz" dedi Sude.

"Anneniz izin verirse televizyonu açabiliriz" dedim.

"Olabilir, bugün onların televizyon izleme günü."

Hayret doğrusu, daha işin başında Sevil'le ortak bir noktada buluşuvermiştik. Kızlarla beraber oturma odasına geçtik, televizyonu açtık. Becerikliydi bıcırıklar, istedikleri kanalı bulup kanepeye kuruldular, ben de salona döndüm.

Sevil'le baş başa kalmıştık sonunda. Tabi tutulacağım soruşturmayı geciktirmek ve zaman kazanmak ister gibi, "Türk kahvesi mi alırsınız, neskafe mi?" diye sordum.

"Türk kahvesi" dedi Sevil. "Sade olsun lütfen."

Şekersiz, iki acı kahve ve aynı acılıkta tatsız bir sohbetti paylaşacağımız.

Aceleci yudumlarla içti kahvesini Sevil. "Elinize sağlık, zahmet oldu" diyerek fincanı sehpanın üzerine bırakıp derin bir soluk aldı. "Ziyaret nedenimi az çok tahmin etmişsinizdir" dedi. "Ancak bilmenizi isterim ki, sırf sizi merak ettiğim için buraya gelmiş değilim. Bilinmeyenleri ya da yanlış bilinen noktaları açıklığa kavuşturmak için buradayım."

Hakkını teslim etmeliyim ki, ses tonu son derece etkileyiciydi ve çok güzel konuşuyordu. "Baran size tam olarak neler anlattı, bilemiyorum" diyerek devam etti. "Ancak, şunu bilmenizi isterim ki, evlerimizi ayırmış olsak da, bağlarımızı tamamıyla koparmış değiliz. Arada Sude ve Dide oldukça da koparmamız olanaksız!

Vaktinizi almak istemem, ama daha iyi anlatabilmem için biraz başa, beraberliğimizin ilk günlerine dönmem gerekiyor... Öncelikle şunu belirtmeliyim ki, Baran'la görücü usulüyle ya da eş dost aracılığıyla tanışmadık biz. Okul yıllarında gördük birbirimizi ve ilk görüşte âşık olduk. Mezun olur olmaz da evlendik. Çok, ama çok mutluyduk. Tek derdimiz, benim bir türlü hamile kalamamamdı. Uzunca bir süre tüp bebek tedavisi gördüm. Umutla başlayıp umutsuzlukla sonlanan nafile denemeler... Sonunda başardık! İkizlerin doğumuyla katbekat arttı mutluluğumuz.

Ne yazık ki, o uğursuz kazaya kadar sürdü bu pembe tablo. Baran'ın yaralanıp sakatlanması, daha da önemlisi çok sevdiği işinden ayrılmak zorunda kalması... Çok büyük bir yıkım oldu onun için. Toparlanmak bir yana, her geçen gün biraz daha dağıldı, darmadağın oldu o dağ gibi adam.

Aramızdaki ilişki de bu durumdan kötü yönde etkilendi haliyle. Ne yapsam yaranamıyordum ona. Söylediğim her sözü tersinden okur olmuştu. Canından çok sevdiği kızlarını bile görmüyordu gözü.

Psikolojik destek aldı. Ama onu bile yediremiyordu kendine. Huysuz, aksi, her şeye karşı çıkan, çekilmez bir adam vardı artık karşımda. Kendisi de durumunun farkındaydı. 'Seni de çocukları da haksız yere örseliyorum' dedi sonunda. 'Bir süreliğine evlerimizi ayıralım. Kendimi iyileşmiş hissettiğim gün, yanınızda olacağıma söz veriyorum.'

Kabul ettim. Hatta yeni evine kendi ellerimle yerleştirdim onu. Gelip geçici, mutlu sonla bitecek bir oyun oynuyorduk sanki. Bizim Mekân ilaç gibi gelmişti yaralarına. Yeniden bir işe yaradığını hissediyor, eski günlere ve bizlere dönmenin hazırlığını yapıyordu. Ne var ki, hiç umulmadık bir engele çarpınca tuzla buz oldu hayallerimiz."

"O umulmadık engel ben oluyorum, öyle değil mi?" dedim. "Ama ben, bu anlattıklarınızın hiçbirini bilmiyordum ki. Mahkemeye başvurduğunuzu ve anlaşarak tek celsede boşanacağınızı söylüyordu Baran."

"Mahkeme konusu hiç açılmadı inanın. Baran'ın boşanmak gibi bir talebi asla olmadı!"

Konuşurken gözleri salonun dört bir köşesinde, koltukların, sandalyelerin üzerinde geziniyordu. Ne düşündüğünü, neleri merak ettiğini az çok tahmin edebiliyordum.

"Baran bu eve hiç gelmedi!" dedim. "Bu koltuklarda oturmadı hiç. Ben de onun evine adımımı bile atmadım. Bizim Mekân'da bir arada olurduk yalnızca."

"Bir de Abant macerası var ama!" diyerek şaşırttı beni.

"Evet, iki günlük kısacık bir geziydi. Kimden duydunuzsa, orada ayrı odalarda kaldığımızı da söylemiş olmaları gerek."

O an aklıma geliveren soruyu sormasam olmazdı:

"Baran anlatmadığına göre, benim varlığımı ve ev adresimi kimden öğrendiniz?"

"Baran'ın bir zamanlar peşinize taktığı Osman'dan! Baran her pazartesi haftalık market alışverişi yapar ve aldığı yiyecek, içecekleri Osman'la eve gönderir. Ondan öğrendim sizin varlığınızı. Yanı sıra Abant macerasını ve ev adresinizi de."

"İsabet olmuş" dedim. "İyi oldu gelişiniz. Kararsızlığıma ışık tuttunuz."

"Verilmiş ya da verilecek kararlarınızı etkilemek istemem" dedi Sevil. "Koca, zorla elde tutulacak bir eşya değildir! Ben de kocayı kaptırmamak için elinden geleni yapacak kadınlardan değilim. Ancak çocuklarımın bu karmaşa içinde hırpalanmalarını istemiyorum. Kocasız da sürdürebilirim ben yaşamımı. Ama onlar! Öylesine küçükler ki... Ve babalarını öylesine çok seviyorlar ki! Bir an için kendinizi onların yerine koyun. Babasız büyüyecek bir kız çocuğu ile babasının kol kanat gerdiği, arkasında baba sevgisinin sıcaklığını hissettiği bir diğeri arasındaki farkı düşünebiliyor musunuz?"

Farkında olmadan, yumuşacık karnımın üstüne çıkmış, ter ter tepiniyordu. "Karşındaki de babasız büyümüş bir kız!" diye haykırmamak için zor tutuyordum kendimi.

"Hiç merak etmeyin Sevil Hanım" dedim. "Sude de, Dide de benim yüzümden babasız büyümeyecekler. Asla izin vermeyeceğim buna!"

Birbirine sıcacık duygularla bağlı dostlar gibi kucaklaştık Sevil Hanım'la. Kızları kucaklayıp kucaklayıp öptüm, kokularını içime çektim doyasıya. Çelimsiz kollarını boynuma dolayarak karşılık verdiler. Onları yeniden babalarına kavuşturacağımı bilir gibi...

Harbi kızmışsın!

Onların ardından dar attım kendimi sokağa. İçimi kavuran öfke yatışacak gibi değildi. Bu halimin sorumlusuyla hesaplaşmadan rahat yoktu bana. Önüme ilk çıkan taksiye atlayıverdim. Ne var ki taksiye binmekle hata etmiştim. Milim milim ilerleyen trafik, öfke katsayımı zirveye taşıyarak, bana kafa tutuyordu sanki. Yarı yolda indim taksiden. Kalabalığı yararak, olabildiğince hızlı adımlarla, zaman zaman koşarak Baran Efendi'nin mekânına vardığımda kan ter içinde kalmıştım. Fırtına gibi girdim içeri. Görünürlerde yoktu Baran.

"Patronu arıyorsanız, odasında!" diyerek imalı bir gülüş attı şef garson. Ağzının payını vermek vardı ya, onunla uğraşacak halde değildim. Doğruca Baran'ın, iş saatleri dışında vaktini geçirdiği odaya dalıverdim.

Yalnız değildi, Recep'le beraber çay içiyorlardı. Beni görünce fırlayıp kalktı. "Hoş geldin sultanım" diyerek sarılmaya yeltendi. Elimin tersiyle uzaklaştırdım.

"Pek hoş gelmedim Baran Bey!" dedim.

"Hayrola, canını sıkan bir şey mi oldu?" dedi endişeyle.

"Ben çıkayım abi" diye ayaklanan Recep'e, "Kalabilirsin!" dedim sertçe.

Konuşacaklarımızı üçüncü bir şahsın da duyacak olması, söyleyeceklerimi daha etkili kılacaktı sanki.

"Beklenmedik ziyaretçilerim oldu bugün" dedim. "Eşin ve çocukların!"

Yüzünden belli belirsiz bir gölge geçti, ama çabuk toparlandı.

"Beni çekiştirdiniz yani" diyerek yapay bir gülüşle, yaşadığım trajediyi önemsemediğini gösterdi kendince.

"Yalan söyledin bana!" diye haykırdım. "Boşanmak üzere olduğunuzu, mahkeme aşamasına geldiğinizi anlatırken, içten içe dalga geçiyordun benimle."

"Asla!" diye karşı çıktı. "Evet, boşanma davasını açmadık henüz. Ama bu, bir arada olduğumuz anlamına gelmiyor. Aramızdaki bağları çoktan kopardık biz."

"Sevil Hanım öyle demiyor ama."

"Bakma sen ona. Son çırpınışları bunlar. Kararlıyım ben, en kısa zamanda mahkemeye başvurup özgürlüğüme kavuşacağım."

"Hiç zahmet etme! Yalanlarına karnım tok artık."

Arsız bir gülüşle, "Dur bakayım" dedi. "Sen beni kıskandın mı yoksa?"

İçinde bulunduğum durumu kıskançlığa indirgemesi, iyiden iyiye çileden çıkardı beni.

"Ne biçim adamsın sen!" diye bağırdım. "Seninle böyle bir yakınlaşmanın içine girdiğim için kahrediyorum kendime. Resmen yuva yıkan kadın seviyesine düşürdün beni. Bir an önce karından ayrıl, çocuklarını terk et diye bir talebim oldu mu senden?"

"Sen talep etmesen de, zaten ayrılma noktasına gelmiştik biz. Resmiyete döküp ilişkimizi tümüyle koparmaya kalmıştı iş."

"Bak Baran" dedim. "Karın bir yana, dünya tatlısı o iki çocuk var ya... Onları çiğneyip seninle asla yeni bir hayata başlayamam ben! Anne ve babanın boşanıp yeni hayatlar kurduğu parçalanmış ailelerin çocuklarının ne derin yaralar aldığını, kimse benim kadar iyi bilemez. O derin yaraları ilk günkü gibi hâlâ yüreğinde taşıyan biri olarak, hayatından çıkıyorum senin. Bundan sonra ne düşünürsün, nasıl bir yol çizersin kendine, orasını bilemem. Ama bu tür, 'mutlu son'a ulaşamayacak maceralardan vazgeçip evine yuvana dönmeni, karına, çocuklarına sahip çıkmanı tavsiye ederim. Karın bir yana, dünya tatlısı o iki şeker çocuk var ya... Annesiyle babasını bir arada görmek isteyen o iki çocuk! Onları mutsuz etmeye hakkın yok!"

İşin ciddiyetini kavramıştı sonunda ama pes etmeyi kendine yediremiyordu.

"Şu anda öfkelisin" dedi. "Sakinleştiğinde tekrar konuşalım. Bir de benim gözümle bak yaşananlara."

"Bugüne kadar senin gözünle baktığım yetmedi mi? Kendi yanlışlarına ortak ettin beni. Ama buraya kadar!"

Telefonumun sesiyle bir an için uzaklaştım ortamdan. Eda'ydı arayan. Hay Allah, bu karmaşa arasında onunla buluşacağımızı unutuvermiştim.

"Şiir! Nerelerdesin? Bir saattir kafede oturmuş seni bekliyorum."

"Tamam" dedim. "Beklenmedik bir iş çıktı. Neyse... Gerekeni yaptım, yarım saate kadar oradayım."

Pişkinliği zirvedeydi Baran'ın.

"Seni bırakayım istersen" demesiyle, cinlerimin tepeme fırlaması bir oldu.

"Yok artık!" diye haykırdım. "Bitti diyorum sana, bitti!"

Bu kez de, baştan beri konuşmalarımızı sessizce izleyen Recep'e döndü. "Hadi, davran bakalım" dedi. "Gideceği yere götürüver yengeni!"

"Yok öyle yenge falan!" dedim sertçe. "Kimsenin beni bir yerlere bırakması gerekmiyor. Geldiğim gibi, giderim ben!"

Arkama bakmadan fırladım dışarı ve hızla yürümeye başladım. Ne var ki Recep de benimle beraber çıkmış, yanım sıra yürümekteydi. Baran'ın isteğini emir sayan emmoğluna yaraşır bir tavırdı. Ama onu terslemek, Baran'ın acısını ondan çıkarmak anlamsızdı ve bana yakışmazdı.

Hiç konuşmadan yürüdük bir süre. Bir şeyler söylemek istiyor da, konuşamıyor gibi tutuk, "Şiir" diyebildi sonunda. "İznin olursa, bugün yaşananlar hakkında ben de fikrimi söyleyebilir miyim?"

"Tabii ki" dedim. "Dinliyorum seni."

"Öncelikle şunu bilmeni isterim, seni korumak ya da sana eşlik etmek amacıyla takılmadım peşine. Seninle aynı görüşleri paylaştığımı söylemek istedim. Haklı olan sendin. Sude ve Dide'yi babalarından çok düşünmen duygulandırdı beni. Çocuklar çok önemli benim için. Onların mutsuzluğu üzerine mutluluk kurulabilir mi hiç?"

Recep fazlasıyla şaşırtmıştı beni. Göbek bağıyla bağlı olduğunu düşündüğüm Baran'ı bir kenara bırakıp benden yana tavır alması hayret vericiydi. Eda'yla buluşacağımız kafenin önüne geldiğimizde, pek çok şeyi paylaşmış iki eski dost gibi tokalaştık.

"Bir kez daha tebrik ederim seni" dedi Recep. "Harbi kızmışsın! Bundan sonraki yaşamında her şey gönlünce olur umarım."

Gün içinde yaşadığım onca olumsuzluğun ardından, ilaç gibi gelmişti bu sözler. Kafeden içeri girerken, sabahtan bu yana ilk kez gülümsediğimi fark ettim.

Başıbozuk ve delidolu bir sevdaydı...

Burnundan soluyordu Eda.

"İki saattir ağaç oldum buralarda" diyerek sitemle karşıladı beni. "Masayı boş yere işgal etmeyeyim diye sen gelene kadar iki fincan kahve ile üç bardak çayı devirmek zorunda kaldım."

"Ben de Baran'ı, yetmezmiş gibi onun karısını devirerek geldim" diyerek karşısına geçtim.

"Ne dedin sen?" diye merakla haykırışını keyifle izledim.

"Ne duruyorsun, anlatsana!" diye sabırsızlanmasına aldırmadan, "Boğazım kurudu" dedim. "Bir şeyler içmeden tek kelime edemem."

Bir şişe buz gibi su, iki bardak çay ancak kendime getirdi beni. Hayret edilecek şey, sabahtan o ana kadar onca şey yaşamıştım, ama kendimi son derece iyi hissediyordum. Üstümden ağır bir yük kalkmış gibiydi.

Eda'yı daha fazla merakta bırakmadan her şeyi, noktasına virgülüne kadar tüm ayrıntılarıyla anlatmaya koyuldum. Araya girmeden, hiçbir yorum yapmadan sessizce dinledi beni. Sona bırakmıştı yorumlarını.

"İyi olmuş" dedi. "Çok sevindim inan. Aslına bakarsan, benim olumlu görüşlerim de tersine dönmeye başlamıştı. Baran iyiydi, hoştu ama zaman içinde sana göre olmadığını fark ettim. Seninle konuşmayı düşündüm, ama üzülmeni de istemedim. Doğruyu, yanlışı kendin görmeliydin."

Haklıydı Eda. Böyle olacağı ilk günden belliydi. Evli barklı, sorunlu, bunalımlı, yaşça benden epey büyük, hiçbir yönden kafaca uyuşamadığımız biriyle nereye kadar yol alabilecektim?

Ama kabul etmeliydim ki, yalnızca Baran'ı suçlamak haksızlık olurdu. Daha önce bir benzerini yaşayıp derin yaralar aldığım ve izlerini hâlâ silemediğim o talihsiz beraberliğin ardından, sonu baştan belli bir maceraya daha gözü kapalı atılıvermekle, en az onun kadar ben de suçluydum.

Evet, başıbozuk bir sevdayı daha noktalamıştım. Gerilim yüklü, mutluluktan çok ürküntü veren delidolu bir sevdaydı. Yaşanmış ve bitmişti...

Üçüncü bölüm

Sen her şeysin!

Yaklaşmakta olan Sevgililer Günü, işlerimizi hayli yoğunlaştırmıştı. Otel rezervasyonları, iki günlük ya da tek gecelik paket programlar, nezih mekânlarda yenilecek akşam yemekleri... Turistik tesislerin özel ikramlarıyla yetinmeyip odalarına şampanya ve çikolata konulmasını, yatakların ve halıların üzerine gül yaprakları serpilmesini isteyenler...

Sevgililer Günü, bundan yüzyıllar önce Roma İmparatoru Claudius'un evlenme yasağı koyarak ayrı tutmaya çalıştığı âşıkları birleştirmek uğruna canını verdiği rivayet edilen Aziz Valentino'nun bu trajik ölümü sayesinde insanlık hizmetine sunulmuş, yalnızca çift gezenleri ilgilendiren yapay bir bayram. Beraberlikleri kaç yıllık olursa olsun, tüm evli çiftlerin, çiçeği burnunda ya da yıllanmış sevgililerin, meşru ya da gayrimeşru beraberlik yaşayan Âdem ve Havvaların katılımına açık, evlere şenlik bir kutlama günü...

Böyle özel günlere oldu bitti karşıyımdır. Anneler Günü, Babalar Günü... Anası babası olanlar, yılın 364 günü onları arayıp sormadan yan gelip yatacak da, o tek günde günahlarının vebalini ödeyecek... Geçiniz!

Ya anası babası öbür dünyaya göç etmiş olanlar? Ya parçalanmış ailelerin çocukları? Böylesi günler, işkenceden başka nedir onlar için?

Aynı durum Sevgililer Günü için de geçerli. Gerçek sevdalılar –böylelerinin varlığından da kuşkuluyum artık ya, neyse– kısıtlı zaman dilimine bağlı kalmadan, sarmaş dolaş olmuyorlar mı zaten? Ya sevgi(li)sizler? Onları düşünen tek Allah kulu yok! Kalp şeklinde yastıklar, kırmızı güller, vitrinleri hıncahınç dolduran hediyelikler... Kalbi boş ya da kırık olanları kahretmek için, bilinçli eylem yapıyorlar sanki.

Almış başını giden bu çılgınlıkla zerrece ilgilenmiyordum. Ne kocam vardı, ne sevgilim, ne de ufukta, minik bir gülle gönlümü alacak bir sevgili adayım... Umurumda bile değildi. Ama işim gereği, bu toplumsal ve küresel çılgınlığın içinde yer almak, özel kutlama programı yapanlara rehberlik etmek, onları mutlu kılacak seçenekleri sunmak zorundaydım.

Rezervasyon yaptırmaya gelenlerin yüzde 95'i erkek, yüzde 5'i beraberce gelip ortak karar vermek isteyen çiftlerdi.

Çekingen adımlarla içeri giren yeni müşterimiz de tek başına gelmeyi tercih edenlerdendi. Üzerinde takım elbisesi ve olgun tavırları olmasa, üniversite öğrencisi olduğunu düşünebileceğim, oldukça yakışıklı genç bir adam...

Karşımdaki koltuğa geçip oturdu.

"Sevgililer Günü için tek gecelik bir rezervasyon yaptırmak istiyorum" dedi. "İstanbul içinde bir otel olmalı. Akşam yemeği ve konaklama."

İstediği özelliğe sahip otellerin listesini dikkatle inceledi, şehir merkezine en yakın olanı seçti.

"Odaya kırmızı güllerden oluşan bir çiçek tanzimi olsun lütfen" dedi. "Üzerine de *Sen her şeysin* yazılı bir kurdele."

"Harika!" dedim. "Bu özel gün için daha yerinde bir ifade düşünülemez."

"Bizim için özel gün diye bir şey yoktur" dedi. "Ona 'sen her şeysin' diyerek başladığım her yeni gün Sevgililer Günü'dür bizim için."

Vay be! Karşımda gerçek bir âşık vardı galiba.

"Sen her şeysin dediğiniz o kişi de, sizin her şeyiniz olduğunu biliyor mu?" demekten kendimi alamadım.

"Bilir!" dedi. "Emindir, hiç kuşku duymaz bundan."

Sustu. Uzaklarda bir yerlere daldı gözleri.

"Ama şu an ayrıyız" dedi cılız bir sesle.

Tabii ya, ancak imkânsız aşklar böyle veciz şeyler söyletirdi adama. Yaralı kalplerden çıkardı bu tür çığlıklar.

"Ayrıldınız yani..."

"Ayrıldık, ama ayrılamadık!"

Bilmece gibi konuşması, gitgide ilginç hale getiriyordu konuşmanın seyrini. Ve ben merakımı yenemeyip üstüme vazife olmayan konulara giriyordum.

"Anlaşıldı" diye gülümsedim. "Hüzünlü bir kopuş! Ama Sevgililer Günü'nde tek bir gülle bile sevdiğinizin gönlünü alabilirsiniz. Tek gül, verilen kişinin, buketi tamamlayan en son çiçek olduğunu vurgularmış; öyle derler. Eğer o da sizi aynı derecede seviyorsa, asla kayıtsız kalmayacaktır."

"Tek değil, kocaman bir gül buketi vereceğim ona. 'Buketin hepsi sensin!' demek için. Ancak..."

Uzunca bir süre suskun kaldı. "Ancak..." diye devam etti. "O gülleri bir avuç toprağın üzerine bırakmam gerekiyor. Ve o toprağı özlemle kucaklamam..."

Tüm hücrelerimin bir anda kaskatı kesildiğini hissettim. "Olamaz!" diye küçük bir çığlık karıştı soluğuma. O ise, gerisini getirmeye kararlı, uyuşmuş beynimin kıvrımlarına yerleşmiş soruları, ben sormadan yanıtlayıveriyordu:

"Onu uğurlamamın üzerinden tam yedi yıl geçti. Ortaokul yıllarında başlamıştı beraberliğimiz. Ne kadar erken, değil mi? Gözümü açtım onu gördüm derler ya, aynen öyle. Çevremizde, sıradan bir okul arkadaşlığı diye değerlendirildi önceleri. Oysa biz, bir bütün olmanın sağlam temellerini atıyorduk kendimizce. *Irreversible* denen geri dönüşsüz kimyasal tepkimeler vardır ya... İki metalin birbiri içinde erimesi gibi.

Bir kez oluştu mu o alaşım, yeniden elementlerine ayrılması olanaksızdır. Bizimki de o hesap..."

Suskunluğumun farkına varıp, "Keselim isterseniz" dedi. "İçinizi daha fazla karartmak istemem."

"Hayır" dedim. "Ne kadar üzüldüğümü anlatamam. Kaç yaşındasınız siz? İşiniz gücünüz, mesleğiniz?"

"Yirmi sekiz yaşındayım ve kimya mühendisiyim."

"Çok gençsiniz."

"Pek değil. Gençliğimi hiç yaşamadım, diyebilirim. O gittiğinde yirmi bir yaşındaydık ikimiz de. Okulu bitirince evlenecektik."

"Kaza mı?"

"Hayır. Nazar değdi, adına 'kan kanseri' dediler. İki yıl savaştık beraberce, karşı durduk ölüme, kafa tuttuk... Olmadı! Başaramadık. Yanındaydım hep, son anına kadar... Son nefesini de kollarımda verdi zaten."

"Acınızın büyüklüğünü anlıyorum, ama aradan yedi yıl geçmiş. İlk günlerin acısı aynen sürse, yakınını kaybeden hiç kimse yaşayamaz. Hani derler ya... Hayat devam ediyor. Siz de yaşamınızı kaldığınız yerden sürdürüyorsunuzdur sanırım."

"Benim durumum farklı. Toprağa verdiğim, yalnızca onun bedeniydi. Ruhu benimle, benim bedenimin içinde kaldı. Hiç çözülmedik. Hâlâ da ayrılmaz bir bütünün parçalarıyız biz."

"Pek sık rastlanan bir durum değil..."

"Psikolojik sorunları olan biri olduğumu düşünüyorsunuz, değil mi? Hayır! Sosyal yaşantımı aynı çizgide sürdürebiliyorum. İyi bir işim var, ortalamanın üstünde bir kazancım... Çevremdekiler tarafından seviliyor ve hoş tutuluyorum. İnsan ilişkilerim mükemmel. İç dünyamsa, bana ait... Kimseler giremez oraya!

Beni anlamanız zor, biliyorum. Ama inanın, başka çarem yoktu. Onu toprağa verirken iki seçenek vardı karşımda: Ya yaşamıma son verip onunla gidecektim ya da onu bedenimde tutup kaldığımız yerden beraberliğimizi sürdürecektik. İkinci seçeneği yeğledim ben..."

"Nasıl bir yaşam biçimi bu?"

"Kısaca, bir bedende iki kişi, diyebilirsiniz. İki kişilik soluk alıyorum ben. İki kişilik yiyip içiyor, iki kişilik gezip eğleniyorum. İkimizin ortak beğenisine hitap eden kitapları okuyorum. Sözün özü, iki kişilik yaşıyorum ben. Dışardan bakanlar anlamıyor bile..."

"Peki bu yedi yıl içinde hayatınıza başka kimse girmedi mi?"

"Asla! Kurduğumuz birliktelikte üçüncü şahıslara yer de yok, gerek de."

"Ne kadar sürebilir bu durum?"

"Sonsuza kadar! Annesi bile onun yokluğunu kanıksadı. Kızıyor bana! 'Ölenle ölünmez oğlum, evlen, hayatına yön ver' diye öğütler veriyor. Gülüp geçiyorum. Anlatsam da anlayamaz ki beni."

Çaylarımızı tazelerken, "Şaşırttım sizi, değil mi?" dedi. "Kolay kolay kimselere anlatmadığım gizleri paylaştım sizinle."

"Ya şu Sevgililer Günü rezervasyonu?" diye sordum merakla.

"O günün programı çoktan hazır" diye güldü. "Mezarlığa pek sık gitmem, gerek duymam çünkü. Yitirdiğim bir şey yok ki! Ne arasam, içimde. Ama o gün gideceğim. Bir zamanlar 'bizim' olan bir beden yatıyor orada.

Döndükten sonra da Sevgililer Günü kutlamamız var. Sizin önerdiğiniz otelde, iki kişilik soframızda şaraplarımızı yudumlayacağız. Şiirler okuyacağım ona, 'sen her şeysin' diye fısıldayacağım kulağına. Şarkılar dinleyeceğim ondan, buram buram aşk kokan bizim şarkılarımızı..."

Geldiği gibi sessizce, ama yüreğimde derin izler bırakarak çekip gitti.

Uzaklarda bir yerlerde bu tür tutkulu aşkların hâlâ yaşanabildiğini öğrenmek güzeldi. Yalnızca birine "Sen her şeysin" diyebilmek ya da bu sözleri gerçekten seven birinin ağzından duyabilmek bile erişilmez bir mutluluk olmalıydı.

Acaba bir gün... Ben de... Bana da...

Olabilir miydi gerçekten?

Eli öpülecek kadın

Sevgililer Günü sabahı işyerine geldiğimde, masamın üzerinde kırmızı bir gül duruyordu. Kimden geldi diye düşünmeme gerek kalmadan söyleyiverdi arkadaşlar: Genel koordinatörümüz, çaycıdan temizlik işçisine, çeşitli kademelerdeki tüm kadın çalışanların Sevgililer Günü'nü birer kırmızı gülle kutlamak istemişti.

Güzel bir jest, insanı borçlu bırakmayan, abartılı ve gereksiz gövde gösterilerinden uzak, "Seni önemsiyorum" mesajı veren ince bir davranıştı. Karşılık vermenin gerekmediği bu tür küçük armağanlar, özgür kılıyordu insanı. Özgürlüğü solumaksa, mis kokulu bir gülü koklamaktan da güzeldi.

Baran'dan ayrıldığımdan bu yana, aşağı yukarı iki aya yakın bir süredir, kuşlar kadar özgür hissediyordum kendimi. Ve bu keyifli gidişatı bozmaya hiç niyetim yoktu.

Neyse ki anlayışlı davranmıştı Baran. Israrcı olmamış, olur olmaz zamanlarda karşıma çıkıp tatsızlık yaratmamıştı. Ne telefonla aramıştı bu süre içinde, ne de internetten tek bir mesaj atmıştı. Tam anlamıyla kopmuştuk birbirimizden. Ya da ben öyle sanıyordum...

Öğle saatlerine kadar mutluluk hormonu zerk edilmişçesine zirvelerde dolanan ruh halim, karşımda beliriveren tabloyla bir anda yere çakılıverdi: Recep, kucağında devasa bir gül buketiyle karşımda duruyordu!

Geliş nedenini tahmin etmek zor değildi. Baran, kendisi

gelmeye cesaret edememiş, Sevgililer Günü çiçeğini Recep'le göndermişti. Olumlu bir yanıt alırsa, ona göre hareket edecekti.

Deliye dönmüştüm öfkeden. Kurtulamayacak mıydım ben bu adamdan? Aklımdan geçenleri az çok tahmin edebiliyordu Recep.

"Sakın yanlış anlama Şiir!" diyerek öne atıldı. "Baran Abim yollamadı beni, ben kendim geldim."

Fazlasıyla şaşırmıştım. Recep neden Sevgililer Günü'nde bana gül getiriyordu ki?

Daha fazla taşıyamayacakmış gibi, çiçekleri masanın üzerine bıraktı, "Oturabilir miyim?" diyerek, yanıtımı beklemeden karşımdaki koltuğa yerleşti.

"Bugünün Sevgililer Günü olması yalnızca rastlantı" dedi. Sana müjde vermeye ve teşekkür etmeye geldim ben."

"Hayırdır inşallah?"

"Baran Abim ve Sevil Yengem barıştılar Şiir!" diyerek heyecandan titreyen sesiyle anlatmaya koyuldu. "Baran Abim evine döndü, aynı evde yaşıyorlar artık. Sude ile Dide'nin sevinçlerini görmelisin. Düşünsene, çocukluklarını gönüllerince yaşayabilecekler artık. Senin sayende! Senin sayende gerçekleşti bunların hepsi. İltifat olsun diye söylemiyorum, gerçek bir meleksin sen!

İyi ki sen çıktın Baran Abimin karşısına. Başkası olsa çocuk mocuk dinlemez, çatır çatır yıkardı o yuvayı. Eli öpülecek kadınsın sen!"

Bileğime yapışıp elimi öpmeye çalışınca, geri çekilerek güçlükle engelledim. Bu kadar övgüye alışık değildim. "Kahve ya da çay, ne içersin?" diyerek konuyu dağıtmaya çalıştım.

"Çay olsun lütfen" dedi.

"Akşama ne yapıyorsun?" dedi çayını yudumlarken. "Malum, Sevgililer Günü! Sevgilisi olan da olmayan da karınca kararınca kutlamaya çalışıyor."

"Evdeyim ben" dedim. "Ayağımı uzatıp tek başınalığımın tadını çıkaracağım."

"Her gün tek başına değil misin zaten? Bu gece de bizimle ol! Dost Mekânı'nda özel bir gece düzenliyoruz. Vecihi Bey de geliyor. Türk sanat müziği, şarkılar, türküler... Keyifli bir gece olacak. Ha, bu arada Baran Abimin yengem ve çocuklarla beraber yurtdışına çıktığını da söylemiş olayım. Karşılaşmaktan hoşlanmayacağın kimse olmayacak orada. Ne dersin?"

"Bilmem ki..."

"Eda ve Hakan'ı da davet ederiz istersen."

"Onlar şehir dışında kutlayacaklar Sevgililer Günü'nü. Aylar öncesinden Kartaltepe'ye rezervasyon yaptırdılar."

"O zaman hiç itiraz yok! Bu gece Dost Mekânı'nda hep beraber, dostça eğleneceğiz."

Kanaryam güzel kuşum

Dost Mekânı, bayramlıklarını giymiş çocuklar gibi süslenmişti. Kıpkırmızı, yüklü bir bulut gelmiş, gövdesindeki gül yapraklarını ortalığa saçıvermişti sanki.

Salon tümüyle dolmamıştı henüz. Recep giriş kapısının önünde durmuş gelenleri karşılıyor, masalarına kadar götürüp oturmalarına nezaret ediyordu.

Masalar önceden düzenlenmişti. Biz Vecihi Bey, eşi, Recep ve ben dört kişilik küçük bir masayı paylaşacaktık. Vecihi Bey'i tanıyordum zaten, ama eşi Nevin Hanım'la ilk kez karşılaşıyorduk.

Nevin Hanım, "Neden bizi bu güzeller güzeli küçükhanımla daha önce tanıştırmadın?" diye sitem etti Recep'e. Belli ki oradaki varlığımı farklı bir bakış açısıyla değerlendiriyordu. Sesinde gizleyemediği bir ima sezsem de rahatsız edici değildi, tam tersine şefkat ve hoşgörü içeriyordu.

"Ben de yeni tanıdım sayılır" diye güldü Recep. "Çok iyi dostum ve arkadaşımdır kendisi."

"Ben Şiir kızımızı senden önce tanıma şerefine erişmiştim" dedi Vecihi Bey karısına. "Gördüğüm kadarıyla zamane gençlerine benzemeyen, olgun bir hanımefendi kendisi."

Harika bir çiftti karşımda duran. Vecihi Bey'i az çok tanıyordum, ama Nevin Hanım benim için hoş bir sürpriz olmuştu. "İlk görüşte kanım kaynadı" sözü, tam anlamıyla o andaki ruh halimi anlatıyordu. O da benden aynı sıcaklığı almıştı sanırım, gülen gözleriyle okşar gibi bakıyordu yüzüme.

Konuştukça, onu daha önceden tanıyormuşum gibi bir hisse kapıldım. Tabii ya... Tıpkı anneanneme benziyordu Nevin Hanım! Ensesinde topladığı kırlaşmış, gümüş rengi saçlarıyla, hafif bir makyajla renklendirdiği yüzü ve sürdüğü varla yok arası açık renk rujuyla, siyah krep tayyörü, beyaz ipek bluzu ve özenle seçilmiş zarif takılarıyla çok hoş görünüyordu. Sanki anneannemin biraz daha genç –itiraf etmeliyim ki biraz daha güzel– haliyle oturuyordu karşımda.

Gözlerinin içi gülüyordu konuşurken, garip bir şekilde içimi ısıtıyordu sesi. Anneannemle özdeşleştirdiğim için mi öyle görüyordum, yoksa gerçekten de farklı hasletleri olan bir insan mıydı, orasını kestiremiyordum.

Masalara serpiştirilmiş birbirinden lezzetli mezeleri atıştırırken, Recep'in kaldırılan kadehlere vişne suyuyla eşlik ettiğini fark ettim. Böyle özel ve eğlenceli bir geceyi hazırlayan, içkili bir mekân sahibinin içki içmemesi garibime gitmişti.

"Sen neden içmiyorsun?" diye sormaktan kendimi alamadım.

"Eski bir hikâye" derken sesi titriyordu sanki. "Dokunuyor bana" dedi. "İçmemem gerek!"

"Baksana, kimse fark etmiyor bile" diyerek şakaya vurdu ardından. "Kadehimdeki vişne suyunu şarap sanıyorlar."

Vecihi Bey ile Nevin Hanım, Recep'in içmeme nedenini biliyor gibiydiler.

"Bırak kızım" dedi Vecihi Bey. "Zamanında çok içti o! Eski içtiklerine saysın..."

Bu akşam çalıp söyleyecek tek kişi Vecihi Bey değildi. Recep, Âdemoğlu Pansiyon'daki eski fasıl heyetinden birkaç arkadaşını daha çağırmıştı. Fasıl heyetinin topluca söylediği birkaç şarkının ardından Vecihi

Bey, "Günün anlam ve önemine uygun olarak aşka, sevgiye, sevgiliye, ayrılığa ve hasrete dair şarkılar söyleyeceğiz bu akşam" dedi.

Eskilerin derin aşkını dile getiren bir Yesari Asım Arsoy şarkısıyla başladı program:

Sen olmasaydın eğer aşka inanmazdım
Seni sevmeseydim ah, bu türlü yanmazdım
Sensiz aşkı aramaz, mehtabı anmazdım
Seni sevmeseydim ah, bu türlü yanmazdım

Ve ardından ağıt gibi bir ayrılık şarkısı:

Şimdi uzaklardasın gönül hicranla doldu
Hiç ayrılamam derken kavuşmak hayal oldu
Sevda bahçelerinin çiçekleri hep soldu
Hiç ayrılamam derken kavuşmak hayal oldu

Ömrüm seni sevmekle nihayet bulacaktır şarkısı, hüzünlü bir aşk yemini niyetine, bir ağızdan söylendi. Yavaş yavaş coşkuyla ve neşeyle kucaklaşıyordu şarkılar. Hareketli, kıpır kıpır türkülerin nağmelerine hep beraber tempo tutuluyordu.

Ela gözlerine kurban olduğum / Yüzüne bakmaya doyamadım ben derken, herkesin sevdiceği ela gözlü oluveriyordu birden.

Gecenin sonuna yaklaşmıştık. Yavaş yavaş boşalan salonda bizden başka iki masa kalmıştı.

Masadaki yerine dönen Vecihi Bey, "Bu gece beni yalnız bıraktın" diye sitem etti Recep'e. "Hadi şöyle güzel bir parça patlat da, içimiz açılsın."

"Emrin olur abicim" diyerek yerinden fırladı Recep. Ve şarkısına başladı. Mustafa Nafiz Irmak'a ait bir parçaydı söylediği. Vecihi Bey keyifle, Nevin Hanım ise gözleri benim üzerimde, yüzünde manidar bir gülüşle dinliyorlardı Recep'i.

Kanaryam güzel kuşum, ben sana vurulmuşum
Seni çok sevdiğimi anlatıyor duruşum
Hüzünlü bakma öyle, benim şarkımı söyle

Kanaryam kalbimdesin, ruhumu okşar sesin
Beni bırakıp gitme, gönlüm senin kafesin
Hüzünlü bakma öyle, benim şarkımı söyle

Şarkı bittiğinde, Nevin Hanım saçlarımı usul usul okşayarak, "Bu sapsarı lepiska gibi saçlarla, bugüne kadar gördüğüm en güzel, en harika kanaryasın!" diye fısıldadı kulağıma. "Sanırım Recep de bunun farkında."

Boş bulunup, "Hiç sanmıyorum, şarkı söylerken yüzüme bile bakmadı" deyiverdim.

"Utandığındandır" diye güldü Nevin Hanım. "Mahcup çocuktur bizim Recep. Ama istersen söylerim ona, bundan sonra şarkı söylerken gözlerini hiç senden ayırmaz..."

Benzerlikler

Yoğun ve yorucu bir işgününün ardından sıcak, demli bir çayla kendimi ödüllendirirken aldım o tatsız haberi: Nevin Hanım banyoda yıkanırken ayağı kayıp düşmüş. Vecihi Bey güçlükle küvetin içinden çıkarmış onu. Hastaneye kaldırmışlar ve kalça kırığı tanısıyla ameliyata alınmış.

Hastaneden arıyordu Recep. Üzüntüsü sesine yansımıştı.

"Ameliyatı başarılı geçmiş" dedi. "Anestezinin etkisinde hâlâ. Vecihi Abiyle beraber ayılmasını bekliyoruz."

Hangi hastanede olduklarını sordum ve hemen taksiye atladığım gibi, verdiği adreste aldım soluğu.

Gittiğimde Nevin Hanım ayılmıştı. Kalça kırığı çiviyle tespit edilmişti ve hemen ertesi gün koltuk değneği ve yürüteç yardımıyla ayağının üstüne basması sağlanacaktı. Ama çok dikkat etmesi gerekiyordu, ilk üç ay çok önemliydi. Eski haline dönebilmesi için doktorların önerdiği egzersizleri yapacak, gerekirse fizik tedavi görecekti.

Kendine gelmişti, ama peltek peltek konuşuyordu Nevin Hanım.

"İnsanın sevildiğini hissetmesi ne kadar güzel" dedi. "Zahmet verdim sizlere. Teşekkür ederim."

"Sevildiğini bilmek için bir tarafını kırman mı gerekiyordu sultanım?" dedi Vecihi Bey. "Neyse, kısmetimizde bu da varmış. Hiç tasalanma, göreceksin, bebekler gibi bakacağım sana."

Onları baş başa bırakıp çıktık Recep'le.

"Buraya gelmekle bir kez daha gönlümü fethettin" dedi Recep. "Yüzeysel bir tanışmanın, paylaşılan kısıtlı saatlerin hatırına hiç kimse kalkıp da hastane ziyaretine gitmez. Altın gibi bir kalbin var senin. Herkesin kolay kolay sahip olamayacağı cinsten..."

"Ama Nevin Hanım benim için çok özel" dedim. "Benim Pamuk Anneme benziyor o!"

"Pamuk Anne de kim?"

"Anneanneme Pamuk Anne derdim ben. Annemle babamın ayrılmasından sonra onu anne bildim. İlk tanışma gecemizde Nevin Hanım'la değil de anneannemle konuşuyordum sanki. Koşa koşa gelişim, biraz da bu yüzden."

Gülerek, uzun uzun yüzüme baktı Recep.

"Sen de tıpatıp benim teyzeme benziyorsun!" dedi. "Nurşen Teyzeme! Kendimi sana yakın hissetmem, biraz da bu yüzden."

"Merak ettim teyzeni."

"Belki bir gün anlatırım onu sana. Anlatacak gücü bulduğum zaman..."

Nurşen

Tekdüze yaşantıma farklı bir renk getirmişti Recep. Bendeki yeri tam olarak neydi, kestiremiyordum. Kesinlikle âşık değildim ona, sevgili olabileceğimizi de asla düşünmüyordum. Arkadaşımdı, dostumdu; dertlerimi, sevinçlerimi paylaşabileceğim bir yarendi benim için.

Ne var ki Eda benimle aynı görüşte değildi. Hep beraber Dost Mekânı'na gittiğimiz gecelerin ertesinde, beni uyarmayı görev edinmişti.

"Bu oğlan sırılsıklam âşık sana" diyordu. "Ayağını denk al, sonu baştan belli maceralara kapılarını kapalı tutmayı öğrenemedin mi sen hâlâ?"

Recep'i benim kadar yakından tanısa böyle konuşmazdı. Tertemizdi Recep; iyiliğe, güzelliğe, dostluğa açıktı tüm kapıları.

"Bir kez de daha farklı bir mekânı paylaşalım seninle" dediğinde hiç tereddüt etmeden kabul ettim. Niyetini tahmin edebiliyordum: Bana kendini anlatacaktı Recep! "Anlatacak gücü bulduğum zaman" demişti. Sonunda o gücü bulmuştu demek...

Küçük ama sevimli bir restoran seçmişti bu özel gece için. Giyimine gösterdiği özen gözümden kaçmamıştı. Ama takım elbisesinin içinde, yaşından büyük göstermeye çabalayan bir yeniyetmenin heyecanını yakalamak, içten içe eğlendirmişti beni.

Yemeğimizi bitirip kahvelerimizi yudumlarken, kısık bir sesle konuşmaya başladı.

"*Seni herkesten kıskanıyorum* ile *Nereden sevdim o zalim kadını* arasına sıkışıp kalmış bir Recep'in hikâyesini anlatacağım sana. Kimi, ne zaman herkesten kıskandığımı tam olarak hatırlayamıyorum. Ama gözümün önünde hep aynı kareler canlanıyor. Güzel, çok güzel bir kadın var o karelerde. Dalgalı kumral saçları, omuzlarından aşağı köpük köpük dökülüyor. Yüzünde baştan çıkarıcı bir ifade. Kışkırtıcı bakışlar... Bir gülüşüyle deliye döndürüyor görenleri.

Çok küçüktüm o zamanlar, okula bile gitmiyordum henüz. Tutkuyla bağlıydım Nurşen'e. Nurşen! Benim teyzem... Ailenin ele avuca sığmaz asi kızı. Teyze demeyi yasaklamıştı bana. Adıyla hitap ediyordum ona.

Anneannem var gerilerde. Annem... Bir sahil kasabasında pansiyon işletiyordu anneannem. Pansiyonun sahipleri kadındı, ama erkek müşteriler çoğunluktaydı. Yolu düşüp konaklayanların yanı sıra, sırf Nurşen'i görmek için gelenler de vardı aralarında.

Çok sinirliydi anneannem, bir şeylere kızıyordu hep. En çok da Nurşen'e! Bağırıp çağırıyordu durmadan. Aldırmıyordu Nurşen. Elimden tuttuğu gibi sahile götürüyordu beni. Yüzmeyi, kumdan kaleler yapmayı ondan öğrendim ben. Çok seviyordum onu. Nurşen'e kızdı diye düşman kesiliyordum anneanneme, hatta anneme bile...

Sahile indiğimizde arkadaşlarıyla buluşuyordu Nurşen. Çoğu erkekti arkadaşlarının. Ben kumda oynarken teyzem o abilerle sarmaş dolaş, saatlerce ortadan kaybolabiliyordu. Sabırla bekliyordum onu, yaptığım kumdan kalelerin üstüne yenilerini ekliyor, kumdan şehirler yapıyordum. Ve o gün yaşadıklarımızdan tek söz etmiyordum evdekilere.

'Sırdaşımsın sen benim!' diyordu teyzem. Seviniyordum. Ayrıcalığımın farkındaydım.

Yanındaki yakışıklı abiler gazoz alıyordu bana, çikolata, şekerleme... Gazozu içip çikolatamı yiyor, uslu uslu teyzemi bekliyordum. İçin için kıskanıyordum aslında Nurşen'i, başkalarıyla değil, hep benimle ilgilensin istiyordum. Ama Nurşen gelip de birbirimize sımsıkı sarıldığımızda, aklımdan geçen tüm olumsuzlukları unutuveriyordum.

Okula başladığım yıl, kısacık hayatımın en büyük depremiyle sarsıldım. Kimse bana bir şey anlatmıyor, adam yerine koyup olanı biteni paylaşmıyordu, ama ortadan konuşulanlar yetiyordu bana.

Nurşen, ipsiz sapsız bir oğlanla kaçmıştı! İpsiz sapsız ne demek, onu bile bilmiyordum. Ama annemle anneannemin konuşmalarından, kötü bir şey olduğunu çıkarabiliyordum. İlk kez kızıyordum teyzeme. Aldatılmış gibi hissediyordum kendimi.

Aldığım ilk darbeydi bu. Teyzem, biricik sırdaşına, bana veda bile etmeden çekip gitmişti. İnanamıyor, kabullenemiyordum. Küçücük dünyam isyanlarla sarsılıyordu.

O günlerde, çocuk aklıyla bir 'erkekler pansiyonu' düşlüyordum. Güzel yüzleriyle, çekicilikleriyle, cilveleriyle erkeklerin kanına giren *kadın* cinsinin olmadığı bir erkekler pansiyonu..."

"Âdemoğlu Pansiyon'un temelleri o günlerde atıldı yani..."

"Aynen öyle. Ama düşlerimin gerçekleşmesi için uzunca bir zaman beklemem gerekti.

Yıllar geçmişti aradan. Anneannem yoktu artık. Ben küçükken babamdan ayrılan annemse bir başkasıyla evlenip şehre taşınmıştı. Sahildeki pansiyonun işletmesi, benim omuzlarımdaydı artık.

Duygusal dünyam çoraktı; kadınla kızla, gönül işleriyle zerrece ilgim yoktu. Gözüm birine takılacak olsa, teyzem dikiliveriyordu karşıma. Onun aldatıcı sıcaklığı, kışkırtıcı bakışları, gülüşü...

Gelenle gidenle ilgilenmek yetiyordu bana. Kimselere açmıyordum yüreğimi. Ta ki, Suzan'la karşılaşıncaya kadar..."

Bakışları, konuşması, duruşu değişivermişti birden. Elini kaldırıp garsonu çağırdı.

"Bir küçük şişe kırmızı şarap lütfen" dedi. "İyi cins olsun."

Uzun zamandır içkiyle arasına mesafe koyduğunu biliyordum.

"Dokunmasın sakın!" demekten kendimi alamadım.

"Merak etme" diye güldü. "Senin yanındayken hiçbir şey olmaz bana."

Şarabından iri yudumlar alarak devam etti anlatmaya...

Suzan

"O yörede çekilecek bir dizi için, grup halinde geldiler pansiyona. Nasıl oldu bilemiyorum, kadınlı erkekli kalabalığın içinde Suzan'a takılıp kaldı gözlerim. Adı gibi, değil dokunanı, rastlantıyla gözü değeni bile yakacak çekicilikte bir kadındı Suzan. Üstelik sesi de güzeldi. Akşam yemeklerinde, gruptakilerin isteğini kırmayarak bir iki şarkı patlatıveriyordu. Dizide de şarkıcı bir kadını oynuyordu zaten. Başrol falan değil, küçük bir rol.

Çevresi doluydu hep, dört bir yanı erkeklerle sarılıydı. Hangisi sevgilisi, hangisi âşığı, hangisi rol arkadaşı, kestiremiyordum. Hepsini ortadan kaldırıp Suzan'ın biricik dostu olmak için delice bir istek duyuyordum içimde.

Dost mu? Yok canım! İlk gördüğüm anda âşık olmuştum Suzan'a. Bayılıyordum ona, deli oluyordum. Her geçen gün daha da bağlanıyordum. Çok seviyordum onu. Öl dese seve seve ölmeye razıydım. Ama Suzan'ın yanına yaklaşmak bile yürek istiyordu. Ötesini düşünmek, olmayacak hayaller kurmak haddim değildi.

Dizinin oradaki çekimleri bitmek üzereydi ve film ekibi İstanbul'a dönme hazırlığındaydı. Bense kara yaslarda... Suzan'ın varlığında cenneti yaşamıştım. Yalnızca dışardan baktığım, yalancı bir cennet olsa da... Ne yapacaktım yokluğunda? Sevdalara kapalı tuttuğum, kapılarını bir tek Suzan için aralayabildiğim yaralı yüreğimi nasıl avutacaktım? Sesine, gülüşüne, başkalarına cömertçe sunarken ara sıra bana da ayırdığı çapkın bakışlarına öylesine alışmıştım ki...

Pansiyonda bir veda gecesi düzenledim. Yoğun çalışma temposunun ardından, ödül gibi geldi film ekibi çalışanlarına. Yiyip içiyor, epey de dağıtıyorlardı. Bir ağızdan söylenen şarkılar, zeybekler, horonlar, Roman havaları...

Garip bir tutukluk vardı Suzan'da. Diğerleri gibi coşup eğlenemiyordu. İşin aslını öğrenmekte gecikmedim. İçkiye düşkünlüğü, gün ortasında sete içkili gelmesi, gece âlemlerinin ertesi güne yansıması ve kendini rolüne verememesi yani disiplinsizliği nedeniyle dizideki işine son verilmişti!

Nedeni, niçini önemli değildi benim için. Suzan'ı üzüp kahreden bu beklenmedik gelişme, yepyeni umutlar yeşertmişti yüreğimde. Bütün cesaretimi toplayıp, "Madem diziden ayrıldınız, neden birkaç gün daha kalmıyorsunuz burada? Moral tatili olur sizin için" dedim.

İşine son verilmiş oyuncu kimliğiyle, ekiple beraber İstanbul'a döneceğine, pansiyonda kalmak cazip gelmişti Suzan'a. Hemen kabul etti teklifimi. Suzanlı günler başlamış oldu böylece.

Kraliçeler gibi ağırlıyordum onu. Bir dediğini iki etmiyordum. Çiçeklerle donatıyordum odasını. Sofralar kuruyor, sevdiği mezeleri kendi ellerimle hazırlıyordum. İyiye, güzele, neşeye, keyfe kadeh kaldırıyorduk beraberce.

El üstünde tutulmayı, şımartılmayı hak görüyordu Suzan. Olura olmaza huysuzlanıyor, yaptığı kaprislerle sabrımı sınıyordu sanki. Ama ben hepsine razıydım. Baştan kabullenmiştim, huysuz ve tatlı kadındı Suzan. Şarkılarla dile getiriyordum içimdekileri. Muzaffer İlkar da bestesiyle hislerime tercüman oluyordu:

Şarkılar seni söyler dillerde nağme adın
Aşk gibi, sevda gibi huysuz ve tatlı kadın

En güzel günlerini demek bensiz yaşadın
Aşk gibi, sevda gibi huysuz ve tatlı kadın

Ama *En güzel günlerini demek bensiz yaşadın* dizesinde takılıp kalıyordum. Suzan'ı tanıdığım günü milat kabul etsem de, geçmişte başkalarıyla yaşadığını varsaydığım güzel günlerini düşünmek, içimi kavuruyordu.

Deli gibi kıskanıyordum onu. Ama o da, benim sahiplenme kokan kıskançlığımı körüklemek için elinden geleni yapıyordu. Güzelliğinin, çekiciliğinin başkalarınca onaylanmasına ve taçlandırılmasına muhtaçmış gibi, üzerinde toplanan hayranlık dolu bakışların hiçbirini geri çevirmiyor, içki masasında şarkılara eşlik ederken sesini yükselterek, oraya buraya dağılmış tüm dikkatleri, mıknatıs gibi üzerine çekmeyi başarıyordu.

Oysa ben, Suzan'ın yalnız benim için şarkı söylemesini istiyordum. İşvesini, cilvesini, nazını yalnız bana sunsun istiyordum. Dudaklarımda dolanan o şarkıyı birebir yaşıyor gibi, *Seni herkesten kıskanıyorum* diye mırıldanıyordum her anımda. Şarkının içindeki *Yüz bin âşığın var sanıyorum* dizesi ise kalbimde yaraydı.

Gerçekten de herkesin Suzan'a âşık olabileceğini, o güne kadar âşık olanların sayısının çok yüksek olduğunu düşünerek eziyet ediyordum kendime.

Kalbimi yaktın, ah yanıyorum derken gülüveriyordum her seferinde. Adının anlamı *yakıcı* olan Suzan'dan başka ne bekleyebilirdim ki...

Bir haftadır pansiyonun özel konuğuydu Suzan. Her günkünden farklı görünüyordu o sabah. Uysal, sevecen, uyumlu...

'Misafirliğim buraya kadar' dedi. 'Başına ekşidim kaldım. Yaz sezonu, müşterin çok. Bir oda, bir odadır. Daha fazla yük olmak istemem sana.'

Korkuyla irkildim. Ya çekip giderse! Onun varlığına bu kadar alışmışken... Ne yapardım ben?

Devam etti Suzan:

'Senin odanda bana ayıracak küçücük bir yerin vardır sanırım.'

Kulaklarıma inanamıyordum. Gerçek miydi duyduklarım?

'Olmaz olur mu?' dedim sevinçle. 'Başımın tacısın sen! Yüreğimdeki yerinin yanında, odamdaki yerin lafı mı olur?'

Benimkisi gölgeli bir sevinçti aslında. Böylesi bir daveti kadının değil, erkeğin yapması gerekmez miydi? Suzan'ın atak davranmasının, onun girişken yapısından kaynaklandığını düşünerek avutmaya çalışıyordum kendimi. Bir yandan da, pansiyonda kalarak yüklendiği borcu bu yolla ödemeye kalkmış olabileceği geçiyordu aklımdan.

Hayır, aramızdaki ilişki bu kadar basite indirgenmemeliydi! Benim kadar körkütük âşık olmasa da, o da benden hoşlanıyor olmalıydı ki, böyle bir teklifi gündeme getirebiliyordu.

Kafamdaki bütün olumsuzlukları silip özel konuklar için kapalı tuttuğum, pansiyonun en geniş odasını hazırlattım. Suzan'la paylaşacağımız gerçek bir aşk yuvası olacaktı o oda..."

Sustu, anlattıklarının bende yarattığı etkiyi ölçmek ister gibi, gözlerini yüzümde gezdirerek, "Sıkıldınsa bırakalım" dedi Recep. "Daha sonra da devam edebiliriz."

"Hayır!" dedim. "Her şeyi tüm ayrıntılarıyla ve sonuna kadar dinlemek istiyorum."

Kadehindeki şarabı tazeledi, kaldığı yerden anlatmaya devam etti:

"Her gün yeniden âşık oluyordum Suzan'a. Her an gözümün önünde olduğu halde, delicesine özlüyordum onu. Suzan... Yakıcı, ateşten bir top gibi yakıp kavuruyordu beni.

İçimdeki sahiplenme güdüsü daha da güçlenmişti. Benim kadınımdı artık Suzan! Ama içim hiç rahat değildi. Âşığı olduğum, tapındığım kadının, o an bana tanıdığı ayrıcalığı bir zamanlar kimlerin önüne serdiğini düşünmekten yorgun düşüyordum.

Gelecek ise tam bir muammaydı. Hiçbir garantim yoktu, işin açığı güvenemiyordum ona. Aklına estiğinde terk edip gitmesi an meselesiydi. Ve ben, Suzan'ın aynı yakıcılıkla başka kollarda, başka bedenlerde yeniden can bulacağından emindim.

Ancak umulmadık bir müjde, kafamda birikmiş tüm tortuları yok etmeye yetti: Hamileydi Suzan!

Havalara uçtum sevincimden. Sımsıkı sarıldım ona. 'Hemen evlenelim' dedim. 'Önce nikâh kıyarız, sonra da...'

Çılgın bir hevesle dile getirdiğim, geleceğe dönük tasarılarımı sessizce dinliyordu Suzan. Ondaki donukluğun, tepkisizliğin farkında bile değildim. 'İstanbul'a gideriz, buralarda yapamaz Suzan. Oraya taşırız pansiyonu' diye planlar yapıyordum kafamda.

Yazın son günleriydi. O sabah her günden erken kalkmıştı Suzan.

'Kasabaya ineceğim' dedi. 'Havalar iyice soğumadan bir şeyler alayım üstüme."

'Beraber gidelim' dedim, istemedi. Alışverişini yapıp erkenden dönecekti.

Gün boyu, İstanbul'da açacağım Âdemoğlu Pansiyon'un hayallerini kurdum. İyi de, Suzan ne yapacaktı orada? Ne yapacak'ı var mıydı! Çocuğunu doğurup evine çekilecekti elbette. Bu hareketli hayatın ardından zor gelirdi gerçi... Ama hele bir anne olsun, sorumluluklarını idrak edecekti haliyle.

Akşam yemeği için pansiyonun terasında masa hazırlattım. Bebeğin gelişini kutlayacaktık. Hayır, içki yoktu o akşam! Hamile kadın içki içer miydi hiç? Ben de içmeyecektim. Kafalarımız ayıkken de şarkılar söyleyecektik birbirimize. Diğer gecelerden de keyifli olacaktı o gece...

Remziye

"Beklediğimden çok daha geç döndü Suzan. Yorulmuştu galiba. Solgundu yüzü, sapsarı, mum gibi.

'Biraz dinleneyim, yemeğe kadar toparlanırım' diyerek doğruca odaya çıktı. Ama böyle olmazdı, kendini yormamalıydı Suzan. Yasaklar koymalıydım ona...

Yemek için terasa çıktığımızda daha iyi görünüyordu. Özenle hazırlanmış, çiçeklerle süslenmiş masayı görmemiş gibi, ilk işi 'İçki yok mu?' diye sormak oldu.

'Bundan sonra böyle' diyerek güldüm. 'Bebek doğana kadar içki yasak!'

Alaycı bir gülüşle aralandı dudakları.

'Bebeği aldırdım ben!' dedi.

'Ne!' diye haykırdım. 'Ne dedin sen?'

'Bebeği aldırdım! Çoluk çocukla uğraşacak halim mi var benim?

İçimde iyiye ve güzele dair ne varsa, bir anda yitirivermenin isyanı... Delice bir öfke, delice bir güç... Bir şeyleri yakıp yıkmak, yok etmek için duyulan karşı konulmaz bir arzu!

Ama hiçbir şey yapmadım. Rakı şişesini çıkarıp kadehleri doldurdum. Hiç konuşmadan yemeye, içmeye başladık. Birbirini takip ediyordu kadehler. Ne zamandır o kadar çok içmemiştim. Başım dönüyor, bakışlarım bulanıyordu.

'Nasıl yapabildin Suzan!' dedim dişlerimin arasından.

Yerinden kalkıp terasın köşesine doğru yürüdü. Gözlerini

uzaklara, denizin gökyüzüyle buluştuğu buğulu çizgiye dikti.

'Yetti ama!' dedi. 'Suzan, Suzan... Suzan falan değilim ben! Asıl adım Remziye!'

'Rem-zi-ye!' diye heceledim. 'Tabii ya... Filmlerde, dizilerde oynayacak birinin adı Remziye olur mu hiç? Suzan olacak ki yaksın, kavursun ortalığı.'

Yanına doğru yürürken ayaklarım dolaşıyordu.

'Suzan ya da Remziye...' dedim peltek peltek. 'Nasıl kıydın o çocuğa? Hiç mi acımadın?'

'Yeter be!' diye bağırdı. 'Bu kadar üzülüp kahrolmana gerek yok. Çocuk senden değildi zaten!'

Terasın duvarına yaslanmış bana meydan okuyan o kadına, yabancı biriymiş gibi hayretle bakıyordum. Kimdi bunları söyleyen?

Suzan... Yakıcı, yıkıcı, çirkin bir ateş topu!

Korunma güdüsüyle bir adım geri çekildim. Elimle uzaklaştırmak istedim onu kendimden. Gerisini tam olarak hatırlamıyorum.

Ama inan ki ben itmedim! Şöyle bir dokundum yalnızca. Sendeledi. Düştü galiba...

Emin ol hiçbir şey yapmadım ben ona! Kendisi düştü..."

Donup kalmıştım. Ağzımı açıp tek söz söyleyecek halde değildim. Recepse bir kadeh şarabı daha kafasına dikip güç toplamaya çalışarak, o trajik olayın ardından yaşadıklarını, bölük pörçük anlatmaya çalışıyordu:

"Uzun tetkikler sonucunda 'Cezai ehliyeti yoktur' raporuyla hastaneye sevk ettiler beni. Psikiyatri kliniğinin ziyaretçisi olmayan nadir hastalarından biriydim. Gelen oluyordu belki. Baran Abi falan... Farkında olmuyordum ama ben.

Neden orada olduğumu bilmiyordum. Hiçbir şey hatırlamıyordum eskiye dair. Kafama bölük pörçük bir şeyler takılıyordu arada. Bir pansiyon geliyordu gözlerimin önüne. Sahilde... Kendi çocuk halim. Yanımda güzel bir kadın. 'Sırdaşım' diyordu bana, kayboluveriyordu ardından.

Sonra ona benzer bir başka kadın! En az onu hatırlıyordum. Bende bıraktığı izleri tümüyle silmek ister gibi, bir şeylerden kaçıp kurtulma güdüsüyle...

Zaman içinde, ortasında debelendiğim sis perdesi yavaş yavaş aralanmaya başladı. Darmadağın olmuş taşlar yerlerine yerleşti ve ben kaldığım yerden hayatıma devam etmek üzere salıverildim. Şaşkın, ürkek, kendine bile yabancı; ne yapacağını, nasıl hareket etmesi gerektiğini bilemeyen bir yalnız adam! Kelimenin tam anlamıyla sudan çıkmış balık gibiydim. Baran Abi olmasa, ne yapardım bilmiyorum."

Kendimi güçlükle toparlayıp, "Geçmiş olsun, büyük badireler atlatmışsın" diyebildim sonunda.

Recepse, normale dönmüş görünüyordu. "Yeterince başını ağrıttım" diye güldü. "Beni dinleme sabrını gösterdiğin için teşekkür ediyorum. Kendimi hafiflemiş hissediyorum şu an. Çok iyi geldin bana..."

Ayrılırken, "Ben de seni dinlemek, hüzünlerini ve sevinçlerini paylaşmak isterim" dedi.

Onu, onun sözleriyle yanıtladım:

"Belki bir gün... Anlatacak gücü bulduğum zaman!"

Dertleşme yemeği

O gecenin ve Recep'in anlattıklarının etkisinden kurtulamıyordum bir türlü. Duyduklarımı bir film şeridine taşıyor, zihnimde kare kare yeniden canlandırıyordum. "Son" diye nitelenecek bir sahnesi yoktu filmin, hâlâ devam ediyor gibiydi ve gerçek hayatta eşine ender rastlanacak türden bir hikâyeydi.

Recep'in, yaşadığı her şeyi samimiyetle ve en ince ayrıntısına kadar anlatması fazlasıyla etkilemişti beni. Öyle ki, kendimi ona karşı borçlu hissediyordum. Madem o bütün sırlarını benimle paylaşmıştı, ben de yaşamımdaki kırılma noktalarından söz edebilirdim ona.

Dışarda yenilecek bir akşam yemeğinde rahat konuşamazdım. Madem bu kez mercek altında olan bendim, kendimi, en rahat hissedeceğim ortamda ifade etmeliydim.

Kararımı vermiştim, Recep'i kendi evimde, salonumda ağırlayacaktım. Bu sayede Mısra'yla da tanıştırabilecektim onu. Mısra da benim hayatımın en önemli parçalarından biri değil miydi? Kendi bebeğinin ölümüyle o denli hırpalanan Recep, Mısra için de üzülecek, benim onu kaybetmemek için gösterdiğim direnişi ve sonrasında yaşadığım acıları anlayacaktı. Böylelikle beni gözünde, manevi yönden çok farklı bir konuma oturtacağından emindim.

İki gün önceden telefon açtım Recep'e: "Pazar akşamı yemeğe bekliyorum seni. Dertleşme yemeğine... Benim evde. Saat 20'de.

Ses tonundan ne derece sevinç duyduğunu tahmin edebiliyordum. Eve davet etmem, ona ne derece güven duyduğumun da göstergesiydi çünkü. Ancak benimle aynı görüşte olmayıp yoluma taş döşemeye kalkanlar da olmadı değil.

"Deli misin sen kızım!" diye çın çın ötüyordu Eda'nın telefondaki sesi. "Eve davet etmek de neyin nesi? Dışarda buluş, otur, konuş, koklaş; ne yaparsan yap. Ama orda dur! Elin adamının senin evinde ne işi var?"

"Elin adamı değil o!" diye kestim. "Güvendiğim bir dostum ve arkadaşım o benim!"

"Güvendiğin dağlara kar yağmaz umarım" diyerek kapattı telefonu.

Eda'yı yatıştırmıştım, ama beni uyarmayı vazife edinmiş ikinci kişiyi ikna etmem çok daha zor oldu. Telefonun ekranında "Baran" adını görmek yeterince can sıkıcıydı. Bir de emir verir gibi bağıra çağıra konuşmaya başlayınca, iyice çekilmez bir hale gelmişti.

Ama hakkını yemeyeyim, başlangıçta gayet kibar ve ölçülüydü kendisi. Aylardır görüşmüyorduk ve ilk kez sesini duyuyorduk birbirimizin.

"Merhaba Şiir, nasılsın?" diyerek yumuşak bir giriş yaptı, ama yanıtımı bile beklemeden harekete geçiverdi: "Eee, bizim oğlanı evine, yemeğe davet etmişsin ha?"

Klasik Baran kıskançlığı! Hâlâ adım adım izliyordu beni. Ona haber vermeden birilerini evime davet edemeyecek miydim ben? Aslında, Recep'in, Baran Abisinden habersiz tek bir adım atamadığını hesaba katmamanın bedelini ödüyordum. Ama Recep'e de, "Bana geleceğini kimselere söyleme!" diyemezdim ya.

"Evet" dedim. "Ben davet ettim, Recep de kabul etti. Sence bir sakıncası mı var?"

"Farkında bile değilsin, ama benim için değil, senin için çok büyük sakıncası var!" dedi.

"Nedenmiş o?" diye sinirle güldüm.

"Recep'in bazı sıkıntıları var hâlâ. Geçmişinden, yaşadıklarından tümüyle kopmuş, kurtulmuş değil."

"Hiç de öyle görünmüyor" dedim. "Uzun uzun konuştu benimle, küçüklüğünden bugüne yaşadığı her şeyi en ince ayrıntısına kadar anlattı bana.

"Kendisinin bile bilmediği ayrıntılar var. Dikkatli ol Şiir! Sana, teyzesine benzediğini söylemişti, değil mi?"

"Evet, ne var bunda?"

"Recep için önemli bir kırılma noktası bu. Teyze saplantısı var onda. Yalnız ona benzetmesi bile, yeterince tehlike arz ediyor senin için. Telefonun açık olsun. En küçük bir olumsuzlukta ya da herhangi bir konuda kuşkuya düştüğünde, mutlaka ara beni! Ha, bu arada ağzına tek yudum alkol almaması gerekiyor. İçecek olarak alkollü hiçbir şey bulunmasın sofranda!"

Amma da abartıyordu! Ayrıldığımız halde beni düşünüyor olması ve olası tehlikelere karşı korumaya çalışması güzeldi, ama kendimi korumayı becerecek kadar büyümüş olduğumu göremiyordu hâlâ...

Cumartesi gününden başladım hazırlıklara. Öyle birkaç saat içinde ortaya çeşit çeşit yemekler çıkarabilen, on parmağından on marifet dökülen hatunlardan değildim ki...

Hazırlık dediğim de, market ve şarküteri alışverişinden ibaretti. İki kişi için mutfağa girip tencere tencere yemek yapmak gereksizdi. Hem, bu işi benden kat kat iyi yapan ustalar dururken, ne gerek vardı çırpınmaya?

Şarküteri vitrininin arkasındaki mezelerden gözüme en hoş görünen ve damak tadımla en uyumlu olanları seçtim: Humus, fava, acılı ezme, yoğurtlu patlıcan salatası, barbunya pilaki, yaprak sarması... Hepsini küçük küçük kutulara doldurdular. İncecik sarılmış ama kızartılmamış sigarabörekleri ile kasap reyonundan aldığım hazır köfteleri ertesi gün kızartıp taze taze götürecektim sofraya.

Beyazpeynir ve salata malzemesiyle sonlandırdım alışverişimi. Anneannem gibi hamarat ev kadınları duymasın ama o an, çok becerikli ve iş bitirici olduğumu düşünerek kendimle gurur duyuyordum.

Pazar sabahı erkenden işe koyuldum. Salondaki yuvarlak masanın üzerine beyaz bir örtü serdim önce. Sonra da çiçek desenli porselen tabaklar, su ve içecek bardakları, anneannemin ölümünden sonra eve taşıdığım çatal bıçak takımları ve kenarları oyalı peçetelerle şirin bir masa hazırladım.

Öğleden sonra, buzdolabından çıkardığım yiyecekleri küçük tabaklara yerleştirip sofranın üzerine serpiştirdim. Meyve suyu, kola ve ayran şişelerini büfenin üzerine sıraladım. Alkollü içeceğe yer yoktu benim soframda!

Akşamüzeri sigaraböreklerlyle köfteleri de kızartınca işim bitmişti. Üstüme rahat hareket etmemi sağlayacak verev kesimli, bol bir elbise geçirdim. Fazlaca süslenmeye gerek yoktu. Saçlarımı atkuyruğu yapıp yanaklarımı belli belirsiz renklendiren allığımı da sürünce hazırlığım tamamlanmıştı.

Fazla bekletmedi Recep, kurulmuş saat gibi, tam zamanında çaldı kapımı. Pantolon kazaktan oluşan spor giyimi, sıcacık gülüşü; kırmızı beyaz güllerin ahenkle kucaklaştığı bir sepet çiçek... ve büyük bir şarap şişesiyle!

Çiçekleri memnuniyetle, teşekkür ederek aldım. Ama şarap şişesinden hiç hoşlanmamıştım! Bendeki tutukluğu fark etmişti. Hazırladığım sofraya şöyle bir göz attı.

"Bu nefis yiyeceklere en çok yaraşacak içecek, şarap değil mi sence de?" diyerek şişeyi sofranın ortasına koyuverdi.

Büyütmeye, tatsızlık çıkarmaya gerek yoktu. Baran'ın uyarılarının etkisinde kalmam anlamsızdı. Daha önceki beraberliklerimizde de şarap içmemiş miydi Recep? Ne ortalığı dağıtmıştı, ne de kendisi dağılmıştı. Bu kez de hiçbir sorun yaşamayacağımızdan adım gibi emindim.

Düşündüğüm gibi, gayet ölçülü davranıyordu Recep. Kadehindeki şarabı küçük yudumlarla içiyor, konudan konuya atlayarak keyifli sohbetlerle, anlattığı birbirinden esprili fıkralarla renk katıyordu soframıza.

Yemeğin bitiminde tabaklarımızı, bardaklarımızı beraberce taşıdık mutfağa, bulaşık makinesine beraberce yerleştirdik.

"Ne kadar iyi bir ev erkeği olabileceğimi gördün mü?" diye imalı dokundurmasına beraberce güldük.

"Türk kahvesi mi, neskafe mi?" dediğimde, "Eloğlunun içtiği neskafeden bana ne?" dedi Recep. "Tercihim her daim Türk kahvesinden yanadır!"

İki sade kahve, bol kahkaha ve keyifli bir paylaşım... Gecenin devamında dile getireceğim, "Ben" diye başlayan, beni anlatan, kimselerle paylaşmadığım sırlarımı ortaya döktüğümde de aynı keyfi sürdürebilecek miydik bakalım?

Kahvelerimizi içerken telefonum çaldı. Baran'dı arayan. Açmadım. Az sonra da mesaj attı:

"Nasıl gidiyor? Her şey yolunda mı?"

"Hem de nasıl! Senin gölgen olmasa daha da yolunda olacak" diye geçirdim içimden.

Konuşmalarımız öyle bir noktaya getirmişti ki beni, o güne dek ne yaşadıysam, noktasına virgülüne kadar anlatmak için delice bir istek duyuyordum içimde.

Baran'la ilgili bölümü anlatmama gerek yoktu. Neler yaşandığını az çok biliyordu Recep, aramızdaki kısırdöngünün en yakın tanığıydı. Ezel'i anlatacaktım ona, Mısra'yı; o dönem yaşadığım bunalım ve kâbusları. Ama hikâyenin en başından, annem ile babamın ayrıldığı günlerden başladım anlatmaya:

"Analı babalı değil, yalnızca anneanneli büyüdüm ben. Çocuksu sevinçleri tatmadım hiç, ağladığımda kimse yoktu yanımda, kendim sildim gözyaşlarımı."

Üzülmüş görünüyordu Recep. Ama ağzından dökülen, benim anlattıklarımla zerrece ilgisi olmayan sözler şaşırtıcıydı:

"Şu anda öylesine teyzeme benziyorsun ki! Onun da bir yanı gülerken diğer yanı hüzünle kucaklaşırdı. Sana söylemiştim değil mi, Suzan da teyzeme çok benzerdi. Ama onun en kötü yanlarını almıştı. İkisinden de farklısın sen! Yüreğin iyiliğe, güzelliğe açık. Sevdiğini arkasından vurmazsın sen."

Sayıklar gibi konuşuyordu. Şarap mı dokunmuştu ne?

Kaldığım yerden anlatmaya devam ettim. Fakülte yıllarımı, Eda'yla beraberliğimizi, Fethiye'deki tatil köyünde geçirdiğimiz günleri... Ve tabii Ezel'i!

Ezel'le olan beraberlik hikâyemizden hiç mi hiç hoşlanmamıştı Recep.

"Üç aylık yüzeysel bir maceraydı" diyerek önemsemez görünmeye çabaladım. "Yaz sonunda çekip Amerika'ya gitti zaten."

Sıra en zor olanı anlatmaya gelmişti.

"Ne var ki hamileydim" dedim. "Ve onun ısrarıyla bebeğimi aldırmak zorunda kaldım."

"Ne!" diye öfkeyle haykırdı birden. "Sen o adamla yattın yani!" derken ateş saçıyordu gözleri.

Ama öfkesinin asıl nedeninin, Ezel'le aramızdaki yakınlaşma derecesi değil, bebeği aldırmak noktasında düğümlendiğini kavramakta gecikmedim.

"Sen şimdi açık açık, günahsız bir bebeğin kanına girdiğini itiraf ediyorsun ha!" diye var gücüyle bağırdı. "Nasıl işleyebildin o cinayeti?"

"Neler yaşadığımı bilmiyorsun" diyerek kendimi temize çıkarmaya çalıştım. "Mecbur bıraktı beni. Çok ağladım, çok hırpalandım."

Duymuyordu bile beni. "Katilsin sen!" diye haykırdı. "Döktüğün o gözyaşları da katil avuntusu. Ağlayıp sızlamakla giden geri getirilir mi?"

"O hâlâ benimle" dedim. "Başucumda küçücük bir mezar yaptım bebeğime. Biricik kızım o benim! Adı Mısra."

Söylediklerim bir kulağından girip diğerinden çıkıyordu. Elinden tutup yatak odasına, Mısra'nın yanına götürmek istedim. Sertçe elini çekti, okkalı bir tokat patlattı suratıma. Boş bulunup yere savruluverdim. Eğilip saçlarımı eline doladı, kaldırdı beni.

"Yazıklar olsun sana!" dedi. "İşte şimdi tam olarak benzedin teyzeme. Teyzeme ve bebeğini aynı senin gibi acımasızca öldüren Suzan kaltağına. Hiçbir farkın yokmuş onlardan."

"Ben istemedim, bana kalsa onu tek başıma büyütmeyi bile göze alabilirdim. Olmadı, mecbur etti beni."

"Cinayet işleyenlerin hepsi, kendilerini temize çıkaracak bahaneler yaratmayı pek iyi becerirler. Ama bu beylik numaralar bana sökmez! Göze göz, dişe diş... Yaptığını ödeteceğim sana!"

Masanın üzerindeki şarap şişesini kavradığı gibi dikiverdi kafasına. Bir anlık boşluktan yararlanıp cep telefonumu kaptım ve son aramalardaki Baran'ın numarasına basıverdim. Aramamı bekliyormuş gibi açıverdi hemen.

"Ne oldu?" dedi endişeyle.

Uzun uzadıya anlatacak durumda değildim.

"Yetiş Baran, acilen yetiş!" diyebildim güçlükle.

"Tamam" dedi. "Oyalamaya çalış onu."

İki adımda yanıma gelip telefonu elimden aldı Recep.

"Baran Efendi'yi yardıma çağırdın ha!" diye sırıttı. "Bir değil on Baran gelse, elimden alamaz seni. Suçunun cezasını çekeceksin!"

"Gel de, bebeğimi nerede sakladığımı gör" diyerek vakit kazanmaya çalıştım.

Eline doladığı saçlarımdan çeke çeke, koridor boyunca sürükledi beni. Odaya girdiğimizde bir an için kurtuldum elinden. Yatağın başucundaki saksıyı alıp okşadım, öptüm.

"İşte kızım!" dedim. "Mısra'm!"

Yüzündeki sert ifade yumuşar gibi oldu. Saksıyı elimden alıp okşadı.

"Anneni özledin mi Mısra?" dedi. "Şimdi seni ona kavuşturacağım."

Yeniden saçıma yapıştı. Bir elinde ben, diğerinde Mısra, salona kadar sürükleye sürükleye götürdü, masanın kenarındaki sandalyeyi çekti, "Otur!" dedi.

Büfenin üzerindeki bloknottan bir sayfa kopardı, kalemle beraber önüme koydu. "Yaz!" dedi.

Uzaktan kumandalı robot gibi, ne dese yapıyordum. Söylediklerini yapmaktan başka seçeneğim yoktu. Yazdım:

"Kızımdan ayrı kalmaya dayanamıyorum artık. Az sonra kavuşacağım ona. Ölümümden hiç kimse sorumlu değildir."

"Altına imzanı at!" diye emretti. Attım.

"Kalk şimdi" diyerek kolumdan tuttu, balkonun kapısını açtı. "Aşağıya bak!" dedi. "Altıncı kattan atlayan biri, sağ kalır mı sence? Açık konuşayım, bir daha psikiyatri kliniklerine girip de ömür tüketmeye hiç niyetim yok. Senin için değmez. Kendin atlayacaksın aşağıya! Kucağında kızınla... Altı kat boyunca da Şiir ile Mısra'yı hiç ayrılmamak üzere kavuşturduğum için dua edeceksiniz bana."

Bütün duyularımı, düşünce yetimi yitirmiş gibiydim. Öylesine kötü hissediyordum ki kendimi ve öylesine inanmıştım ki yolun sonuna geldiğime, Recep kılığına girmiş Azrail'in her dediğini yapacak kıvamdaydım o an.

Arkadan, salonun gerisinden gelen kapı zilinin sesiyle irkildik ikimiz de.

Hiç istifini bozmadı Recep. "Barancığın da geldi sonunda" diyerek pis pis sırıttı. "Ama seni elimden almaya kimsenin gücü yetmeyecek. Hele siz ana kız yolunuzu bulun, ağlayarak, ağıtlar yakarak Baran Abime kapıyı açarım ben."

Ancak zilin sesine yumruk ve tekme sesleri de eklenince paniğe kapılır gibi oldu bir an. Omuzlarımdan tutup balkon demirlerine yasladı beni.

"Önce sen!" dedi. "Merak etme, bebeni de arkandan gönderirim."

Kapının büyük bir gümbürtüyle kırılma sesi... Baran'ın beni Recep'in kollarından çekip alması ve Recep'in ellerini arkadan kenetleyip karga tulumba içeri savurması... Hepsi birkaç saniye içinde olup bitmişti.

Recep'i kolundan tutup kapıya doğru sürüklerken, "İyi misin sen?" dedi Baran.

"İyiyim" dedim.

Yaşadığım onca kâbusun ardından ne kadar iyi olunabilirse, o kadar iyiydim...

Altı ay sonra...

Beklenenler neden hep vazgeçildikten sonra gelir?

Oğuz Atay

Birbirleriyle sözleşmiş gibi, üçü de ardı ardına çaldı kapımı. Mektupla, telefonla, internet aracılığıyla...

İlki Ezel'den gelen ve duygusal yönü ağır basan, şimdiki ben değil de eskilerin Şiir'i olsam, fazlasıyla etkileneceğim bir mektuptu. Hiç üşenmemiş, inci gibi el yazısıyla bana ulaşmaya çalışmıştı.

> ... Gitmekten başka çare yoktur bazen. Gitmen, terk etmen, bırakman, uzaklaşman gerekir. Tıpkı benim gibi...
>
> Yapmam gerektiğine inandığımı yaptım ben. Yüreğimin dediğini değil! Kimseler bilmez terk etmenin, gitmenin ne zorlu bir çile olduğunu; yaşayan bilir!
>
> Benim de yaşamam gerekiyordu, yaşadım. Ama her şey geride kaldı artık. Aria ile aramızdaki formalite evliliğini sonlandırdım, ülkeme dönüyorum.
>
> Ve eğer kabul edersen, sana!

Öylesine yabancı geldi ki satırları, hiç tanımadığım, hiçbir şeyi paylaşmadığım birinin gizli dünyasına girmiş gibi tedirgin hissettim kendimi.

Baran ise kestirmeden gitmeyi tercih ederek, telefonla aradı beni. Büyük bir müjde verir gibi, "Sevil'le ortak karar aldık" dedi. "Boşanıyoruz! Bundan sonrasında benimle beraber olmaya var mısın?"

O an yaşadığım hayatı bile ona borçluydum. Ama bu borcu, kendimi ona adayarak ödemeye hiç niyetim yoktu doğrusu...

Recep'in internetten gönderdiği mesaj ise, ciddiye alınmayacak kadar uzaktı bana:

> Bilmem affedebilecek misin beni? İyileştim artık... Klinik raporlarımı gönderebilirim sana. Yaşadıklarım, aklımı başıma getirmeye yetti. Bana bir şans daha tanıyabilir misin?

Ah Recep, ah! Biz seninle sevgili bile olmamıştık ki... Neyin şansını istiyorsun benden?

Üçünün de üzerine sünger çekip koskoca birer nokta koymaktan başka hiçbir şey gelmiyordu elimden. Büyüklerimiz ne demiş:

> Kapatılmamış parantez bırakmayacaksın ardında!

Gitmek...

Gittin mi büyük gideceksin!
Ayrılık bile gurur duyacak seninle
Gittin mi ayakların onun yakınından bile geçmeyecek
Gölgen bile kalmayacak ardında
Gittin mi onurunla gideceksin
Haklıysan gidecek, gitmişsen dönmeyeceksin.

Can Yücel

Çoktan gittim ben!
Farkında değilsiniz belki, ama kayıplara karıştım.
Sizin için yok'um ben artık.
Ben'siz yapın bütün hesaplarınızı.

İlle de bir yanıt istiyorsanız...
"Başıbozuk sevdalara paydos!" diyorum.

Ve ben artık *başıbozuk* değil, başı da sonu da aynı derecede sağlam ve tutarlı sevdalara açacağım kapılarımı.
İzninizle...
Hoşça kalın!

DK'da yayımlanmış kitapları

İster Mor, İster Mavi

Canan Tan, Aziz Nesin ekolünün, sayıları günümüzde gitgide azalan temsilcilerinden.
Öyküleri, geleneksel mizahımızdan izler taşıyor. Ancak konuları güncel...
Espriler düzeyli.
Gıdıklamadan, düşündürerek güldürmeyi hedefliyor.
Öykülerin hepsi yaşamın içinden.

Sol Ayağımın Baş Parmağı

Dolap kapağının düştüğü, davula dönmüş sol ayağının başparmağına ağıt yakanlar... Nazlı karısına kıyamayıp çocuk doğurmayı üstlenen hamile kocalar... Düldülü kaptırıp peşinden yollara düşenler... Apandisit salgını yaşadıklarını sanan gariban ilçe halkı... Piranha yırtıcılığında böbrek taşları... Birbirinden keyifli espri bombaları! Elinizden bırakamayacaksınız.

Çikolata Kaplı Hüzünler

"Kararını değiştirdi KADIN, bu gece pantolon giymeyecek.
Omuzlarını açıkta bırakan, üst bedenini sımsıkı sararken belden aşağıya özgürce dökülen, açık yeşil şifon elbisesini giyecek.
Ayağında yüksek ökçeli terlikler, abartısız bir makyaj, birkaç fırça darbesiyle taranmış doğal saçlar..."

Piraye

Diyarbakır...
Dar bir eşikten geçip geldim sana. Huzurundayım. Hoşgörü kapını açık tut.
Bil ki direnmem sana değildi. Altın tepside sunulan acı şerbetti beni ürküten.

Türkiye Benimle Gurur Duyuyor!

Canan Tan, kadının espri yeteneğinin tartışıldığı ülkemizde, yine bir mizah öyküsü kitabıyla karşımızda...
Üstelik bu kez, tüm öykü kahramanları kadın!
"Ah Bir Erkek Olsam!" diye iç çekenler...
"Kocam Bir Dolandırıcı!" diye haykıranlar...
Öbür dünyaya göç etmiş kaynanasına mektup yazanlar...
Neler yok ki!

Söylenmemiş Şarkılar

Kördü kadın, göremedi.
Beriki dilsiz! Dillendiremedi yüreğindeki talanı...
İkisi... El ele... Göremediklerini, dillendiremediklerini sonsuza dek suskunluğa mahkûm ettiler.

Geriye yalnızca, SÖYLENMEMİŞ ŞARKILAR'ı kaldı...

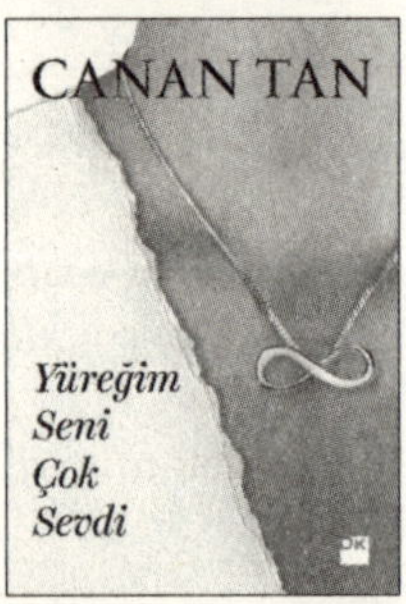

Yüreğim Seni Çok Sevdi

Aslı ile Murat'ın İstanbul-Bursa-Amerika üçgeninde yaşadıkları destansı aşkın öyküsü.
Herkesin kendinden bir şeyler bulabileceği kadar gerçek...

En Son Yürekler Ölür

Canan Tan bu kez, *aşk*'ın yanı sıra, ağırlıklı olarak *organ nakli* konusuna dokunduruyor kalemini.
Yaşamla ölümün kıyasıya savaştığı yol ayrımında geçen çarpıcı bir öykü. Yanı başınızda yaşanıyormuşçasına gerçek...

Eroinle Dans

Eroin sözcüğü kimseyi ürkütmesin. Madde bağımlılığının 12 yaşına indiği ülkemizde, başımızı kuma gömmeden gerçekleri irdelemek zorundayız.
Eroinle Dans, uyuşturucu ve eroin konusunda Türkiye'de yazılmış ilk ve tek roman.

Aşkın Sanal Halleri

"Var mıydın gerçekten?
Gözlerimiz buluşmadan, ellerimiz birbirine değmeden, yalnızca yüreklerimizle, doludizgin bir aşkı seninle paylaştık mı biz?
Yoksa... acımasız bir aldatmaca mıydı yaşadıklarımız? Kimdin sen?"

Issız Erkekler Korosu

Âdemoğlu Pansiyon'da bir fasıl gecesi...
Oradakilerin hepsi erkek!
Ezilen, horlanan, acı çeken, ağlayan, üşüyen, hatta dayak yiyen erkekler onlar.
Her birinin ayrı bir hikâyesi, o hikâyenin içine nakşolmuş ayrı bir şarkısı var.

İz

Ne oldu da ayrıldı ellerimiz baba?
Hiçbir zaman soramadım bunu sana. Sormak istediğimde fırsat olmadı, fırsat olduğunda cesaretim...

Yakın çevremizde benzerlerini görebileceğimiz gerçeklikte bir baba-kız öyküsü.

Hasret

Hasret, mübadele öncesinde başlayıp hasretle sonuçlanan derin bir aşkı ve ayrılığı anlatıyor.
HASRET mi, ÖLÜM mü deseler,
Ölümü seçerdi. Tereddütsüz...
Hiç gözünü kırpmadan.
Ama ona soran olmadı ki...

Pembe ve Yusuf

Ne benim sözüm geçer bu iklimde
Ne de senin
Böyle gelmiş böyle gider
Son söz TÖRE'nin!

Birbirlerine delicesine düşkün iki kardeşin,
Pembe ile Yusuf'un sızılı ve çarpıcı öyküsü.

Ah Benim Karım! Ah Benim Kocam!

Aziz Nesin (1996) ve Rıfat Ilgaz (1997) Gülmece Öykü Ödülleri sahibi olan Canan Tan'dan mizah öyküleri...
Canan Tan, evli çiftlere dair çarpıcı tespitleriyle hem güldürüyor, hem de kadınlarla erkeklerin kendilerini sorgulamalarına neden oluyor.

Kelepçe

Yeter, Mimoza, Gonca, Beyza, Sultan, Zeyno, Merve...
Ve diğerleri...
Bir avuç kader mahkûmu kadın!
Her birinin ayrı bir hikâyesi var.
İç burkan, hüzünlü; ama bir o kadar da heyecan verici ve çarpıcı...

BİR AN BİN PARÇA	Enver Aysever
KONSTANTİNİYYE OTELİ	Zülfü Livaneli
DEĞMEZ	İsmail Güzelsoy
KIRIK BEYAZ	Can Gürses
DELİCE	Hande Altaylı
UNUTMA DERSLERİ	Nermin Yıldırım
SARI KAHKAHA	Murat Özyaşar
ÜÇ NOKTA	Baki Can Ediboğlu
40 ŞİZOFRENDEN 1 ÖYKÜ	Okay Uludok
PRENS PRENSESİ SEVMEDİ	Filiz Aygündüz
ALUŞTA'DAN ESEN YELLER	Serra Menekay
GÖÇEBELİĞİN BÜYÜSÜ	S. Seza Yılancıoğlu
KIZBÖCEKLERİ	Tahir Musa Ceylan
GÜNEŞ HIRSIZLARI	Doğu Yücel
SAHİLDE ZAMAN BİTTİ	Yılmaz Karakoyunlu
ARANMAYAN ÖZELLİKLER	Selçuk Orhan
ÖTEKİ BAHÇE	Ali Kırca
GELECEĞİ ELİNDEN ALINAN ADAM OĞUZ ATAY	Sefa Kaplan
PEMBE VE YUSUF	Canan Tan
BU ROMAN O KIZ OKUSUN DİYE YAZILDI	Enver Aysever
BÜYÜK YÜRÜYÜŞ	Metin Köse
ÖLÜ REŞAT	Aslı Tohumcu
AYDAKİ ADAM TANPINAR	Nazlı Eray
RÜYASI BÖLÜNENLER	Yavuz Ekinci
KARANLIKTA ÇOK GÜZELİM	Nilüfer Açıkalın
TERCÜMAN	Süreyyya Evren
BİZİ ÇAĞANOZ DİYE BİRİ ÖLDÜRDÜ	Bora Abdo
ROMANCI	Hakan Yaman
FARKLI RÜYALAR SOKAĞI	Nazlı Eray
EN GÜZEL GÜNLERİNİ DEMEK BENSİZ YAŞADIN	Can Gürses
SEVDA SÜRGÜNLERİ	Sefa Kaplan
YÜZBAŞININ OĞLU	Nedim Gürsel

USTAM VE BEN	Elif Şafak
GEÇ KALAN ADAM	Sefa Kaplan
ŞAİRLERİN BARBAR SOFRALARI	Hikmet Temel Akarsu
MADAM SAMATYA	İbrahim Yıldırım
SAKLI BAHÇELER HARİTASI	Nermin Yıldırım
DAHA	Hakan Günday
SİZE PANDİSPANYA YAPTIM	Mario Levi
SON ADA	Zülfü Livaneli
ÇIPLAK VE YALNIZ	Hamdi Koç
KASIRGA "AERA!"	Kemal Anadol
RÜYA GİBİ HATIRLIYORUM SENİ	Nazlı Eray
PARALEL HAYATLAR	Levent Yılmaz
KARDEŞİMİN HİKÂYESİ	Zülfü Livaneli
KİMSEYE ETMEM ŞİKÂYET	Mehmet Öklü
KELEBEĞİN RÜYASI	Yılmaz Erdoğan
HASRET	Canan Tan
HİÇ KİMSEYİ İLGİLENDİRMEYEN KİŞİSEL BİR FELAKET	Süreyyya Evren
AŞK ARTIK BURADA OTURMUYOR	Nazlı Eray
AŞK KIRGINLARI	Nedim Gürsel
HENÜZ	Ahmet Tulgar
KAYIP DENİZ	Özcan Yüksek
SEVDALIM HAYAT	Zülfü Livaneli
MOR KAFTANLI SELANİK	Yılmaz Karakoyunlu
EDEBİYAT MUTLULUKTUR	Zülfü Livaneli
CENNETİN KAYIP TOPRAKLARI	Yavuz Ekinci
BENİ ÇOCUKLUĞUMDAN ÖP	Günhan Kuşkanat
HAYALET KİTAP	Doğu Yücel
BIÇKIN VE ORTA HALLİ	İbrahim Yıldırım
ŞEMSPARE	Elif Şafak
YİNE BANA DÖNECEKSİN	Nedim Gürsel
KAHPERENGİ	Hande Altaylı

RÜYALAR ANLATILMAZ	Nermin Yıldırım
LEYLA'NIN EVİ	Zülfü Livaneli
ARAFAT'TA BİR ÇOCUK	Zülfü Livaneli
BİR KEDİ, BİR ADAM, BİR ÖLÜM	Zülfü Livaneli
ÇOCUKLAR VE CANAVARLARI	Ahmet Tulgar
KARADUYGUN	Sema Kaygusuz
NİŞANTAŞI SUARE	İbrahim Yıldırım
TEKERLEKSİZ BİSİKLETLER	Cem Akaş
HALFETİ'NİN SİYAH GÜLÜ	Nazlı Eray
HER SAVAŞ BİR TANRI ÖLDÜRÜR	Süleyman Akbulut
AKLIMIN İPLERİNİ SALDIM	Kolektif
ARAGON	Nedim Gürsel
MUTLULUK	Zülfü Livaneli
ENGEREĞİN GÖZÜ	Zülfü Livaneli
BAŞKA DİLLERİN ŞARKISI	Karin Karakaşlı
SEVMENİN ZAMANI	Liz Behmoaras
BULUT BULUT ÜSTÜNE	Ethem Baran
VAROLMAYANLAR	Doğu Yücel
AŞKI GİYİNEN ADAM	Nazlı Eray
İSKENDER	Elif Şafak
YOK OLMA KILAVUZU	Ece Erdoğuş
SELANİK'TE SONBAHAR	Tuna Kiremitçi
KÂĞIT HELVA	Elif Şafak
SERENAD	Zülfü Livaneli
KOMŞU KAPI	Duygu Bayar Ekren
AZ	Hakan Günday
GÜZ KOKULU GÜNAHLAR	Hakan Yaman
DAĞBOZUMU	Aytekin Yılmaz
UNUTMA BENİ APARTMANI	Nermin Yıldırım
ŞEYTAN, MELEK VE KOMÜNİST	Nedim Gürsel
BİR SEN KALDIN YALNIZLIK GELİNCE	Ali Poyrazoğlu
ÖDÜNÇ YAŞAMLAR	Ali Poyrazoğlu

TOZLU ALTIN KAFES	Nazlı Eray
HER CUMARTESİ RÜYA	İbrahim Yıldırım
KORKMA	Ayşegül Dinçkök
İÇIMDEKI İSTANBUL FOTOĞRAFLARI	Mario Levi
TUHAF	Ertuğrul Özkök
ARTIK AYRILSAK DİYORUM	Neslihan Acu
RÜYALARIMA GİREN KADIN	Hamdi Koç
KAÇ ZİL KALDI ÖRTMENİM?	Filiz Aygündüz
FİRARPEREST	Elif Şafak
İÇİMDEKİ TİMSAH	Ali Poyrazoğlu
TAMAMLA BİZİ, EY AŞK!	Ali Poyrazoğlu
KİTAPLARLA KÜLTÜR TURU	Doğan Hızlan
BAŞLANGIÇ NOKTASINA GERİ DÖN	Cem Uçan
ÜÇ KIRIK KALP	İbrahim Altun
HİÇ YOKTAN İYİDİR	Nezir İçgören
DEĞİL EFENDİ'NİN RENK VE KORKU MESELLERİ	İsmail Güzelsoy
MARİLYN VENÜS'ÜN SON GECESİ	Nazlı Eray
MED-CEZİR	Elif Şafak
TENE YAZILAN AYETLER	Yavuz Ekinci
NİHİLİST	Hikmet Temel Akarsu
CİNİSTAN	Özcan Yüksek
GÜNAYDIN FUNDA	Ilgın Olut
BİR YALNIZ ADAM	Mario Levi
BABA VE PİÇ	Elif Şafak
ARAF	Elif Şafak
MAHREM	Elif Şafak
PİNHAN	Elif Şafak
BİT PALAS	Elif Şafak
ŞEHRİN AYNALARI	Elif Şafak
AŞK	Elif Şafak
SİYAH SÜT	Elif Şafak